エドガー・アラン・ポーの復讐

村山淳彦
Murayama Kiyohiko

Edgar Allan Poe

未來社

—目　次—

エドガー・アラン・ポーの復讐

装幀——岸顯樹郎＋FLEX

まえがき——ポーと一人称

完全に自己を告白することは何人にも出来ることではない。同時にまた自己を告白せずには如何なる表現も出来るものではない。

芥川龍之介『侏儒の言葉』

エドガー・アラン・ポーを読んで心動かされたことのある人たちに、私の読み方を吟味してもらいたい。そんな願いに駆り立てられながら書き綴ったエッセイをまとめてみた。だから、これらのエッセイは、昔日に比べて格段に進化した今日のポー研究にあえて一石を投じたいとか、新しい知見を通じて寄与したいとか、そんな大それた企てにあまり躍起になるのもどうかなどという、ちょっと開き直った気持ちで書いている。先達たちの論考に言及したり、それらを引用したりしているのも、それらが私の読みを深め、裏づけてくれそうだからしているのであって、既存の研究成果から一方的に恩恵を享受するばかりで、その逆ではない。

私がいままでかなりの時間を文学研究に割くにいたったきっかけのひとつは、十代のポー読書体験であったと思っている。大学の英文科を卒業するときに卒業論文のテーマにポーを選んだのは、この読書体験にひとつのけじめをつけて、過去の自分と訣別したかったのだと思う。だが、そうかんたんに訣別はできなかったようである。けっきょくはこの歳になってまたポーに帰ってきてしまった。

訣別したと思っていたポーに帰ってきてしまうというのは、じつはすでに一度経験済みである。私の大学院在籍中前半の生活は、いわゆる七〇年安保を背景にして巻き起こった大学闘争に明け暮れていたが、それが一応鎮静化した時期に大学院生生活後半に入るころ、再度ポーを読みはじめたのである。その結果、二十代後半にポーに関する論文を立て続けに何本か書いて、同人誌などに掲載してもらった。それらの論文をいま読み返してみると、それなりの愛着を覚えないでもないけれども若書きにすぎず、たとえば本書に採録するかとなれば、気恥ずかしくて尻込みせずにいられない。

あのころの私のポー論は、学術論文の体裁から離れた私的エッセイの気味がまさっていた。当時はまだ洋書や資料の入手が今日ほど容易ではなかったし、私の英語文献読解力もたかがしれていたから、たまたま手に入れることができたわずかばかりの書物や資料を手がかりに、かなり勝手な憶測を思い入れのこめた文体に託して書きとばすといった類の文章だった。しかし、そういうものを書くようになったのは、私の非力のせいばかりではなく、六〇年代を通過した時代の動向に影響されたせいであったかもしれない。モリス・ディクスタインによる一九六〇年代アメリカ文化論『エデンの門』の「エピローグ」には、つぎのような七〇年代の文化状況にたいする把握が示されている。

この時代について注目に値するのは、芸術以外の分野で自意識が大幅に進出してきたということだった。客観性に重きをおくのがふつうだった専門家や学術機関のなかにそれが見られるようになったのである。かつて社会科学、ジャーナリズム、法学、さらに文芸評論においてさえ、通例高く評価されていたのは、公平無私――言い換えれば、自然科学にはあると言われていた「没価値的な」中立性――であり、芸術においては論外だったはずの評価基準だった。だが、ジャーナリストは、自分が記録しているできごとのなかに参加しても差しつかえないだけでなく、現場に立ち会った自分の実感が最終判断に含まれているとも受けとめるようになった。批評家も、たとえばダニエル・ホフマンのように（彼のポー論において）、論文のなかにかつては入れてはいけないとたたきこまれてきた情緒的、主観的な要素を書き込みはじめた。（249）

ディクスタインはそういう状況に触発されて、アメリカ文化論に私的色彩を取り込めるようになったと述べているのだが、ここに言及されているダニエル・ホフマンのポー論は、出版後まもない時期に私も入手して読み、その斬新さに衝撃を受けて、自分のポー論のスタイルに取り込もうとしたものである。だが、それは、大学院生として習い覚えなければならないとされていたアカデミズムの方法とは折り合いがよくなかった。ホフマンはポー論の序文でヘンリー・ジェイムズやT・S・エリオットによるポー批判に触れ、「エリオットの批評がいつもそうであるようにこの批判も手堅いけれども、正確無比とは言えない」（x）と反批判する。そして「じっさい私がポーを読みはじめたのは、エリオットが想定している読者そっくりに幼少期を終えたばかりの時期であった」（xi）という述懐をバネにして、年若いころのポー読書体験の意味を探る試みに乗りだしていくのである。

ホフマンもディクスタインも、印象批評はいけないなどという、まだニュークリティシズムの余波がしぶとく続いていた学界の戒めに逆らうかのごとく、一読者としての経験や感想を遠慮なく書きつける。それはじつは印象批評などとは違う。作品に出会った者が帯びている歴史的偶然性を自覚するための手続きであり、そういう自覚はやがて、人種、階級、ジェンダーが重視されるようになってきた米国の一部における文学研究の前提となるはずである。学術論文としては多少の破格になる危険を冒してでも、論者がときには一人称で顔を覗かせてかまわないのだ。それは、やや武骨なやり方ながら、批評の政治性を取り戻すための手続きにもなりえた。

ホフマンのポー論は、六〇年代が過ぎたあとでポーに回帰しようとしていた当時の私に、「エリオットが想定している読者」さながら、やはり少年時代を脱しようとしていたころにポーに読みふけった自分を、もう一度愛おしんでみるのも悪くはないのだと励ましてくれた。スコット・ピープルズは、「ほんとうの意味で客観的な批評などないし、われわれはテクストを解釈しながら自分自身を解釈しているからには、あらゆる解釈に精神分析の要素が含まれている」(54) と論じ、ポー批評でダニエル・ホフマンやノーマン・ホランドが実践した精神分析的読者反応批評を再評価している。この趨勢に乗ろうというわけでもないが、いままたふたたびポーに回帰しようとしている私は、ホフマンやディクスタインを思い出しつつ、やむにやまれず読者中心的なアプローチに赴く羽目になる。本書を「私論」と呼びたくなる所以である。

当時の私に別の意味での励みを与えてくれた人に、本人にはあまりその覚えがなかったかもしれないが、いまは亡き蟻二郎がいる。蟻は私のポー論を読んで関心をもってくれたのである。自分の書いた文章に関心を示してくれる読者が一人でもいれば、いまだってうれしくなり、励みになるのだから、若輩の私の書いたものに蟻が反応してくれたことは忘れられない。

私が蟻と知り合ったのは、やはりすでに故人となった金敷力に紹介してもらったおかげだったと思う。金敷は大学院で私と同学年だったが、高校教師の経験を積んでから大学院にきたので私より十歳ばかりも年上だった。当時は大学、大学院と進むにつれて学年と年齢が一致しなくなることはめずらしくなかったが、思いのほかすんなりと進学してしまった私は同学年のなかでいつも年若になってしまい、自分の青臭さをいつも恥じていたから、学生気分でつきあえる気の合う年長者には、先生たちなどからよりももっと教わるところがあるのではないかと期待をかけたものである。

蟻は年齢不詳ながら、金敷よりもさらに年上で、私よりも父親の年齢に近いくらいだったと思う。蟻二郎というのはペンネームだが、油で黒光りする髪をオールバックになでつけ、大きな黒縁メガネをかけたその色黒の細面や、小柄で細身の体にいつもタイトなパンツやジャケットをまとった姿は、まさにアリを思わせたから、絶妙な名のり方であった。人を小馬鹿にしたような話しぶりや奇妙な身振りもあいまって、一見して変わった人だとだれにも思わせたであろう。得体の知れないボヘミアンで、私が知り合ったころは大学院修了後ぶらぶらしているとしか見えず、とくに何をして暮らしていたのかわからなかったけれども、戦後のどさくさのなかで青年期を過ごしたせいか、昔は旋盤工や相場師として稼いだこともあるなどという思い出話を聞かされたりもした。やがて耳に入ってきた噂によれば、あちらの大学、こちらの大学と専任教員の職にも就いたが、どういうわけかどちらも数年で辞めてしまったとのこと。太陽社という出版社を立ち上げ、出版される書物の原稿執筆の機会を私などにも与えてくれたり、神保町のどまんなかにワンダーランドという風変わりな洋書店を開いたときには本代割引クーポンをどっさりくれたりした。アカデミズムを挑発することに生き甲斐を感じていたらしく、個性的なフォークナー論や黒人作家論の著書もある。

蟻からはときどき呼び出しがかかった。もともとシャイなたちで、人づきあいも不得手な私だったが、彼に呼ばれるといそいそと出かけていった。指定の場所に行ってみると、大学の近くの喫茶店やそば屋、新宿の当時ヒッピー、フーテンがたむろしていた風月堂などで、蟻は数人の若手研究者などにとりまかれ、店の一隅に陣取っていた。そこで私は、彼らが文学や学界を話題にしながらあげる怪気炎をたっぷり浴びせられた。一方的に御説拝聴することが常であり、私が「代々木系」だからといって諫めてくれる言葉にもおとなしく耳を傾けていた。取り巻きのなかにはまだ無名だった柄谷行人もいて、スノビッシュなことをやけに自信たっぷりに話す人だなという印象を受けた。すでに行人というペンネームを名のっていて、この名を選んだわけなども聞かされたが、くわしいことは忘れてしまった。そんな子分たちを引きつける蟻にはなんとなく不良っぽい雰囲気があって、私はややびびりながらも妙な魅力を感じ、おずおずとつきあいを続けていたから、舎弟のうちのみそっかすぐらいには見られていたかもしれない。

蟻はたまに私を新宿あたりの安酒場に連れていってくれた。差しで飲んだこともある。そんなあるときのこと、蟻は「村山さん、ポーについて書くんなら、短い文章一篇で本質を剔抉するか、大冊を書くか、どっちかですよ」と言ってくれた。その声が、今でも耳元で聞こえてきそうな気がする。私がこんな中途半端な長さの本を書いたと知ったら、蟻は何と言うであろうか。書物にするなら、ポーの詩や評論や長篇小説を含めて全作品を取りあげ、ハーヴィー・アレンが書いた『イズラフェル』や、アーサー・ホブソン・クインの『エドガー・アラン・ポー』のような長大な評伝にしなければいけませんよ、などといってせせら笑うだろうか。

しかし、残念ながら私には、そういうポー研究書を書くだけの持久力も蓄積もない。ただ、かつて愛読したポーの作品のなかからまた一つ二つ拾って、以前は手もとになかったトマス・オリーヴ・マボットやバートン・ポリンやスチュアートとスーザン・レヴィンの編集による全集版のテクストで、昔よりはもう少していねいに読んでみたら、それまで気づかなかったいくつかのことが見えてきたので、それについて書き留めておきたいと思っただけである。この調子でつぎつぎに読み返せば、それぞれのなかにあらたに言いたいことも見つかっていくかもしれないが、そんなことに取りかかったら、全部仕上げるまでにまだまだ時間がかかるであろう。もはや、そうするだけの時間は私に残されていないような気がする。二一世紀に入ってから読み直した分だけでも、この段階でまとめておきたい、そう願ったまでである。

したがって本書は、十全なポー論にはいたらない「抄」と称すべきものであるが、ポー作品群が全体でどれくらいあるのかという問題は、ほんとうはいまだ完全に解決していない。雑誌に発表するためにペンネームや無署名で書いた著作も多く、比較的わかっているはずの短篇小説について見ても、それが短篇小説なのかエッセイなのか断章なのかジャンルが明確でないものもあり、また、同じ作品でもさまざまな媒体のあいだで何度も使いまわされるたびに、題名を含めて少しずつ変更が加えられる場合が少なくなかったから、数え方は厄介になるけれども、通常は短篇小説が七〇余篇あるとされる。本書で取りあげるのはほぼそれらの短篇小説に限り、しかもそのうちの一部でしかない。

とはいっても、ポーの扱う主題の範囲は狭く、いくつかの要素を偏執症的に繰り返して使うので、同工異曲といってもいい複数の作品群がひとつの系列をなしてくる。本書の各エッセイは、だいたいはポーの短篇一篇を中心に論じているが、その一篇が属する系列の他の作品にも論及するので、全体としてはかなりの数の作品を取りあげていることになるはずで、それでポーの全容を語り尽くすというわけにはいかないとしても、私のポー像を浮かび上がらせるはできると思いたい。

ポー像などというと誤解を生じるかもしれないので、つけ加えておきたい。私が扱いたいのは人間ポーではなく、ポーという作家が遺した著作から浮かび上がる世界像、狂おしいふるまいをする人間を中心にした異常な物語の世界の意味という問題である。だが、ポーの創作の多くは一人称の語り手が中心的な登場人物であるので、作者の告白と見られやすかった。文学作品はいつもある程度は作者の告白を含んでいるだろうが、作品中の人物を作者と同一視するような見方が誤りであることは、今日の文学研究では初歩的前提になっている。にもかかわらず、ポー研究はともすれば人間ポーの実像を探究する試みに帰着することも多く、そのために伝記が繰り返し書かれてきた。それかあらぬか、狂気の天才とか、不遇の悲劇的芸術家とか、作品と伝記的事実をまぜこぜにしたようなポー像は、いまでも流布しているのではないだろうか。

もっとも、ポー作品を論じるのに、作者の境遇をいっさい顧慮しないというわけにももちろんいかない。以下に、ポー論のための最小限の前提条件となりそうな事実を、私なりに整理しておきたい。そのために参照せざるをえない伝記というものは、伝記作家の拵えものであるほかないことも忘れるわけにはいかない。ここで列挙する事項の典拠は、伝記作家による解釈が最小限まで抑えられていると思われるドワイト・トマス、デーヴィッド・K・ジャクソン編『ポー・ログ』とジョン・ウォード・オストロム編『書簡集』に、なるべく限っていきたい。

エドガー・ポーは一八〇九年一月一九日ボストンで生まれた。父親デーヴィッド・ポー・ジュニアも母親エリザベス・アーノルド・ポーも旅役者だった。しかし、一八一一年七月、父親は家族を捨てて失踪し、その年の一二月、エドガーが三歳になる一ヶ月ほど前に、母親は巡業先リッチモンドで病死する。エリザベスは歌手としても才能豊かな人気女優だった。享年推定二四歳。エドガーは兄ヘンリー、妹ロザリーとともに孤児となり、それぞれ別の家庭に引き取られて養育されることになるが、エドガーを引き取ったのは貿易商ジョン・アランと妻のフランシスだった。

一八一五年、アランは事業のためにロンドンに移り住み、エドガーはその地の寄宿学校で教育を受けた。所期の目的を達することができなかったアランは一八二〇年に英国を引き揚げた。それにともない、一一歳のエドガーもリッチモンドに戻った。語学に秀で、早くから詩作を試みる早熟な少年だったようである。一八二五年、アランは叔父の遺産を得て裕福な南部貴族の仲間入りを果たし、おかげでエドガーは一八二六年にヴァージニア大学に入学させてもらうも、一年足らずで退学した。一八二七年、エドガー・ペリーという偽名で合衆国陸軍に入隊した。一八二八年に養母フランシス死去。エドガーは養父と和解したように見え、一八三〇年には養父の援助も得てウェストポイント陸軍士官学校入学にこぎつける。しかし、同年一〇月にジョン・アランは再婚し、エドガーが法律上の養子に取り立ててもらえる見こみは薄くなる。じっさい、一八三四年にアランが後妻と三人の息子を遺して死去したとき、遺書にはエドガーへの相続について一言も記されていなかった。

エドガーは一八三一年に、やはり入学後一年足らずで不品行のためウェストポイント放校となり、ボルティモアの叔母（父親の妹）マライア・クレムの家に転がりこむ。夫と死に別れたマライアのもとには、マライアの母（エドガーの祖母）や、祖父母に引き取られた兄ヘンリーが暮らしていた。この兄は水夫として海外にも出かけたことがあり、詩や文章を地元の雑誌などに発表したりもして、エドガーとウマがあったらしいが、同年八月一日に二四歳で病死する。この段階で二二歳のエドガーは文筆を生業にしていこうと決意したらしく、俄然、短篇小説をつぎつぎに書きはじめて、一八三二年以降フィラデルフィアやボルティモアの新聞雑誌に掲載されるようになった。

そして一八三五年に、リッチモンドで創刊されてまもない文芸雑誌『サザン・リテラリー・メッセンジャー』の編集スタッフとして雇われるにいたる。このあとポーは、原稿料や印税だけでは間に合わない生活費を、文芸雑誌の編集、経営に従事することによって得られる定収入で補っていこうとするものの、酒癖の悪さにからんだトラブルゆえに勤め先をつぎつぎに変えていかざるをえず、常時職にありついていたわけではない。転職の経緯は入り組んでいるので、編集に携わった雑誌を年代順に整理してみよう。

一八三五年～一八三七年　リッチモンド『サザン・リテラリー・メッセンジャー』
一八三九年～一八四〇年　フィラデルフィア『バートンズ・ジェントルマンズ・マガジン』
一八四一年～一八四二年　フィラデルフィア『グレアムズ・マガジン』
一八四四年～一八四五年　ニューヨーク『イヴニング・ミラー』
一八四五年～一八四六年　ニューヨーク『ブロードウェイ・ジャーナル』

このように並べてみるとわかるように、編集者という職業は不安定、不自由で、雇い主と折り合っていくのが困難だったから、ポーはなんとか自分だけが差配する雑誌を経営したいと考えていた。じっさいにも『ブロードウェイ・ジャーナル』はポーが最終段階で買い取って一人で経営したのだが、資金不足で二ヶ月ともたずに廃刊になったし、その他、一八四〇年には『ペン・マガジン』、一八四三年には『スタイラス』という文芸雑誌を独力で創設しようとし、最晩年にはもう一度『スタイラス』発刊計画を売り込もうとしたけれども、けっきょくどれも実現にはいたらなかった。

そんなわけだからポーは絶えず貧困にあえいでいた。その生活を支えた縁の下の力持ちは叔母マライア・クレムだった。彼女はなかなか生活力のある逞しい女性だったらしく、下宿屋を経営して暮らしを立てたり、隣人や知人の厚意をあてに喜捨を集めて歩いたりしたらしい。ポーは彼女を頼りにし、その後ずっと死ぬまで生計をともにして、感謝をあらわす手紙や詩を残している。そのうえ彼女には娘、つまりエドガーの従妹ヴァージニアがいて、ポーは『サザン・リテラリー・メッセンジャー』に雇われて定職を得ると、一八三六年五月、ポー二七歳、ヴァージニア一三歳にして正式に結婚したので、叔母は姑でもあった。

この幼妻との結婚は伝記作家たちの想像力をかき立て、ポーは小児愛好症か何かの性的倒錯に陥っていたのではないかなどという憶測をよんできた。しかもヴァージニアは、ポーの母や兄を襲った病魔と同じ肺結核にかかり、一八四二年に大喀血してからだんだん衰弱していって、一八四七年一月に二四歳で亡くなったが、その経緯はポー文学の主題を地で行くようなものだった。またポーは、結婚の前にも、ヴァージニアが死去する前後以降にも数多くの女性に求愛、求婚していて、その女性関係には不可解な部分が多い。

ヴァージニアの死後、ポーの行動は自暴自棄になったとも見られる。ポーは妻の死後三年足らずの一八四九年一〇月三日、ボルティモアの街頭でひどい身なりで倒れていたところ、人事不省のまま病院に担ぎ込まれ、けっきょく回復することなく一〇月七日に息を引き取った。享年四〇歳。その死の真相は謎に包まれ、どういうわけで横死を遂げることになったのか、不明にとどまっている。

ポーの死後、ポー像をめぐる角逐が続いた。死の数年前ポーは、よく知られているとおりフランスでボードレールによって発見され、その後フランスでは、マラルメ、ヴァレリーなどからも礼賛されて、モダンな詩人の原型として押し立てられていった。他方、英語圏では、悪名高いルーファス・グリズウォルドによるポー伝歪曲をはじめとする不評判が目立つようになった。異様な伝説奇譚の主人公に仕立てられたポーは、エリック・カールソン編『エドガー・アラン・ポーにたいする認識』に集められた各国の重要詩人、作家たちによるポー評価からもうかがえるように、国際的な毀誉褒貶の波にさらわれた。

しかし、先に述べた飾り気のない粗描からうかがえるように、ポーの生涯自体は、生まれからして恵まれなかった不幸な身の上についに押しつぶされてしまった、むしろ惨めったらしい貧乏文士の暮らしに終始している。ポーは徹頭徹尾、旅役者夫婦の子であったと主張するN・ブリリオン・フェイジンが論じるには、「ポーの生涯は、逸話やできごとがつぎつぎにあわただしく生じるものの、発展性もなく停止したままにとどまり、浮かび上がってくる彼の人間性もさえない」(218)。だから、ポー伝記を素材にした芝居や映画や小説は、ポー作品を脚色した芝居や映画とは違い、数多あらわれたにもかかわらずことごとく駄作に終わってしまうのも当然であるとみなされる。人間ポーを探究しても実りがないと見透かしたフェイジンは、つぎのように結論づける。

一世紀にわたって積み重ねられてきた証拠によって裏づけられる結論によれば、人間——芸術家、恋人、夫、夢想家——としてのポーは劇にならない。劇になるのはポー作品である。ブルックス・アトキンソン氏が言ったことでおそらくすべて尽きている。すなわち、ポーは舞台に立つと役者になる。そして役者というものは、観客に伝えるべき内実などほとんど持ち合わせ

ていない。あるいはまったく持ち合わせていない——他者を演じる者として以外は。（234）

そうであるからには、人間ポーを見つめないようにしよう。そのほうが、「モルグ街の殺人事件」でデュパンがつぎのように説明してくれている忠告に沿うことになるであろう。

したがって、深読みしすぎということがあるんですよ。真理はいつも井戸のなかにあるとは限りません。じつのところ、重要な知識になればなるほどいつも表面的なところにあるとぼくは信じてましてね。深遠なんてものは、ぼくらが真理を求めようとしてわざわざおりていく谷底にあるのであって、山頂にあるわけありませんが、真理が見つかるのは山頂なんですよ。こういう類の誤りのありさまや原因は、天体観測の際にとても典型的なかたちで見られます。星はちらりちらりと見るべしです——網膜の外縁を星のほうに向けて横目で見る（そのほうが網膜の中心よりもかすかな光は感知しやすいのです）——そうすれば星をはっきり見ることになる——その輝きをもっともよく認識できることになる——輝きは目を星の真正面に向けるにつれてぼやけてくるんです。正面に向けるほうが目のなかに入ってくる光の量は多くなるのですが、横目で見るほうが、光を捉える能力では勝るんですよ。過度の深読みをすると、思考力をまごつかせ、弱めてしまいます。明星たるヴィーナスさまだって、あまり長時間、あまりまじまじと、あまり無遠慮に見つめられたりしたら、天空から姿を消してしまうこともありえますからね。（545-6）

ポーの作品に登場する人物たちを見ていけば、ポーを横目に見ることになるのではないか。あるいは、横目で見えてくるのは真のポー像であるよりも、私自身のみずからにとっても不分明だった一面であるかもしれず、それも「私論」と称したくなる理由の一端である。ともあれ、多くの場合一人称で語る仮構上の人物たちの告白につきあうことで、ポーのさりげない告白がうかがえ、そのなかに捉えられたモダンな人間の真実が浮かび上がってくる瞬間に立ち会えたら、これほどうれしいことはないのだが。

本書では、各エッセイをそのなかで中心的に扱っているポー作品の初版発表年代順に並べ、最後にポーとドライサーとを合わせて論じた「付論」を配してある。私の主張を順序立てて展開するための構成になっているわけではないから、どのエッセイから読んでいただいてもかまわない。

引用の訳は、とくにことわっていないかぎりすべて拙訳による。ポー作品からの引用も、参照できた既訳に教わったところが多いとはいえ、すべて私の解釈にもとづいてあらたに訳出してみた。外国語文学作品の解釈を詰めていくと、どうしても既訳にたいする不満や異議を申し立てずにいられなくなるものらしい。引用文中の強調はすべて原文どおりである。

ポー作品の原題と刊行年は、その作品を中心的に扱う箇所、あるいは初出の箇所で、タイトルのあとのカッコ内に示す。ポーはさまざまな発表媒体で同じ作品を何度も使いまわし、そのたびに題を変えることもあったからややこしくなるけれども、原題はマボットの校閲を経たものを用い、刊行年は初版のものを記すことにする。

出典箇所や典拠の表示にあたっては、原則として後注、脚注などを使わず、米国の文学分野で標準的な書式となっているいわゆるＭＬＡ方式に倣い、それを日本語の文章に応用したやり方をとる。すなわち、引用参照文献書誌を末尾に掲載し、典拠文献名ないしその著者名は、エッセイの本文中で引用の前後に言及してある。引用箇所の頁は、それぞれの引用の末尾にその箇所のノンブルをカッコで括って記す。なお、ポー短篇作品の本文としてはマボット編集の全集第二巻、第三巻を使用したが、これら二巻のノンブルは連続した通し番号になっているので、引用箇所の表示からは巻番号を省いた。第三巻は七一五頁から始まっているので、引用箇所表示における（715）以後のノンブルは、第三巻所収作品の本文の頁を指示していると解されたい。

売文家の才気と慚愧

みずからの使命に疑いをいだきはじめ、〈有用性との合体〉（ボードレール）を放棄した芸術は、新しさを至上の価値に高めねばならぬ。芸術の〈新しさの判官《アルビテル・ノヴァルム・レルム》〉には、スノッブがなる。スノッブの芸術におけるは、ダンディのモードにおけるのとひとしい。
ヴァルター・ベンヤミン「パリ――一九世紀の首都」（川村二郎訳）

ポーと言えば、日本ではもっとも早くから親しまれてきたアメリカ作家の一人である。「アッシャー家の崩壊」、「黒猫」などの名作により、恐怖小説、怪奇小説の作家としてよく知られているし、「モルグ街の殺人事件」など、名探偵デュパンが登場する一連の作品を通じて、推理小説という新しいジャンルを創始した作家ともみなされている。この作家は、有名な作品の主題やトーンから連想されたイメージに重ねられたからか、酒や阿片におぼれ、性的不行状にまみれて狂気の淵をのぞきこむ、時代を超越した孤高の天才などと描き出されてきた。

ところが、その全体像を多少なりとも眺めてみれば明らかなように、ポーは当時の文筆業界と活発に渉りあって冷徹果敢な批評活動を展開し、優秀な雑誌編集者という評判もかちえた実際家でもあった。貧しいながらに文筆のみで生計を立てえたほぼ最初のアメリカ人作家だったから、その著作は、売ることを目的にして緻密に計算された産物だったと考えなければならない。不気味な作品が多いとしても、それはマーケティング戦略にのっとった制作の結果であり、病的な好奇心にとりつかれ、けばけばしい醜聞に群がる当時の（現代でもあまり違いはないかもしれない）読者をあてこんだだけ、と見るべきなのである。

しかも、ポーが書いたのは暗鬱な物語ばかりではない。顧みられることはあまりなかったし、ポーの熱心な読者にもあまり好まれそうもないけれども、彼が得意としたもう一つのジャンルは、不条理なほどの笑話、バーレスクである。その一例が「ビジネスマン」（"The Business Man" 1840）である。「ビジネスマン」は、他の有名作品と同様に一〇ページほどの短篇であるが、ビジネスマンとして成功を遂げた語り手が、自分の半生を振り返り、手がけてきた数々の事業について語るという、今日でも財界向けの新聞雑誌などでよく見かけるような、成功した経営者が人生を回顧して綴る自分史風の体裁をとっている。ただし、この男が得々と語る事業の内容たるや、まさに噴飯ものである。それゆえこれは、アメリカ文学の特徴的な構成要素である自伝性を確立した原型的な著作として重んじられるベンジャミン・フランクリンの『自伝』のパロディないしバーレスクとも見られる。そのことをほのめかすかのように、「伝記では真実がすべてであり、自伝ともなればとりわけそうである」（483）などという、この書き物の信憑性を大まじめに請けあう言葉が出てくるが、そのためにかえって他意を疑わせる。フランクリンが篤実倹約、正直勤勉の美徳を説いて、それこそが人生成功の鍵であると得意顔で書いているのとは対照的に、ポーの「ビジネスマン」が誇る成功は、とんでもない法螺か、さもなければペテンでしかない。

「わたしはビジネスマンである。わたしは几帳面な男である」（481）という出だしで始まる本篇は、「この世にわたしが憎むものがあるとすれば、それは天才である」（482）という述懐につながり、

「あなたがたの謂う天才なるものはみんな途方もないアホである――偉大な天才であればあるほどアホさ加減はきわまってくる」(482)と、「天才」に対する罵倒を連発する。「几帳面さ」はやはりフランクリンを思い起こさせるが、「几帳面さ」と「天才」を対立させるのは、フランクリンへの揶揄であろうか。「商人や工場主、綿花やタバコの業者」、「衣料品ディーラーや石鹸製造業者」、「法律家や鍛冶屋や医者」などといった、ふつうはそれこそビジネスマンと見なされそうなまともな職業に就いている人たちが列挙され、「そういう人間はただちに天才であると見なしてさしつかえないだろうが、そうだとすれば、先の比例式にしたがって、そいつはアホであるということになる」と断じられる(482-3)。

天才はアホであり、世間でまっとうと見なされる職業にいそしんでいる者たちは天才であるなどと、常識に反する基準をアイロニーたっぷりの表現で持ち出しているからには、何かを諷刺しようとしているらしい気配が濃厚である。だが、ターゲットが多すぎて、ほんとうは天才を攻撃しているのか、ビジネスマンを攻撃しているのか、よくわからなくなってくる。それは韜晦の効果であろうか。

語り手ピーター・プロフィットは、両親の計らいで、一五歳で金物屋の会計係をさせられ、一六歳で食料品店での奉公に出されようとしたのを嫌って家出をし、その後、自慢の「几帳面さ」を武器にさまざまな仕事に就いてことごとくりっぱにやり遂げたと、誇らしげに書き綴るのだが、それらの仕事はどう見てもあまりまともではない。

たとえば「洋服街頭宣伝職」(484)とは、洋服仕立ての会社に雇われ、そこの新製品を着て遊歩道や盛り場を歩きまわり、モデルのような役割を果たすついでに客引きのようなこともして顧客を会社へ連れてくる。それだけならばまだしも、「几帳面さ」の証拠として提示してみせる報酬請求書には、欠陥商品を客に売りつけるために「二級の嘘」（484）や「特上、特大の一級の嘘」（485）を弄したことにたいする手間賃まで含めてあるとなれば、詐欺師まがいのやり口というほかない。その次に手がけた「目ざわり業」（485）とは、瀟洒な建物の建築計画を探りあてては、そのすぐそばにわざと醜悪な建物を建て、立ち退き料をせしめるものである。その他つぎつぎに職種を変えるけれども、「殴られ屋」（486）は挑発した相手に自分を殴らせてから治療費を請求する商売、「泥はね屋」（488）や「泥かけ犬使い師」（489）は、ダンディーのブーツが泥まみれになるような仕掛けをしておいて、靴磨きのカモにする手口、等々、いずれも詐欺めいている。しまいには、議会に「ネコ駆除法」（491）を作らせて、ネコの尻尾を役所に提出すれば賞金がもらえるようになったことにつけこみ、ネコをたくさん飼育しておいて、尻尾を切っては持っていくのだが、切り口に「マカッサル・オイル」（491）を塗っておくとまた尻尾が生えてくるので、一頭のネコから何度でも尻尾を収穫できて大儲けする、などといった荒唐無稽な話にたどりつく。あげくの果てに、「それゆえわたしは、自分こそ功成り遂げた名士なりと断じ、ハドソン河畔の田園邸宅を買い取る交渉に乗りだしたところである」（491）とうそぶいて締めくくる。

　このような諧謔にみちた物語のなかで繰り返しあらわれるのは、当時浮上し、個人経営を脅かしはじめていた法人としての会社や銀行にたいして、たとえば「企業体《コーポレーション》というものは、よく知られているとおり、蹴飛ばしてやれるような肉体も有していなければ、呪ってやれるような魂も有していない」（489）などと呪詛する言葉とともに、「天才」にたいする反感をあらわにする言葉である。全体としてはとてもまじめに受け取れそうもない話ではあるが、このようなくだりには並々ならぬ本気の気配が感じられないであろうか。

語り手は自分の仕事ぶりを、霊感に頼ると称する天才とは違い、ビジネスマンらしく几帳面で系統立っていると誇る。こんな詐欺師まがいの男が大まじめにビジネスマンと自称するところに、この話のおかしみやばかばかしさがあり、また諷刺があらわれている。だが、ここでいったい何が諷刺されているのか。そもそも英語「ビジネスマン」は、いまや日本語でも通用し、経営者などといったなかなか立派な意味の言葉になっているけれども、それほど古くから使われていたわけではない。ポーが「ビジネスマン」を書いたころに、ようやくアメリカで今日の意味に近い言葉になりかけていたようだが、「ビジネスマン」にしても、その原形たる「マン・オブ・ビジネス」にしても、商人にたいする昔からの一種の軽侮のニュアンスをまだとどめていた言葉だったと思われる。言葉の問題だけではない。米国ではジャクソン大統領の時代以降、資本主義経済が急激に発展し、個人経営者が会社や銀行に苦しめられたり、詐欺と実業の区別がつけがたくなったりしていくことに、深い不安が広がっていた。

ポーの「ビジネスマン」における諷刺は、一方では、詐欺師との違いがあやしくなってきたビジネスマンにたいして向けられ、また、他方では、古いビジネスマンとは異なって個人責任がはっきりしない、法人という虚構に支えられた企業体としての会社や銀行がのさばる新たな資本主義経営形態にたいして向けられている。それと同時に、天才を受けつけずに計算づくの著作を買いつけるやり方で当時成長を遂げはじめた出版ジャーナリズム業界への嘲りも、また、そのなかでビジネスマン然として執筆や編集に辣腕をふるうポー自身への自嘲もうかがえそうである。いや、ことによると、こんなやり方でまんまと儲けてやったぞと、腹の底でせせら笑っているのかもしれない。

ビジネスマンの話を読んでもつい作家の物語に読みかえたくなるのは、もっと早くに発表された短篇である「ブラックウッド風の作品の書き方」（"How to Write a Blackwood Article" 1838）が念頭にのぼるためであろうか。ハウツーものみたいな題名の、人を食ったようなこの話もまた、不条理なできごとをまじめくさった口調で語ってみせる、悪趣味ともいわれそうなバーレスクだからである。

こちらの物語の語り手は、シニョーラ・サイキー・ゼノビアと名のる女性である。「フィラデルフィア（なんたらかんたら＝中略）人類教化協会」などという長ったらしい名前の同人の「通信担当書記」をつとめ、その機関誌の編集責任も担っているらしい（337）。このような女性となれば、トランセンデンタリストたちが集まったヘッジ・クラブの同人誌的な雑誌『ダイアル』の編集責任を担ったマーガレット・フラーが連想されるかもしれないが、「ブラックウッド風の作品の書き方」が最初に雑誌に発表された一八三八年は、一八四〇年に創刊された『ダイアル』誌の出現以前で、フラーの名前が世に知られてもいなかったから、サイキー・ゼノビアがフラーへのあてこすりであると見るわけにはいかない。『ダイアル』への言及もこの短篇のなかにあらわれる（342）が、それは一八四五年の改訂ではじめて取り込まれたもので、いわば後付けである。ホーソーンが一八五二年に発表した作品『ブライズデール・ロマンス』の女主人公ゼノビアはフラーへのひそかな言及であるというのが定説となり、この結果、パルミラ王国女王の名前とフラーとは関係づけられるようになるが、その名前をホーソーンはポーのこの短篇から着想したかもしれないとしても、ポーの短篇自体がフラーへの諷刺として発想されたとは言えない。諷刺の対象は、むしろもっと広く、雑誌の編集責任を担うような文筆業者一般であると受けとめられる。ここでそういう人物が女性として設定されているのは、当時の米国における文学界で女性の演じた役割にたいするポーの洞察にもとづいていると見るべきではないだろうか。

ゼノビアの話はまず、自分が編集を担当する雑誌の質を向上させるためにいかに貢献したか、自慢するところから始まる。雑誌の強みは「政治的論説」などにはなく、協会の指導者マネーペニー博士が**「怪奇もの」**と呼び、一般に**「強烈衝撃作」**と呼ばれているジャンルの読み物に長けている点にあり、ゼノビアはそういう種類の著作のこつを、成功している有名雑誌の編集長ブラックウッド氏に「(協会から派遣されて)」直接面会し、教わったというのだ(338)。そしてこのあとは、ゼノビアとブラックウッド氏との問答が再現される。このやりとりのなかでブラックウッド氏は「煽情型真正ブラックウッド風の作品」(340)を書くときの秘訣をゼノビアに縷々教え諭すのだが、それはまるでポーが怪奇小説を書くときに実践していることを、ふざけた口調ながら忠実になぞっているみたいである。

たとえば、ブラックウッド氏はお手本となるような作品をいくつかあげるのだが、いずれも実際に『ブラックウッズ・マガジン』に掲載された記事であり、ひとつの例だけについて説明すれば、作中で挙げられている『生きていた死者たち』(339)というのは、『ブラックウッズ・マガジン』一八二一年一〇月号に掲載された「生きながら埋葬された者たち」のことと考えられる。だが、それこそポーの短篇「早すぎた埋葬」("The Premature Burial" 1844)の種本であるにちがいない、という具合で、ポーは嗤いにまぎらせながら自分の手の内を明かしていると見られる。

文体についての諸注意も然り。たとえば「形而上学調」(341)の文体を推奨するにあたって、「だいたいの物事にたいしては鼻でせせら笑ってやればいいのです」(341)などと助言し、衒学の有用性を説く。そういうペダンティックなディレッタントは、ポーの文章から浮かび上がってくる書き手の姿そのものではないか。「もっとも重要な部分――じつはこの仕事《ビジネス》全体の魂ともいうべき部分」(343) としてメモしておくようにと列挙されるのは、学識をひけらかすための片言隻句であり、とりわけ、中国語からフランス語、スペイン語、ドイツ語、ラテン語、ギリシャ語などにいたる外国語で綴られた短文の引用である。この種の語句を文章のなかにちりばめる手法も、ポーの常套にほかならない。

「ブラックウッド風の作品」を書くことを、ブラックウッド氏自身が「仕事《ビジネス》」と言いあらわしていることに目をとめれば、そこに先に見た短篇「ビジネスマン」への引っかかりが見えてくる。ブラックウッド氏はピーター・プロフィットに劣らず几帳面さを重視強調して、利用できそうな語句をふだんからメモしておくというような、職業としての文筆業にとって不可欠の実用的な手立てをゼノビアの頭のなかにたたきこもうとするばかりで、ロマン派的な文芸観にとってなくてはならないはずの天才とか霊感《インスピレーション》とかについては、一言も言及しないのである。

ゼノビアは、「ブラックウッド風の作品」をものするための取材方法として、「まず第一に必要なことは、これまで誰も陥ったことのないような難局のなかにみずから落ち込んでみるということです」(340) という示唆を与えられる。彼女はブラックウッド氏に別れを告げたあと、図らずも異様な難局に落ち込むことになるのだが、その経験をほかならぬゼノビアがブラックウッド氏の教えを守りながら作品に仕上げた成果とされるのは、「ブラックウッド風の作品の書き方」の後半に入れ子構造をなして組み込まれ、独立した作品みたいに見える「ある苦境」という題の物語である。

「ある苦境」の冒頭、エディンバラの市街に繰り出したゼノビアが、街頭の光景を目にしてどういうわけか深い感動に襲われた経験について述べはじめる。その冒頭の一節の文章は、「天才と想像力に恵まれた精神には、いつもふとしたときに、なんと陰鬱な記憶が束になってよみがってくるものであろうか」(348)などという、大げさなロマン派的詠嘆である。つまり、ブラックウッド氏が、天才をアホと喝破したピーター・プロフィットほどでなくても、天才などについて贅言を費すことなくロマン派的な詠嘆を敬遠していたことに、ゼノビアは気づかなかったのか、はじめから氏の助言に反した書き方を見せつけてくれる。あまり期待をもたせてくれない出だしであり、じっさい、「ある苦境」は、ブラックウッド風の書き方についての一知半解から生まれ落ちた、滑稽な失敗作の見本なのである。

これが失敗作である所以をもっともわかりやすく示しているのは、ゼノビアがブラックウッド氏から教わった深遠たるべき外国語の引用句を利用するにあたり、ことごとく間違えてしまうことである。メモしたはずの語句を几帳面にひとつ残らず取り込んでいるゼノビアの作品「ある苦境」は、外国語聞き取り時によく起きる、わからない言葉をつい自分の母語の言葉に置き換えて聞きとってしまう、いわゆる空耳のオンパレードになっている。たとえば、ヴォルテールの悲劇『ザイール』からのフランス語の一節「オシ・タンドル・ク・ザイール」を「オシ・テンダー・ク・ビーフステーク」などと書く。「ザイールのようにやさしい」という意味のフランス語が、意味不明ながら強いて解すれば「ビフテキほどに柔らかな骨」とでもいうのか、英語めいた語句に転訛されている。空耳ヒアリングにしても相当無理のある転訛であるが、他にもブラックウッド氏が例示したさまざまな言語を無理やり英語じみた言葉に変形した語句が続出し、グロテスクな笑いを誘おうとしている。

これらは異言語をまたいだ駄洒落であり、ゼノビアの書き物のばかばかしさをしつこく見せつけているけれども、そのためにこの作品は日本語に翻訳することがほとんど不可能になっている。ポーの翻訳に後半生を捧げた観のあるボードレールでさえ、全集版ポー短篇翻訳集『エドガー・ポーによる異常な物語』の編者ジャック・クレペによれば(387-390)、七〇篇あまりの短篇中四〇数篇の翻訳を世に出したものの、この作品や類似のバーレスクの翻訳には手をつけていない。

枠物語である「ブラックウッド風の作品の書き方」の額縁部分が、ゼノビアとブラックウッド氏の問答に終始して動きに乏しいのとは対照的に、「ある苦境」はスラップスティック的ドタバタが連続し、シュールレアリスムを先取りしたような奇想天外な結末になる。ゼノビアは黒人の召使いポンピーと愛犬のプードル、ダイアナをともなってエディンバラをぶらついているうちに、ふとゴシック建築の寺院に目がとまり、その尖塔の上までのぼると、塔に設置された大時計の文字盤にあいている穴から頭を出して眼下の眺めに見とれる。だが、やがて気がついたときには、時計の長針がまわってきて首に引っかかってしまう。長針は刻々と動いて首を圧迫し、その圧力で片眼が飛び出して、軒の雨樋まで転がっていく。雨樋に落ちた眼とまだ頭に残っている眼とが、たがいに共謀するかのようにウィンクしたり目配せしたりすることにゼノビアが腹を立てるうちに、残っていた眼球も飛び出し、二つの目玉そろってどこかへ転がり去ってしまう。そのうち頭も長針によって切断され、街路に落ちてしまう。このときゼノビアが考えることは、近代的個人の自同律をめぐる議論のパロディとおぼしい節があって、なんだか哲学めいてもいる。

わたしの感覚はこちらとあちらとで同時に働いた。あるときは、頭のほうのわたしが自分こそ本物のシニョーラ・サイキー・ゼノビアだと思いこんだ――だがつぎの瞬間には、胴体のほう

のわたしが自分こそ正しい意味で本人だと確信した。(355-6)

そして、首なしのゼノビアを見てポンピーは逃げ出し、愛犬ダイアナは寺院のネズミにむさぼり食われてしまい、作品はつぎのような言葉で結ばれる。

イヌもいなくなり、ニガーも失い、頭もなくしてしまった**いま**となっては、この不幸なシニョーラ・サイキー・ゼノビアにいったい何が残っているだろうか。ああ——**無しかない!** わたしは終わりだ。(357)

まるでロマン派好みの悲劇の主人公が、芝居の最後に吐く嘆きのセリフみたいではないか。これではブラックウッド氏の苦労も水の泡だ、というのがこのバーレスクのオチであろう。

抱腹絶倒とは言わぬまでも苦笑いくらいは誘いそうなこの笑い話のなかで、目を引かれる細部がひとつある。それは、「あえて言わせていただけば、誰だってわたしのことは聞いたことがあるに決まっている。わたしの名前はシニョーラ・サイキー・ゼノビア。それに間違いないことはわたしが知っている。わたしをスーキー・スノッブズなどと呼ぶのはわたしの敵だけだ」(336)という冒頭の文章からわかるように、ゼノビアの別名がスーキー・スノッブズであるということだ。語り手はそんな呼び名をつけられたことに憤慨している。嫌悪しているにしては作品中「ある苦境」を含めて何度もこの呼び名に言及しており、かなりこだわっているとわかる。ゼノビアは「スノッブズなんていうのは、ゼノビアが訛った呼び方でしかない」(337)と言い、こんな仇名は「ミス・タビサ・ターニップがまったくの妬みから触れまわっているだけだ」(336)と述べて、変な誤解を受けないように必死に努めているものの、どうやら彼女は世間ではスノッブとして通用しているらしい。さもなければ、こんな仇名が広まるはずもない。ゼノビアがスノッブズに変わるとはやっぱり相当無理のある転訛であるが、この仇名はむしろゼノビアのスノッブとしての性格を伝えていると解される。

ポーがスノッブという言葉を作品のなかで明示的に使うことはめずらしいけれども、私の見るところ、スノッブはポーにとってじつは創作上のひとつの重要なテーマであった。近代以降の文学市場が形成されつつあったときに、文学を趣味にするだけでなく生活のたずきにもしようとすれば、スノッブになる危険性にたえずつきまとわれていることを気にしていたのではないかと思われる。たとえスノッブという言葉が明示的にあらわれていなくても、そういう気がかりがうかがえる作品は少なくない。そしてそういう作品は、まがりなりにも文筆に携わっている人物が主人公になっている場合が多い。

例をもうひとつあげれば、「シンガム・ボッブ閣下の文学的生涯――『グースザラムフードル』誌前編集長自叙伝」(“The Literary Life of Thingum Bob, ESQ. Late Editor of the ‘Goosetherumfoodle.’ By Himself” 1844)がある。これは、アメリカ文学界に大変な名声を残したと誇る語り手が、引退にあたって自分の前半生を回顧して自叙伝を書いたという体裁の書き物である。しかし、その経歴たるや、「ビジネスマン」の著者が語った経歴と同様に噴飯ものである。シンガム・ボッブという名前は、「なんとかかとかいうもの」とか「何某とかいう人」とかの意味を有する英語俗語の単語「シンガム」ないし「シンガムボッブ」からでっちあげられており、この作品はやはりアイロニーにみちたバーレスク、戯文であることがはじめから明らかである。

この自叙伝の語り手は、床屋トマス・ボッブの息子でありながら若くして詩人として好評を博し、やがて『グースザラムフードル』とか『ラウディダウ』、『ロリポップ』、『ハムドラム』などといった、ヘンテコな名前の雑誌の編集者として雇われるうちに出世を遂げて、ついには『グースザラムフードル』の編集長に成り上がり、多くの雑誌を吸収合併したあげく、文学史に名を残すような大きな影響力を有することになったという。紹介されている彼の出世作である詩もその他の著作も、ばかばかしいばかりの愚作なのだが、妙なことに、この男には作者ポーの投影もうかがえる。というのも、たとえば、あちこちの雑誌を渡り歩きながら編集に辣腕を発揮したとか、編集者としてもに執筆した批評で「トマス・ホークを演じる」(1140)ことで成功したとか、彼が誇っているのは、ポーがじっさいにやったことでもあるからである。ちなみに、「トマス・ホークを演じる」というのは、「トミー・ホーク、すなわちトマホーク」(1140)という語形変化を経由して、「トマホーク」を揮うことの婉曲表現となり、誌上の批評によって、「頭皮をはいでやったり脅しつけてやったりして、うじゃうじゃいるろくでもない物書きたちをなんやかやとやっつける」(1140)ことを意味しているが、それこそポーが雑誌編集に従事していたときの得意技であった。歯に衣着せぬ批評の獰猛さゆえにインディアンに見立てられ、「トマホーク」という仇名を献上されたのは、この物語のなかの話ではなく、ポーの伝記上の事実である。

その上さらに、シンガム・ボッブは、「わたしは歴史を作った」(1144)などとうそぶいてさんざん自慢話にかまけた末に、結末で急にしんみりとしてしまい、つぎのような言葉を吐く。

だが、わたしはおとなしい人間であり、謙虚な心をもったまま死んでゆく。こんなものはけっきょくなんだというのか――人びとが「天才」などと名づけることにこだわる、この名状しがたいものは。つきつめたところ、そんなものは**勤勉**にすぎないというビュフォンの意見――およびホーガースの意見に、わたしは賛成する。／**わたし**を見てください――いかに労働したことか――いかに苦役に従事したことか――いかに書いたことか！　おお、神々よ、わたしは執筆し**なかった**でしょうか。「安逸」などというものは言葉も知らなかった。昼間は机にしがみつき、夜は蒼白き学者らしく真夜中に燈火の油を費やしたものだ。(1145)

このなかの「人びとが「天才」などと名づけることにこだわる、この名状しがたいもの」という表現は、マボットの指摘によれば、ジェイムズ・ラッセル・ローウェルがポーを評して用いた言葉をこっそり取り込んだ「私的な冗談」(1149) であるという。ポーは「天才」などと呼ばれていい気になることを潔しとはしなかったのであろう。そしてここでもまた「ビジネスマン」におけるのと同様に、「天才」などというものへの不信がはき出され、かわりに「勤勉」への讃辞が連ねられる。こうなると、シンガム・ボッブはいかに詐欺師か道化じみていても、その一部には、作者の現実や願望がピーター・プロフィットにも劣らずこめられているのではないかと見えてくる。

この点を踏まえれば、シンガム・ボッブが文壇にデビューしたころに「スノッブ」(1132 et passim) という筆名を用いたことは、思い半ばに過ぎるところがある。ゼノビアにしてもシンガム・ボッブにしても、文筆業を営む者に与えられている別名がスノッブにちなんでいるのだが、そもそもスノッブという英単語の理解が一筋縄では立ちゆかないので、この言葉をめぐる議論に多少はつきあってみる必要がある。

　スノッブという言葉は短くて発音も簡単だし、うまい訳語が見つからないからか、日本語の世界でも一部では、そのまま「スノッブ」として通用しているみたいであるが、その意味がどれほど正確に理解されているかとなると、きわめて心許ない。日本の商業宣伝でスノッブがカッコいいこととほとんど同義に使われ、消費者にスノッブへのあこがれをかき立てている使用例に接して、仰天した覚えもある。スノッブは第一義的には、出身が卑しくて作法も教養もないくせにやけに上流階級や貴族と交わりたがり、そうすることでいい気になっている成り上がり志願者のことである。上位の者たちがそういう人間を蔑んでつける呼び名がスノッブなので、本来は否定的な意味しかなかった。日本語の辞書で「スノッブ」を引くと「紳士気取りの俗物」などと出てくるのは、この意味を伝えている。それでとどまっていたら面倒はなかっただろうが、その後この語の意味は複雑多岐に変化してしまった。

『オックスフォード英語辞典（OED）』はこの語についていくつもの意味を列挙している。それによると、「語源不詳」とあり、古くは一八世紀に靴職人（cobbler）ないしその弟子を意味する俗語で、下層民一般にたいする蔑称でもあったが、やがてケンブリッジで大学人でない町民を意味する隠語として学生のあいだで用いられるようになったとのこと。この語が人口に膾炙するようになったのは、ひとえにケンブリッジ大学出身の小説家サッカレーの功績と見られており、とりわけ、彼が一八四八年に出版した『イギリス俗物誌《ザ・ブック・オヴ・スノッブズ》』でさまざまなスノッブの生態を描き出して以来のこととされる。その段階で確立された意味は、OEDの定義3c「自分よりも上の社会的地位や富を有する人たちの真似をしたり交際したりすることに、あさましくも俗悪なくらいにあこがれ、その機会を求める人、社会的に重要人物と見られたがる人」で説明されている。しかし、ややこしくなることに、定義3d「地位や功績や趣味に関して劣っていると見なされた人たちを軽蔑する人」がすぐあとに続いている。こうなるとちょっとまぎらわしい。下から上をあこがれる人だけでなく、上から下を蔑む人も、価値基準を共有しているからこそその価値の獲得をめぐって攻防するわけで、同じ穴の狢といえばその通りだから、同じ言葉であらわされても不思議はないけれども、意味の反転による多義性が生じる。さらにややこしいことには、逆スノッブ（inverted snob）あるいは反スノッブ（antisnob）という表現もあらわれてくる。OEDは逆スノッブについて、「上流階級を嫌ったり、交際や関係をもつことを避けたりする人。下層階級の一員である、あるいは下層階級に共感していると見られたがる人」と定義している。ボヘミアンの芸術家によく見られるタイプであるが、これもスノッブの一種にほかならない。

しかし、このようなOEDの説明ではスノッブを捉えきれていないという不満をもらしているのは、『文学におけるスノッブ』を著したマーガレット・ムーア・グッデルである。スノッブとは何かということを考えようとすれば、所詮辞書的な定義ですまないのは当然であり、グッデルはサッカレー、メレディス、プルーストの文学を論じることで考察を深めようとした。

彼女の考察によれば、スノッブの意味は時代によって少しずつ変化し、また、スノッブという言葉がそのまま諸外国に取り入れられた結果、国によっても意味が少しずつ違っているという。したがって、スノッブが外来語としてそのままの形で使われるようになっているのは、何も日本に限ったことではないとわかる。グッデルが論じるには、一九世紀にはいざ知らず、現代におけるスノッブ呼ばわりには、「社会階級的地位の上下を人間的美点の尺度として受け入れていることにたいする批判」(13)がこめられている、つまり既成の価値基準に無批判に追随していることへの指弾が含意されていると示唆している。他方、「社会におけるスノッブ根性が英国においてほんとうに激烈な問題であったかぎり、スノッブという言葉は、支配と従属、へつらいと傲慢にかかわる基本的な事実との連関を有していた」(51)とも述べ、英国の階級社会としての性格が薄れてくるにつれ、スノッブの問題の切迫感が減少してきたと論じている。だが、階級的威光をめぐる攻防という切迫感は弱まったとしても、自分の正体を偽る詐欺師的な人間としてのスノッブが大衆化して広まってくる危機は深まるばかりではないだろうか。

グッデルはスノッブという言葉がフランスやドイツでどのように理解されているかについても論及し、仏独両国では、「英文学や英国の社会生活に特別親しんでいる人によって使われる場合には、この語の英語の意味」が通用しているものの、フランスには社交界のファッションに関するスノッブ、ドイツには教養主義のスノッブというそれぞれの偏りが見られ、「シャレ男やダンディー」という意味と、「それよりももっと多くの場合、知的ないし芸術的な事柄にたいするある種の姿勢」という意味で理解される傾向が目立つとして、階級的相克に結びついた本来の意味合いがぼけていると示唆している(49)。この点は日本でも同様かもしれない。

フランス人クランシャンは、「革命の嵐」(50)のあと、王という中心を失った宮廷の衰退がスノッブを出現させたとみなし、「一九世紀ヨーロッパのすべての首都で組織されるようになる社交界」(51)の場、すなわちサロンの君主がスノッブであると論じる。クランシャンはこれを「第一次スノビスム」と呼び、第一次世界大戦の時代まで続いたという。なかでも興味深いのは、王の宮廷にいた詩人や芸術家、劇作家や役者といった「アミューズール（娯楽提供者）」(54)が演じていた役割を、スノッブが引き継いだという見方である。二〇世紀にサロンの枠が崩れ去って大衆化した「第二次スノビスム」においては、「現代では主として演劇人、特に映画人がアミューズールである」といわれることになり、「純文学は文学役人の職業となってしまい、そのスノビスムは凋落している」とされる(55)。「読者の文化は観客の文化に席を譲ってしまったが、大衆のアミューズールの周囲には、相も変わらないスノビスム、すなわち例外的な世界に所属しようと願う欲望が渦巻いている」(58)というのである。

米国のスノッブについては、英国と同じ言語がおこなわれている以上、意味の偏差がなさそうに思われるかもしれないが、グッデルは一節を特にこの問題に割いて、つぎのように論じている。

大まかに言って、アメリカ的な意味におけるスノッブとは、周囲の人びとによって社会的地位の高さは認められているのに、お高くとまって「民主的でない態度」をとるゆえに嫌われるような人物のことである。言い換えれば、スノッブ根性の概念には、社会的に上位の人たちにたいする敬意ないし模倣と、下位の者たちにたいする侮蔑との二つの姿勢が含まれているとすれば、そのうち後者のみがスノッブ的だと呼ばれる。（中略）意味の重点がこのように変化したことは、合衆国のような国における必然的な成り行きかもしれない。爵位をともなう貴族制度がなくて、社会階層序列が明確に存在しているのに幾分わかりにくくなっている国では、社会的地位の特権は、それと縁のない人びとによって過大評価される危険性よりも、それを有してい

ると自負している人びとによって不当なくらいひけらかされる危険性のほうが大きいからである。(28)

米国のスノッブは上流階級のお上品ぶりをひけらかす者たちのことであるというのだが、米国のスノッブ根性について二一世紀になって一書をものしたジョゼフ・エプスタインは、必ずしも上から下を見くだすスノッブだけを見つめるわけではない。アメリカ文学におけるスノッブ研究に長けた小説家としてヘンリー・ジェイムズ、イーディス・ウォートン、セオドア・ドライサー、F・スコット・フィッツジェラルドをあげながら、「民主主義が可能にした社会的流動性は、人びとが一、二世代のうちに社会階級の階梯を下からてっぺんまで登りつめることもできるようにしてくれたので、スノッブ根性を育むすばらしい温床を提供し、スノッブになじみぶかい偉ぶり、傲岸、気取り、偽りのへりくだり、その他の鼻持ちならないふるまいを見せつけてくれる場にことかかなくなった」(29)と論じている。米国で宮廷やサロンの役割を果たしていたのは、エプスタインが「ワスポクラシー」(61)と呼ぶ体制、つまり米国におけるワスプ(白人、アングロサクソン、プロテスタント)による支配であるが、現代の米国でこのワスポクラシーの没落にともなってますます大衆化してきたスノッブ根性の蔓延が、エプスタインの注視する社会現象である。

日本におけるきわだったスノッブ研究家は太宰治であった。太宰文学にたびたびあらわれる「きざ」という言葉は、スノッブの訳語と解することもできる。太宰はあちこちできざを見出しては悪態をつくのだが、きざに目くじらを立てる自分もきざであると自覚して慚愧に堪えないのである。スノッブは軽薄なだけで悪気もなさそうに見えながら、真率さなどに見向きもせず、本性を偽り、別物にまんまとなりすまそうとする。気どり、知ったかぶり、はったり、わけしり顔、こけおどし、なんでもござれの鼻持ちならぬ見せかけ人間であり、憎んでやったり嗤ってやったりするにふさわしいとしても、そんな者たちが気になってしかたない自分は何者であろうか。

花田清輝は太宰を論じた文章のなかで、「かれの反俗性は有名だが、かれが俗物であろうと、反俗的俗物であろうと、或いはそのいずれでもなかろうと、そういうことは、いまの私には、どうでもいいのだ」(66)と言って、一見スノッブ論を斥けているように見せながら、太宰における「西欧的なものと、日本的なものとの均衡」(68)とその破綻というこの論文の主題へ移っていく。だが、西欧的なものとの葛藤という問題は、外国かぶれがスノッブの特徴である以上、スノッブの問題に直結しているはずではないか(ゼノビアがブラックウッド氏から教わった外国語を知ったかぶりで自分の書き物「ある苦境」に取り込もうとしたことを思い起こしてもいい)。

じっさい、花田自身もスノッブにはたえず眼を注いでいたと思われる。たとえば「俗物論」と題する彼のエッセイには、つぎのような言葉があり、くねくねと伸びていくその文体につきあって、多少長くなるのも厭わず引用せずにいられない。

反俗精神とは、ポーの所謂天邪鬼のごときものであり、かれの主張するように、それは、断じてア・プリオリに演繹さるべきものではなく、どこまでもア・ポステリオリに帰納さるべきものであった。してはいけないから、する、しなければいけないから、しない、というような天邪鬼的な精神の在り方は、無上命令の信奉者であったカントなどには、なによりばかばかしい気がするでもあろうが、それはかれが、あまりにもかれのアプリオリズムにとらわれているからであり、もしもかれが、ア・ポステリオリに、仔細にかれの心のなかを点検してみるだけの労を惜しまないならば、意外にも、仄暗い場所に一匹の天邪鬼がうずくまり、いらだたしげに、絶えず貧乏ゆすりをしているのをみいだして驚いたにちがいない。カントと異なり、私の場合は、貧乏ゆすりどころか、天邪鬼はじだんだを踏んでおり、これでは嫌でもそれの実在を帰納しないわけにはゆかず、その結果、私は、大凡、ひとが右といえば左、左といえば右といえという、天邪鬼の命令に唯々諾々として従っているらしいが——それ故にこそ、また、世にいう反俗的精神が、抽象的な論理だけをふりかざし、正義は我にありというような顔をして俗物精神をみくだしているのを眺めると、いかにもそういう反俗的精神が、俗物精神とは無関係に、ア・プリオリに演繹された、たよりないもののように思われるとともに、終始一貫、実証的な手続きを経て、ア・ポステリオリに、俗物精神のなかから帰納された反俗精神だけが、真に反俗精神の名に値するもののような気がしはじめ、総じて、俗物精神に通暁していない反俗精神を、逆にみくだしたくなるのである。ドン・キホーテやファウストが、おめでたい世間知らずであった筈はなく、かれらにはサンチョやメフィストの心のうごきが、手にとるようにわかっていたにちがいないのだ。(26-7)

俗物論の難しさは、逆スノッブもスノッブの一種であり、反俗を衒う俗物も世にはびこっていることから生じる。ほんとうの「反俗精神」が「天邪鬼」によって支えられているという花田の指摘は、ポーを考えるための重要な手がかりとなる。

現代の日本こそ、何ごとにも通や識者やマニアやオタクが幅を利かせ、ブランド志向やグルメ礼賛や名門信仰が行きわたり、芸能界張りのスターをもてはやし、ナルシシズムがはびこるスノッブ横行社会である。マスメディアで踊る芸術家や学者から政治家や財界人まで、誰もが芸能人化してアミューズールになっている。そういう社会では、単純な向上心さえ、既存の価値体系を無批判に前提して抱かれるかぎり、俗物根性に絡めとられる可能性が高い。スノッブの跳梁を大目に見ていると、大勢の人びとが支配的価値観に同化していくのを許すことになり、柔らかいファシズムを招き寄せる。だが、今日の日本に、セレブという語が妙に変質し濫用されているのを見れば無理もないとも思えるけれども、スノッブ論の素材があふれかえっているにしては、どういうわけか、スノッブ批判などあらわれる気配はあまり感じられない。

さて、ポーがゼノビアやシンガム・ボッブをスノッブとして描いているという点に戻ろう。ポーの作品における「スノッブ」という言葉の用例は、『イギリス俗物誌』出版（一八四八年）よりも早く、それ以前からサッカレーが雑誌その他の著作でこの語を使っているとしても、ポーの用例は少なくともサッカレーとほぼ同時代に属する。すべての英単語の文献初出例を集めるという謳い文句のOEDも、ポー作品にこの語があらわれていることは見落としているようである。しかも、文筆や雑誌の編集に携わっているゼノビアやシンガム・ボッブをスノッブに結びつけるという筋立てには、「スノッブ」の意味としては比較的遅くに見られるようになったとされる、知的、芸術的方面での「例外的な世界に所属しようと願う欲望」の持ち主という意味が、ポーによってすでに前提されている気配ではないか。

ポーのこの洞察の根底には、誕生してまだまもない文芸雑誌の世界という現実があったと考えられる。文芸雑誌というものが出現し、商業的に成り立つようになったのは、一九世紀初頭のことであり、英国から始まって米国やロシアに広まった。英国で最初に成功した文芸雑誌は、一八〇二年創刊の『エディンバラ・レヴュー』であるとされ、これがホイッグ、リベラル派の雑誌だったことに対抗してトーリー派が一八一七年に創刊したのが『ブラックウッズ・マガジン』である。一九八〇年に廃刊になるまでこの雑誌を経営したブラックウッド家の歴史を著したデーヴィッド・フィンケルスタインによれば、「ブラックウッドとその同時代人たちは、印刷出版の中心地としてのエディンバラの長年にわたる評判と伝統の恩恵を受けた」(6)のみならず、ウィリアム・ブラックウッド一世は、「あつかましい自己宣伝」のためには手段を選ばない「マーケティングにおける初期の実験」(9)に関してもめざましかった。『ブラックウッズ・マガジン』はシェリーやコールリッジなどのロマン派の著作を掲載したほか、ホラー小説やゴシック小説を呼びものにしていた。

ポーが詩人、批評家としても、雑誌編集者としても、若いころからこの雑誌に大きな影響を受けたことは明らかである。「ブラックウッド風の作品の書き方」(337)でも「シンガム・ボッブ閣下の文学的生涯」(1141)でも嘲笑的に言及される「ブルム卿」とは、『ブラックウッズ・マガジン』のライバル『エディンバラ・レヴュー』の代表的編集者、執筆者ヘンリー・ブルム男爵のことであり、この扱いは競り合う両誌のうちの片方に肩入れしているように見える。だから、ゼノビアにブラックウッド氏の助言を乞わせたり、もうひとつのバーレスク「息の喪失」("Loss of Breath" 1835)の決定版に「「ブラックウッド」の中にも外にもないお話」、また、初期の版では「ブラックウッド風に料理されたお話」などという副題がつけられたりして、『ブラックウッズ・マガジン』をお笑いぐさみたいに扱っているのは、作者が負っている恩義を隠蔽するための韜晦か、かつて傾倒していた事実を抹消するための自嘲なのであろう。

文芸雑誌が成り立つためには、雑誌の母胎となる同人ないし徒党《ジャントー》だけでなく、購読者層が形成されていなければならない。だが、文芸雑誌を売り出したり購読したりするような人たちは、スノッブにほかならないではないか。ポー自身も若いころから初期の文芸雑誌を漁っては、バイロン張りに「朝起きてみれば文壇の寵児」となることを夢見るスノッブだったであろう。旅役者夫婦の子として生まれ、幼くして孤児になったためにリッチモンドの貿易商ジョン・アランに引き取られて育てられたポーは、商家の跡取りになるかもしれないという期待のもとに、ビジネスマンとしての教育を施されたが、一流のビジネスマンは紳士でもなければならなかったから、ジェントルマンとしての教養を身につけるように仕向けられた。

平等を謳う民主社会は、同一性の共有を民衆に強いる一方で、個人主義原理も行きわたらせているから、一般大衆にたいしては、みんなと一体化、同化したいという欲望をあおり立てながらも、自尊心の高い人間にたいしてはまわりの衆愚との差異にしがみついていわゆる精神的貴族を衒うように唆してもいる。ちがいのわかる男としての紳士は、貴族ならずともスノッブになることを奨励されているようなものだった。

紳士として育てられたポーもスノッブぶりを習い覚えなければならなかったであろうが、結局は貧しい孤児だったから、この方面で成功を遂げることが困難であった。役者夫婦の子ポーは本質的に文学者というよりは役者であったと論じたフェイジンは、つぎのように述べている。

紳士として育てられながら紳士の暮らしを維持するのに必要な手立てを与えられなかったエドガー・ポーは、紳士の価値観の伝統に照らして許容できる職業を文学のなかにしか見出せなかった。彼はその職業に従事したけれども、あたかもほんとうは舞台の上を歩きまわっているかのごとく、心のなかではほとんど俳優にとどまっていた。(32)

ポーは、養父の気まぐれに振りまわされたためか、本人の忍耐が不足していたためか、しまいには養父に見放されて暮らしのめども立たなくなった。そんな調子で修めた学識は中途半端にならざるをえず、学者風紳士らしくあれこれの外国語を囓ったり、実学でない知識を興味の赴くままつまみ食いしたりしたものの、せいぜいディレッタントが関の山、りっぱなスノッブが作り上げられただけであった。

しかし、なんとしても文学で食っていこうとしたポーの執念はすさまじく、おかげで米国でもあらわれはじめてまだまもないころの文芸雑誌の寄稿者、やがては編集者として、乏しい報酬を得るようになるが、そうなると、文芸雑誌を娯楽に読むスノッブにとどまってはいられない。むしろスノッブたちを楽しませる秘訣が知りたくて、『ブラックウッズ・マガジン』などから手練手管を盗みとろうとしたであろう。自分がスノッブだったとすれば、スノッブが何を期待しているかはわかっている。その結果たどりついたのは、養父の期待した商人、実業家としての道からせっかく逃げ出してきたにもかかわらず、「ビジネスマン」で描かれているように、資本主義の原理のもとでみずからの才気にまかせて執筆するかぎり、やはりなんらかの詐欺的営為に従事して、他人を誑したり出しぬいたりするほかないという認識だったのではないか。そのためにときにはポー自身が、フェイジンが注釈しているように、新聞紙上などで「文学界のスノッブ」(54) などと嘲られたりしたときの慚愧の思いを、アイロニーにまぶしたわかりにくい表現ながらゼノビアやシンガム・ボッブにことよせて、自嘲まじりにあるいは自罰代わりに告白しているのかもしれない。

だが、それは、花田のいう「俗物精神のなかから帰納された反俗精神」のひとつのあらわれでもある。そこには一種のあきらめや開き直りがある。ピーター・プロフィットもゼノビアもシンガムも、作者のまわりに見出せる抜け目なさそうな者たちの戯画であると同時に、作者自身の自虐的自画像でもある。みずからの姿をおもしろおかしく演出して、読者、いや観客を笑わせようとするアミュズール。ありのままの自分をいつも真率謙虚にさらけ出していたら生き延びることさえままならない競争社会のなかでは、ともすれば小成に甘んじて自己満足にひたり、得々としたがるみずからをよほど厳しく批判していかないかぎり、だれだって、ましてアミュズールともなれば、スノッブにならずにすますのはむずかしい。

「トートゥス・ムンドゥス・アギット・ヒストリオーネム」(世界じゅうが役者を演じている)。グローブ座のモットーとして正面玄関に掲げられ、シェイクスピアが芝居のセリフとして使ったこのラテン語の格言が真実だとすれば、ポーの役者ぶりだけを見とがめたりするのは不公平であろう。だれだって世間に対するときは多少演技する。しかし、そこにはやはり程度問題がある。ポーの芝居がかりは度を越しているだけでなく、たんに社会生活上の習性としての演技にとどまらず、フェイジンの見立てのとおり、著作においても演技している。ポー自身が「詩作の哲学」("The Philosophy of Composition" 1846) のなかで詩人を「文学を通じて演じる役者《ヒストリオ》」(14) に譬えることによって、自分は「ヒストリオ」であるとほぼ自認している。しかもこの「ヒストリオ」は役者といっても道化に近く、近代以降の社会における芸術家の肖像としての道化を思わせる。

ジャン・スタロバンスキーの『道化のような芸術家の肖像』の訳者大岡信は、先のラテン語の格言を「人ミナ道化ヲ演ズ」と訳している。「ヒストリオ」を「道化」と訳するのは高橋康也も同じ。「役者」と訳するよりもそのほうがシニックに響くけれども、近代以降の芸術家をあらわすには適している。宮廷で王のためのアミューズールだった道化の役割は、一九世紀以降は大衆のご機嫌を取りながらときどきチクリと痛いところを突く、芸術家というより幇間に似た芸人というほうがふさわしい存在に引き継がれている。道化は高橋（11）が説明しているように、英語で「フール」ともあらわされ、愚者、神に愛でられる大愚、狂人など、もともと「多義性」につきまとわれている。道化と佯狂とはこの多義性の範囲内で重なっている。狂おしいことを語るには具合の悪い素面を隠すためにつけていた仮面が、いつのまにか肉づきの仮面となることもある。役者といっても道化を演じ続けるのは、格別の捨て鉢なふるまいとなる。

ただし、大岡が訳書のあとがき風の文章で論じているとおり、芸術家は捨て鉢なふるまいにふけっても、「狂熱を秘めた冷静さや、冷徹さを深く沈めた狂態を示し、俗悪まみれの自分自身を描くことによって高貴な世界を彼方に逆説的に示すというような方法をとる」のであり、そういう方法が「ロマン主義的アイロニー」と呼ばれる（158-159）。そしてこの方法について大岡は、「その主たる特徴は「含羞」ということであって、この「含羞」の痛切さ、真正さがなければ、すべてはむなしい空騒ぎになるだろう」（159）と論じて核心を突く。

ポーがゼノビアやシンガムのような自画像を描いてみせたのは、まさにこの「含羞」のなせる業だったのではないだろうか。弱気の天邪鬼のなせる業ともいえそうな含羞は、強気の憎悪や憤怒と並んで、スノッブへ向かう惰性にたいする歯止めとなる。含羞、憎悪、憤怒などといった毒は、満悦というもっと醜悪陋劣な毒を制するのである。読者、いや観客の前でさんざん道化を演じて見せ、楽屋に引っ込んだら中指を立て唾を吐いて、まだ劇場を去りかねているさまの連中にたいする怨嗟をひそかに発散するアミュズール。斜にかまえて横目でポーの作品を見れば、世間への呪詛や罵倒がほの見えてくる。詩人が奉じることのできる使命なんかどこにあろうか。文学や芸術もビジネスにしなければ立ちゆかない現実。なんであんなスノッブたちのご機嫌を取らなければならないのか、などとは口が裂けても言えないけれど、旦那にとりいる幇間が抱えていそうなルサンチマンが無意識のなかに渦巻いている。だが、スノッブを気にすればするほど自分もスノッブの仲間入りをすることになるという恥辱。それもこれも売文を生業とせざるをえない身分につきまとう業苦である。

とはいってもポーは、売文によって曲がりなりにも暮らしを立てた。この道化は楽屋に引っ込んだあと憂愁と絶望に沈みっぱなしだったとは限らず、うまく客を誑かし、小銭を巻きあげてやって悦に入り、ペロリと舌を出すこともあったであろう。シンガム・ボッブは自叙伝をつぎのような言葉で締めくくる。

> わたしは右に傾いた。左に傾いた。前のほうに座った。後ろのほうに座った。背筋を伸ばして腰かけた。テート・ベセ（キカプー語で「うなだれて」という意味）腰かけて、まっさらの白紙の近くまで頭を垂れた。そしてどんなときにも――**書いた**。うれしいときも悲しいときも――**書いた**。飢えているときも渇いているときも――**書いた**。よい知らせがあったときも悪い知らせがあったときも――**書いた**。日光のもとでも月の光の下でも――**書いた**。**何**を書いたか

は言う必要がない。**文体**だ！　――それこそが肝心だった。この秘訣はファットクワックから失敬してきた――チョロ！　――ガッチリ！　――とね、それで、ここにお見せするのがそういう書き方の見本なのだ。（1145）

「右に傾いた」とか「左に傾いた」とかというのは、執筆のために机に向かうときの姿勢をいっているみたいであるが、フランス語をキカプー語というインディアンの言葉であるなどと言い違える、あまりにもわざとらしい誤りを合図《キュー》にして、政治的な節操などにかまっていられなかったということをほのめかしているのかもしれない。とにかく猛烈な勢いで書きまくったことを誇っているのである。先に引用したとおり、この一節の直前に天才や霊感への信奉にたいする懐疑が表明されていたことを思い返せば、シンガム・ボッブを滑稽に描き出すこの作品では、このくだりでも、天才や霊感を信じることのできない売文家を嗤っていると捉えられるはずである。だが、ここまで勤勉や几帳面さの効用が「ビジネスマン」にも劣らないほどしつこく説かれているのを見ると、詐欺的な営みを自嘲する語りの底に、じつはむしろ、天才などの恩恵に浴することもなく刻苦精励した売文家の自負がうかがえるではないか。「ファットクワック」というのはデブの偽医者という意味の名を呈せられた登場人物の文筆業者であるが、ポーはあちこちの文章で、同時代の人気作家たちを「クワック」、つまり偽医者兼アヒルのクワッククワッという鳴き声に等しい無駄なおしゃべり連中と呼んでいる。シンガム・ボッブはそんなクワックから売文の秘訣を盗んだというのである。このようなアイロニーに頼る自嘲や、忍耐の陰でひそかに保たれている自尊心こそ、スノッブたらざるをえない者が嘗める生き恥の解毒剤である。

『侏儒の言葉』を書いた晩年の芥川も、侏儒を標榜することで自嘲に沈湎した。侏儒とは道化の謂いである。一方で、『文芸的な、余りに文芸的な』では自分が「本質的にはどこまで行っても、畢竟ジャアナリスト兼詩人である」(141)と書いて、文学のジャーナリストであると自己規定しているが、そこには、売文家として自己卑下しながらもそれで何が悪いと開き直る風情がある。また堺利彦も、黒岩比佐子が描き出したように、大逆事件後、日本の社会主義「冬の時代」を生き延びるために、パンとペンのぶっちがいをロゴにした売文社を設立し、諧謔精神を頼りに、したたかな文筆活動を続けた。ポーの自画像めいたバーレスクは、彼らに負けないふてぶてしさをうかがわせて、似た心境が意外な者たちのあいだで共有されていることを証しているではないか。

米国でも世紀末以降には、堺が傾倒したジャック・ロンドンの自伝的小説『マーティン・イーデン』や、ドライサーの自伝的小説『天才と呼ばれた男』に見られるように、文学や芸術の生産に従事することを労働ととらえて誇る作家たちの自画像がめずらしくなくなるが、売文家＝ビジネスマンを諧謔こめて描き出したポーの作品は、いかに縁遠いと見えようとも、これら後世の作家たちの肖像を先取りしていたのである。

「アッシャー家」脱出から回帰へ

エドガー・アラン・ポーの作品のなかでも「アッシャー家の崩壊」（"The Fall of the House of Usher" 1839）は、言わずと知れた名作中の名作である。これをまた、久しぶりながら何度目かに読んでみる。

物語は、語り手「わたし」が旅をして目的地に到着したところから始まる。「わたし」は「幼な友だちの一人」（398）ロデリック・アッシャーから、長い無音を隔てた末に手紙を受けとり、病に悩む自分を慰めにきてほしいという要請にほだされて、馬でアッシャー邸に乗りつけたのである。「わたし」とロデリック・アッシャーとは、幼な友だちとはいっても寄宿学校同級生か何かの関係らしく、「わたし」がアッシャー邸をはじめて訪れたということは明らかである。「わたし」が目にしたこの邸の姿。作品の冒頭で示されるその描写が、まず読者の心に焼き付けられる。

夜の帷のおりかかるころ、やっと陰鬱なアッシャー家の見えるところまで辿りついた。（中略）わたしは眼前の光景を――なんの変哲もない邸とまわりの景色を――寒々とした壁を――うつろな眼のような窓を――生い茂ったわずかな萱草を――朽ち果てた数本の白い幹を、めいるような気持で打ち眺めた。（中略）わたしは、邸のそばにさざ波ひとつ立てず黒々と輝く不気味な沼の切り立ったふちにまで馬を進め——前にもまして身の毛のよだつ戦慄を覚えながら——灰色の萱草の、ぞっとする木々の幹の、うつろな眼のような窓の、ゆがんだ倒影を見下ろした。(397)

「アッシャー家の崩壊」は、主としてこのような絵図を言葉で描き出すことに耽溺しているとも思える。印象深い図像はこの作品のなかからいくつも浮かび上がってくる。そういう図像の最初のものとして詳述されるこの館は、英語原題中の「ザ・ハウス・オヴ・アッシャー」のことなのだが、この呼称については作品のなかで、「「アッシャー家」という奇妙であいまいな名称——その名を口にする小作人たちの胸のなかでは、この一家と館とを合わせて意味する名称」(399)であると言われていて、建物のことも家族のことも区別しがたいから(その意味では、「アッシャー家」という訳語は日本語として「一家」のことしか意味せず、「館」という意味を含みうるかどうかあやしいので、じつは具合が悪いのだが、いたしかたない)、館がじつはその住人ロデリックの人となりを、すでに間接的にあらわしていると解される。

物語はこのあと、「わたし」のアッシャー家における「数週間の滞在」(398)中に見聞したことを述べていく。その話の進め方は、この作品のなかでさりげなく言及されているヘンリー・フューゼリの絵に似た濃密描写の不気味な場面(405)いくつかを除いて、ごく概括的である。

それでもわかってくる事情は、ロデリックが得た病とは、「直系のみで続いて」(399)きたという彼の閉鎖的な家系から受け継いだ「体質的かつ遺伝的な悪疾」(402)であり、治療法のない、心身ともに崩壊していく類のものらしいということである。それからもうひとつ、どうやら「わたし」

もこの館に滞在してはじめて知るにいたった新事実は、ロデリックには双子の妹マデラインがいて、やはり同様の病に冒されているということである。やがてマデラインは病気が進んで死亡し、「わたし」はロデリックを助けて、彼女の遺骸を「館の主要部分内部に数多しつらえられている丸天井型地下貯蔵所のひとつ」(409)に一時的に保管する。

それから七、八日目の嵐の夜、眠れぬ「わたし」の寝室に、興奮したロデリックが訪ねてきたので、「わたし」はロデリックの神経を鎮めようと通俗的なロマンスを読み聞かせていると、その話に暗合するかのように気味の悪い音が聞こえてきたと思ったら、棺や地下室の扉を破り出てきて血だらけになったマデラインが部屋までたどりつき、ロデリックの上に覆いかぶさるように倒れる。ここには「早すぎた埋葬」、「黒猫」など、ポーが繰り返し描いた生き埋めのモチーフがあらわれている。死んだように見えたマデラインは、じつは「強硬症《カタレプシー》の類にほかならぬ病」(410)のせいで仮死状態になっていただけであり、息を吹き返すとひたすらロデリックめがけ迫ってきたのである。こうして、マデラインはロデリックに折り重なるようにして息を引き取り、同時にロデリックも恐怖のあまりに息絶えるという凄絶な場面が現出する。

「わたし」はとてもいたたまれず、部屋から、館から脱出する。館の外に出て振り返って見たときに「わたし」の目に映った光景は、作品冒頭の情景を反復するようでいて、じつはその解体として崇高である。建物の陰に隠れて見えないはずの「沈みゆく、血のように赤い満月の輝き」(417)が、強風の吹きすさぶ夜空にあらわれる。

館の屋根から土台まで雷電のようなジグザグ形を描いて走っているとわたしが前に述べた、やっと目につく程度だったあの亀裂を通して、月がまばゆく輝き出したのだ。じっと見つめているうちにも、この亀裂はみるみる拡がった——一陣の激しい旋風が巻き起こり、吹きつけてきた。にわかに月がその全容をぽっかりと浮かび上がらせたかと思うと——館の巨大な壁が真二つに裂けて崩れるのを見、わたしは頭がぐらぐらした。押し寄せてくる幾千もの濁流のような、叫び声に似た轟然たる音がとどろきわたる——やがて、わたしの足元で深く黒々とよどんでいた沼は、**「アッシャー家」**の残骸を緩慢に音もなく呑みこんでしまった。(417)

こうして館が消滅するとともに、アッシャー家最後の末裔であったロデリックとマデラインの死去により、家系も絶える。「ザ・ハウス・オヴ・アッシャー」という言葉の意味の二重性が念を押されているようなものである。「アッシャー家の崩壊」は、この最後の場面の戦慄と恐怖をめざして、作品の一行目から少しも無駄なく、緊密に構成され、言葉を選んだ文章で綴られていると見なされてきた。それはその通りだと言ってよく、じっさいこの作品は、発表された直後から高い評価を得て、その後多くの読者を獲得してきた。しかし、この短篇小説はけっきょく何を意味しているのかという問題になると、解釈はさまざまで、読む人によってまちまちである。

たとえば、英国の小説家D・H・ロレンスは、『アメリカ古典文学研究』で「アッシャー家の崩壊」について、吸血鬼と近親相姦のテーマを描いた作品であると解釈している。『アメリカ古典文学研究』は、ロレンス独自の現代文明批判に根ざしたアメリカ文明批判としてのアメリカ文学論である。ロレンスによればアメリカ人とは、個人的な自由を求めていっさいの主人から逃げ出したので、かえって自由を失った人間の謂いである。だから、ロレンスはアメリカ人にたいして、現代文明に広まりつつある憐れむべき錯誤にとりつかれた人間たちの元祖という、軽侮のこもった見方をしている。しかし、古典と呼ばれるのにふさわしいアメリカ文学作品は、旧世界から脱出したアメリカ人がはじめて得た「ほんとうに新しい経験」(1)の真実を描き出している、ともロレンスは評価する。この真実は、それになんとか目をつぶろうとしている作家が吐く嘘にもかかわらず、作品の物語にあらわれてくる。したがって、ロレンスは本書第一章で、「アメリカの芸術家からアメリカの物語を救い出してやること」(2)を課題として宣言することになる。

ポーにたいしてもロレンスは、個人として絶対的な自由を求めるアメリカ人らしい錯誤に取りつかれた作家と見る。ポーの場合、絶対的な自由への欲望は絶対的な愛を求める志向になると見られる。ロレンス曰く「人間のやっかいなところは、自分自身の運命の主人になりたいと言い張り、したがって絶対的一者性をめざしてやまないことである」(63)。また曰く「他者性の認識という神秘が軽んじられると、愛する者との一体化のあこがれは淫欲に転じる」(72)。この一体化を、生まれついての性格的琴線の共鳴に頼ってもっとも抵抗なく実現できるのが、ひとつの安易な妥結としての近親相姦である。そしてまたロレンス曰く「人間がそれぞれ自分の愛するものを殺すのはなぜか、理解するのはたやすい。生きているものを知ることは、それを殺すことである。あるものを殺さなければ、それを満足に知ることはできない」(66)。したがって、愛するあまり相手の命を吸い取ってしまう吸血鬼があらわれる。ロデリックとマデラインについて、近親相姦者であり、たがいの吸血鬼であると解釈するロレンスは、このような性的倒錯にみちた物語が、個人の絶対的自由などという迷妄に取りつかれた作者自身の欲望に由来していると見る。

吸血鬼だとか、近親相姦だとか、おどろおどろしいテーマを読み込むロレンスの解釈にたいして、ポー全集を編集して短篇ひとつひとつに簡明なコメントをつけたポー学者マボットは、「そのようなテーマを意識的に使用するというのは、ポーのふだんの書き方に反している」（395）と述べて、まともに取り合わない。だが、「アッシャー家の崩壊」にゴシック小説で多用されたさまざまな仕掛けが認められるのも事実である。この作品に出てくる孤独な旅人、荒涼たる風景、古城、倒影を写す沼、古城の異常な住人などの要素は、ゴシック小説の常套である。ゴシック小説は、一八世紀後半の英国から流行しはじめたジャンルであるが、恐怖と暴力、オカルトや中世趣味に彩られて、冒険小説などと同じように、子どもっぽいこけおどしと、淫靡な欲情に訴える読み物として蔑まれながら、一九世紀以降もとりわけ米国ではじつはかなり隆盛していた。ポーも、自分の作品に吸血鬼や近親相姦をあからさまに持ち込まなかったにしても、この種の大衆受けする趣向をたびたび利用していたが、ある編集者への手紙には、「こういうものはどれもみんな悪趣味だと貴方はおっしゃるかもしれません。わたしもこういうものについてわたしなりの疑念を抱いています」（Ostrom, I 58）などと弁解を書いていた。こういう弁解が必要だったというところにも、ゴシック小説を見くだす正統派からの圧力がうかがえる。

じっさいポー評価は、よく知られているように、フランスでのボードレールなどをはじめとする象徴派による絶賛とは対照的に、米国ではけっして高くなかった。英語圏では、その完璧な構成や文章は人工性が目立ちすぎ、鮮明な描写は、ロレンスも指摘しているように、むしろけばけばしい俗悪な文章であると受けとられてきた。とりわけ、アメリカ生まれながらアメリカ文化を嫌って晩年にイギリスに帰化した、ヘンリー・ジェイムズ、T・S・エリオットなどの高踏的な作家、詩人からは、あからさまにけなされた。たしかにポーの短篇小説は、一九世紀前半に雑誌文化が成長してきたばかりの米国で、売らんがための創意工夫が凝らされている。テレンス・ホエーレンは、文学が資本主義の商品として成立した段階で、書き上げられた作品が市場原理によって流通消費されるというだけにとどまらず、生産の現場、すなわち創作の過程そのものが資本主義の原理に支配される事情を、もっともまざまざと体現した作家としてポーを捉え返して見せた。

他方、ゴシック小説にたいする現今の再評価が、二、三〇年くらい前から活発になってきた。かつてはまともな研究対象と見なされていなかったゴシック小説は、産業革命後の科学技術主義への反発、都市生活者の孤独やストレスなどといった、新しい時代のものの見方や感じ方を表現したジャンルとして読みなおされるようになっている。イギリス文学で日陰に追いやられていたゴシック小説が、アメリカ文学ではかえって正統派の地位を占めていたという論もおこなわれている。だから、ポーをゴシック小説の枠組で読み解き、評価しなおすことも可能であろう。

しかし、ゴシック小説の仕掛けだけで、「アッシャー家の崩壊」の迫力を説明しきれるとは思えない。ポー論の名著『ポーポーポーポーポーポーポーポー』の著者ダニエル・ホフマンは、「アッシャー家の崩壊」がゴシック小説のけれんみをいやというほどそなえているとあばきたてながら、一六歳ではじめてこの物語を読んだときの衝撃について語り、それが「わたしの存在の内部のどこかに隠れていた琴線に共鳴した」（297）と述べるとともに、「この物語によってかき立てられる、憑かれたような興奮や嫌悪の感情は――その歴然たる凝りすぎの文章、その身の毛のよだつようなスリルを息もつかせずたたみかけてくる弊がわかっているいまでも――わたしの心をかき乱す」（297）と書いている。そしてそうなる原因は、ポーの語ったロデリックの妄執が「われわれ人間の受け継いている共通の性質」(316) につながっていることにあると論じる。そういう議論の前提になっているフロイト理論は、私にはそのまま受け入れることができないけれども、毒々しい道具立ての奥に渦巻いている、時代と国を越えて訴えかけてくる力を見きわめたいというホフマンの思いには、私も共感する。

ポーの作品における、読者の淫靡な欲望や恐怖を刺激する売れ筋になりそうな装いが、作者の自我の一人芝居を、他の体裁で語るという本来の意味でのアレゴリーに仕立てるための工夫だったとすれば、売文の必要と真情吐露の欲求との相克がほの見えてくる。文筆を生業とするポーは、著作を売る必要があった。文学の商業主義が成立してまもないアメリカ社会は、他国に比べてはるかになりふりかまわず商業主義を発達させた。商品にならないような作品は意味がなく、顧客としての読者に受ける作品の開発を系統的に進めてきた。じっさい、商品化が始まらなければ、近代以降の意味における芸術や文学などは存立することさえ不可能であった。今日の映画、音楽、テレビ、電脳空間などに代表されるアメリカ文化が世界で優位を占めるにいたる道程は、ポーの時代のアメリカ新聞雑誌界で始まっていた。ポーはそのなかで優秀な商品製作者であったことはまちがいない。

しかし、市場は均質ではなく、分裂し、階層化し、求められる商品は多様化する。一方、真摯な書き手は、自分の到達した洞察を他人に伝えずにいられないという衝動にとりつかれて作品を書く。売文業者のなかには、売れさえすれば何でもよく、心にもないことを書くのも、顧客の注文に迎合するのもかまわないと、居直る者もあらわれるであろう。だが、作品は商品にならなければいけないが、商品であるだけでもいけないというダブルバインドにつかまる者もいる。そこからポーの二面性、および自己分裂が生じる。

アメリカ社会から孤絶した狂気の天才という、伝統的になったポー像にたいして、斯界と渉りあうしたたかな商業主義的制作者としてポーを見る見方は、比較的最近にあらわれてきた。これら二つの像は、たしかに両立不可能とも見えるが、何もどちらかに限定するに及ばないのではないか。「アッシャー家の崩壊」についても、顧客を満足させるみごとな装置と見るとともに、真実にたいする作者の天才的洞察がこめられているとも見ることができるのではないか。

では、「アッシャー家の崩壊」に示された真実とは何か。それは、ともすれば唯我論にはまりがちな個人的自我の度し難さということではないかと思う。

ロレンスの解釈の基盤には、「次代は精霊の時代である」(75) とする彼特有の哲学がある。だから、ロレンスがこの短篇小説から引き出す真実は、つぎのようなものとなる。

アッシャー兄妹は、自分たち内部の精霊を裏切った。二人は抵抗を受けずに愛に溺れた。二人は愛し、融合し、ひとつになった。だからたがいを死の淵へ引きずり込むことになった。なぜならば、精霊が言うには、人は他者とひとつになったりしてはいけないからである。各人がみずからの限界に甘んじて、たがいにある限度の範囲内でのみ交流しなければならないのである。(75)

この教訓は、「精霊」などという宗教めいた超自然的概念を、個人の枠を越えたもっと大きな世界や原理についての特殊な表現であると読み替えれば、ある程度首肯できる。それでもやはり、このような理解の仕方は多少、個人の覚醒に期待しすぎることにならないかという疑問を呼び起こす。迷妄は、個人にはいかんともしがたい世界によってもたらされたかもしれないではないか。ここには、近代以降のアメリカ的な世界で人びとをとらえるようになったナルシシズムの危険が描かれているとしたらどうであろうか。

ロデリックが追求する個人の絶対的自由は、ロレンスのいうような絶対的な愛をめざすばかりではない。「彼がわたしを誘いこみ、手引きしてくれた学術ないし芸道」において「昂ぶってきわめて病的な精神性がすべてにこの世ならぬ輝きを投げかけていた」(405)と言われるような芸術三昧にふけるのも、絶対的自由を追求する営みである。ロデリックは詩作もすれば、「死すべき人間でありながらイデアを絵画にあらわした者がいたとすれば、その人間とはロデリック・アッシャーだった」(405)と評されるほどの画家であり、「熱っぽく流暢な即興曲」(406)をギターの幻想的な弾き語りで演奏してみせる音楽家でもある。このような芸術愛好家が絶対性つまり完璧を求めるのは、理の当然であろう。

だが、完璧などというものは現実の世間で求めるべくもないから、それを無理に追求しようとすれば、どうしても自閉的になり、他人との交渉が絶たれた引きこもりに陥る。ロデリックはその館から「長年にわたって一度もそこから外へ踏み出す気にもなれなくなっていた」(403)と述べられているのも不思議ではない。狂気じみた唯我論的な芸術追求は、ポーのもう一つの短篇「楕円形の肖像」("The Oval Portrait" 1842)でも語られているし、芥川の短篇「地獄変」の主題でもある。

自閉症的な引きこもりをする人間は、自分がじつは周りの人びととの犠牲的献身によって支えられていることに気づかない。マデラインは、実在的登場人物というより、ロデリックによって排除された人びとを象徴する存在であり、あるいは、芸術に没頭する部分以外のロデリック自身の、ほとんど暴力を加えられているのに等しい心身を象徴する存在であると見ることもできよう。せっかくロデリックを救おうとやってきた語り手は、墓所からもがき出てきたマデラインに迫られてことされる寸前のロデリックに、「**狂人め！**」（416）と怒鳴られていい面の皮、どっちが狂人だと言いたいぐらいかもしれないが、語り手もやはり、芸術に没頭する部分以外のロデリックの心身を象徴しているだけで、ロデリックの一部なのかもしれない。引きこもるロデリックは、周囲の人びとを斥けるだけでなく、自分自身の剰余部分をも排除しようとするのである。つまり、「アッシャー家」とは、絶対的自由などという見果てぬ夢にとりつかれて芸術至上の唯我論にふける者の内面の表象であるとみなしうる。

神ならぬ人間が完璧を追求すれば、それはヒューブリスつまり傲慢の罪である。この罪を犯した者たちの孤立や挫折を描くことに精魂を傾けたのはナサニエル・ホーソーンであり、短篇「あざ」や「ラパチーニの娘」で科学者のヒューブリス、「預言的絵画」、「ドラウンの木彫」、「美しきものを作る芸術家」で芸術家のヒューブリスを描き出している。ポーは、ホーソーンの短篇集を取りあげた書評（"Nathaniel Hawthorne" 1847）で、彼としては珍しいほどの讃辞を惜しみなく注ぎながらも、「彼はアレゴリーにあまりにも淫しすぎている」（587）と批判した。ポーがアレゴリーというときは、だいたいは道徳的寓話という派生的な意味でこの語を用いている（アレゴリーという語は、プリンストンの詩学百科事典がくわしく解説しているように、他のことを語るというのが本来の意味であり、寓話という意味に限られないのだが）。そのような意味のアレゴリー臭にポーは反感を示す。

ホーソーンのアレゴリー癖は周囲からの影響の産物だと見なしたポーは、つぎのように忠告する。

［ホーソーン氏には］ペンを繕い、目につきやすいインクを一瓶手に入れ、オールド・マンスから転居し、オルコット氏と手を切り、『ダイアル』誌編集長を（できることなら）絞首刑に処し、『ノース・アメリカン・レヴュー』の半端なバックナンバーなど窓の外へ放り投げてブタどもにくれてやってもらいたい。(587-588)

オールド・マンスと呼ばれた邸と関わりの深いエマソンやオルコットなどのトランセンデンタリストたち、米国文芸雑誌の大御所『ノース・アメリカン・レヴュー』などが、アメリカ文学の主流をなすということを同時代に見抜いていたポーは、あまのじゃくらしく、それらに悪態をつくことによって反主流としてのスタンスを鮮明にする。この主流の影響からホーソーンを切りはなそうとするポーは、狂気の芸術家を描いても、ヒューブリスの罪と罰をめぐる寓話に仕立てることを斥けて、その唯我論的世界の必然的崩壊が現出する崇高を表現しようとした。

そもそも「アッシャー家の崩壊」の主要登場人物は、ロデリックとマデラインに加えて、名前の示されない語り手「わたし」がいることも忘れてはならない。読者がこの物語を知るのはもっぱらこの語り手を通じてである。この語り手はアッシャー家で恐ろしい経験をしたあと、そこから脱出してきたと称し、それを語ることによってアッシャー家へ回帰している。このようにどこかで破局的な経験をしながら生き延びて生還し、その経験を証言者としてなまなましく語ることのできる語り手の創造——これこそ、ポーの創作におけるひとつの秘訣であろう。じじつ、ポーの成功した短篇小説の多くは、一人称の語り手の告白という形式をとっている。そして、ひとつの物語の始めから終わりまでを、語り手としての一個人の登場人物に統括させる方法が、ほんとうの迫力をもてるようになったのは、個人の自由を原理とするアメリカ社会の確立に促されてのことと思われる。「アッシャー家の崩壊」の語り手は、ごく正常な正気の人と受け取れる。その点で、「アッシャー家の崩壊」と並ぶ傑作「黒猫」をはじめとする一群の作品が、異常な語り手の独白を通じてあらわされるのとはちがっている。「黒猫」などの語り手は、自身が物語の主役であり、自我が破滅する経緯を明晰に語るのだが、結末でじつは自分が狂人であると告白する。このような結末のどんでん返しでそれまでの物語の迫真性が相対化されるとしても、そういう割引は物語の信憑性を維持するためのむしろ安全弁なのかもしれない。それにたいして「アッシャー家の崩壊」の「わたし」は、デュパンにつきまとうあの語り手に似て、ちょっと純朴すぎるとさえ見えるけれども、主役ロデリックのおぞましい破滅をなんとか合理的に説明しようとする。おかげでホフマンによれば、「この仕掛けによってポーは、彼のもっとも主観的な小説に客観性の装いを帯びさせることができる。つまり、これは狂人の告白ではなく、誰か別人の悲惨な窮地についての、分別のある観察者による報告なのである」(299)と言える作品になっている。

「誰か別人の悲惨な窮地」とは、ロレンスの言い方を借りれば、アメリカ人らしい個人の自由を追求した果てに自閉症的な自己解析の袋小路に入ってしまうことと理解していい。ホフマンに言わせれば、「唯我論」(315)にはまってしまった者の狂気である。「わたし」はこの狂気につきあわされ、その末路を見届けさせられた「観察者」である。

しかし、「わたし」はロデリックからそれほど截然と区別されうるだろうか。なるほど、「わたし」は「分別のある観察者」らしく、幽霊や奇跡などの超自然的な現象を物語のなかに持ち込まないようにしている。だが、住人の死とともに館が二つに割れて沼に呑み込まれるなどというできごとは、偶然としてもやや非現実的ではないか。したがって、あの物語は「わたし」の夢の記憶であるという解釈があらわれても不思議ではない。夢ということになれば、ロデリックは「わたし」の無意識に潜むもう一人の「わたし」ということにもなり、両者はつながってしまう。じっさいポーの物語に何人かの登場人物があらわれても、主要な人物はみんな作者の分身と解釈されうるので、強弁すれば、ポーの作品はだいたい彼の一人芝居の物語であるとも言える。

館としてのアッシャー家には「うつろな眼」のような窓があり、ロデリックがギターの弾き語りで口ずさんだ狂想曲「魔物の宮殿」で詠われる宮殿には、眼のように「二つの輝く窓」(407)があるから、これらの館や宮殿はロデリックの頭に相当して、それは作者ポーの顔に似ているなどと解釈する人もいる。「アッシャー家の崩壊」のなかに組み込まれた詩「魔物の宮殿」(406-407)は、短篇小説から切り離され、単独の詩篇として発表されていたのだが、短篇小説冒頭に描き出されるアッシャー邸とこの「宮殿」は、言うまでもなくほぼ同じである。建物の寓意が肉体だとすれば、外界との交渉を絶って建物に閉じこもったロデリックは、「宮殿」の窓＝眼を通してかいま見える屋内の「玉座」にまします「王」にあたり、つまり、肉体を統制する頭脳の働きとしての精神にあたる。

ロデリックが高い知性や芸術万能の才をそなえた意識だとすれば、まともなセリフひとつ割り当てられていないマデラインは、意識の双子の妹として無意識か、あるいは物体として不随意な部分をたっぷり含んでいる身体であることになる。ロデリックによって象徴される意識が、現実にたいする完全なコントロールをめざして意志を貫徹させようとする支配階級の属性を抽象しているとすれば、マデラインによって象徴される無意識とか身体は、何かと不如意な物質生活とか、家庭の雑事や育児をまかされる女性とか、肉体の維持のために肉体労働に従事する下層階級とかの属性を帯びている。また、この兄妹を言語というものの比喩として解すれば、ロデリックが一糸乱れぬ統制のとれた芸術的文章を体現しているのにたいし、マデラインはロデリックにとってバフチンの謂う「他者の言葉」であり、分節が曖昧であっても根底からロデリックに滋養を供給する言葉の海であるとも言える。とどのつまり、宮殿も館も、ロデリックもマデラインも「わたし」も、すべて作者ポーの一面をあらわす表象としてとらえ返せる。そうだとすればこの物語は、芸術至上の唯我論に突き進もうとしている人が、残っている分別を働かせて自分の内面に分け入ったときの内省の記録であるという気配を帯びてくる。

このような観点でアッシャー邸をあらためて検討してみると、玄関は「ゴシック風のアーチ」(400)であり、住人もロデリックとマデラインだけでなく、読後の記憶にはほとんど残らないけれども「召使い」(400)や「従者」(400)や「侍医」(401)が同居していると語られているし、言及はないけれど家事をこなす下僕もかなりの人数が暮らしているにちがいなく、周囲には「小作人」が住むと述べられている。マデラインは「マデライン姫《レディー》(というのも彼女はそのように呼ばれていた)」(404)と呼ばれ、わざわざ断り書きつきで紹介されているように、貴族の称号が与えられている(それとも、こんな断り書きがついているのは、ほんとうは「姫」などという敬称が本来のものではなく、貴族趣味が高じたせいでもったいぶっているだけだとほのめかしているのであろうか)。少なくとも体裁上この館はどう見ても、米国にはありそうもない封建領主のそれであり、ヨーロッパのどこともはっきりしない無国籍の場所である。時代も特定できない。なるほど、この作品の設定は、読者の空想を刺激するために無節操に借りてきた素材からなる、いかにも荒唐無稽な拵えものである。

だが、ハリー・レヴィンは『暗黒の力』で、この舞台を米国南部の奴隷制社会に関連づけ、「ポー作品は、封建的な誇りや崩壊の運命の予兆をあらわしていることにおいてプランテーション文化に結びついていると見なされるならば、社会学的な意味を帯びてくる」(160) と示唆している。そう言われてアッシャー邸を見直せば、周囲から孤立して「微細なカビやキノコ」(400) にびっしりおおわれた館は、奴隷主の屋敷のイメージにも通じてくる。こうなるとこの舞台は、ポーが育てられた養家の所在地ヴァージニア州で、彼がなじんでいた世界を間接的に表現しているとも考えられる。つまり、まったくの虚構と見えたもののなかにこめられた自伝性が透けて見えてくるのである。

抒情の自己表白にとりつかれたロマン派風の詩人として出発したポーは、生活の資を得るために短篇小説に転じたからといって、すぐに自己表白へのこだわりを捨てられなかったはずである。といっても私は、館に見立てられた人間の顔がポーの顔に似ているかどうかを問おうというのではない。「案内人」という普通名詞の意味で読み解かれることの多いアッシャーという名前が、ポーの母親の親友だった俳優夫妻のあいだに生まれた兄妹ジェイムズ・キャンベル・アッシャーとアグネス・パイ・アッシャーという、実在の人間たちに由来しており、この兄妹はポーが孤児になったのとほとんど同時期に孤児になったあげく、兄妹とも神経症患者として育ったなどという、マボットが明らかにしている事実 (393) を、「自伝的」なものとして扱おうというのでもない。まして、ポーの幼妻ヴァージニアが喀血して、死にいたる病の過程をたどりはじめるよりも三年も前に発表されたこの作品に、親しい者の死にゆく姿を傍観するほかなかった詩人の苦悩を読み込む、などというアナクロニズムにふける気もない。

私が突きとめたいと思う自伝性は、そういう具体的事実との関連であるよりも、読者に知られぬように謎めかし、それでもやはり作品に含めずにいられなかった自己表白、作者自身の真情ないし信条の表明である。私は「アッシャー家の崩壊」で表現されたそういう類のものとして、ポー独自の宇宙有機体説ともいえそうな世界像を見る。それは、この短篇発表後約一〇年して全面的に展開され、特異な書『ユリイカ』に結実した世界像である。

この世界像は、「アッシャー家の崩壊」においてはまず「わたし」がロデリックから学んだ見方として、「彼は自分が住まうこの屋敷に関するある種の迷信じみた思惑に縛られていたために、長年にわたって一度もそこから外へ踏み出す気にもなれなくなっていた――彼の言葉をここに再現しようとしてもあまりにも漠然としていて説明しきれないながらに伝わってくる、思い込みへ引き込む力をそなえた影響――この累代の邸宅のたんなる形や材質にひそむなんらかの特異性が、彼が言うには、それに永年さらされていた彼の精神に及ぼすようになった影響力――灰色の壁や、小塔や、それらがみな影を落としているほの黒い沼の姿が、ついに彼の精神にもたらした効果――に関する思惑に、彼は縛られていたのだ」(403) と語られる。それはのちほどつぎのように、ロデリックの信条を伝える箇所であらためて確言される。

すべての植物には知覚があるという考え(中略)は、ある条件の下では無機質界にまで通用するというのだ。(中略)しかし、この信念は(わたしが前にほのめかしておいたように)、父祖伝来の館に使われている灰色の石材に結びついていた。彼の考えによれば、それら石材の配置の仕方——石を覆っている数多の菌類や、まわりに立っている朽ち木の位置のみならず、石そのものの配列——なかんずく、それらの配置が永年びくとも変わらずに続いてきたことと、それが沼の鏡面のような水面に映っていることとによって、知覚が存在するための条件はそろっていた。その証拠は——知覚が存するという証拠は——彼の言によれば（その言葉を聞いてわたしはぎょっとしたのだが）、池の面や石壁のあたりにそれ特有の雰囲気が、徐々にだが確実に、凝固しつつある点に見られる、というのだ。そしてその結果は、数世紀にわたって彼の一族の運命を形作り、アッシャーをいまわたしの見るような人間に——現在のアッシャーに——作り上げたあの無言の、だが執拗な恐ろしい影響のなかに見出される、と彼はつけ加えた。（408）

ロデリックと館の相同性についてのこの説明には、個人は自分を取り巻く世界の歴史や、無機質界も含むいっさいの環境に浸透しつくされ、それに束縛されているという見方が明瞭にあらわれている。これは神学的内在論の残滓というよりも、環境決定論の先取りと言えるのではないか。もちろん、環境決定論が明確な学説としてあらわれるのは、ダーウィンの進化論などを経たのちの一九世紀後半であろうが、ポーの世界像にはすでにその兆しが見えている。

しかし、この決定論はまだ一方的な決定では終わらない。個人が宇宙を凝縮しているとすれば、個人は宇宙に決定されていると同時に、宇宙に働きかける回路ももっているはずである。『ユリイカ』にいたる過程は、詩人としての自我が、もうひとつの短篇で語られる「言葉の力」を通じて、いかに宇宙を動かしうるかという問題の探究であるとも要約できるであろうが、「アッシャー家の崩壊」では、宇宙にたいする個人の決定力が、「［ロデリック］の心からは暗黒が、あたかもそれ自体に内在する実体をそなえた特性でもあるかのように、一条の絶え間ない憂愁の放射線となって、精神界物質界のあらゆるものに注がれていた」（405）という「わたし」の観察として示されている。

別の短篇「リジイア」（"Ligeia" 1838）の題辞「神とはその一意専心の本性にしたがい、万象に滲み渡る大いなる意志にすぎない」（310）という言葉にロレンスはかみつき、「人間がみずからの意志を貫きたい、しかもみずからの意志のみを貫きたいと欲するからといって、神の正体も同様の意志であるとか、それを無限に拡大しただけのものだなどと言うには及ばない」（63）とポーを批判している。個人を意志の英雄と見るこのようなとらえ方に、ポーの誤りを理解する「鍵」（63）があるというのである。それは、個人がみずからの意志を世界に貫徹することで自由を獲得しようとする、根源的に政治的な志向であろう。

自由、意志、欲望こそ、アメリカ社会の成立基盤となっている個人主義の価値であるが、そういう個人が成り立つためには、私有財産によって担保された「私」が必要である。そういう「私」のもっとも極端な実例が、アメリカに歴史的に実在しポーを取り巻いていた奴隷制の頂点に立つプランテーション農場主＝奴隷主であろう。米国南部における封建領主にも似た大家の当主ならば、貴族を衒い、世界に自分の意志を浸透させることも可能と思えたかもしれない。ポーは意識的にはそのような個人になることにあこがれていただろうし、ロレンスが批判したのもポーのそのような欲望である。

ロデリックの「憂愁の放射線」は、ロデリックとマデラインの破滅や館の崩壊を決定する力として現出している。マデラインが棺から出てきてロデリックに迫ってくるのは、愛のためなのか、復讐のためなのか、決めがたい。いや、ロデリックもマデラインも、彼ら自身よりももっと大きな何ものかの力によって滅びたと見るべきではないか。

「アッシャー家の崩壊」のみならず、ポーの作品では、個人が自由と意志を働かせてもけっきょくは正体不明のもっと大きな存在、あるいは天邪鬼とポーが呼ぶ自滅の衝動によって挫かれ、個人が破局を迎えるというすじの物語が多い。理論上は宇宙と個人とのあいだに相互浸透が想定されているとしても、実際上の物語としては、個人が宇宙に圧倒されてカタストロフィーを迎えるという結末になるのは、作者自身の願望に反して、アメリカ社会における公式イデオロギーとしての、自立する自律的な個人の神話に懐疑を抱かざるをえないことの表現である。それは、個人主義の袋小路という真実にたいする洞察につながる。完璧な美や絶対的な愛を追求する自由に固執するがゆえに、他を切り捨てていかねばならない個人がどうしても行きつく孤独——そこに待ちかまえている自己の内なる他者との直面や、そのために生じる自己分裂。自閉症的憂鬱か誇大妄想かという狂気を知る作者と、それを見つめる正気の冷徹な作者とがポーのなかに共存している。

ロレンスは、ポーが「人間的魂」を失っていなかったから、自分の「呪われた運命」、自分の「病」について明確に語り、われわれに「警告」を発しえたと言い、そこを評価する(77)。ホフマンが「分別のある観察者」である「わたし」を忘れないようにしているのも、同様の見方であろう。ポーは裕福な養家を実質的に勘当されて、極貧のうちに不如意な一生を送りながら、みずからの状況を売れ筋の物語に仕立てた。それゆえに、ロデリックに魅惑されつつその恐怖と戦慄を見つめる「わたし」に、ポーのもっとも本質的な自伝性がうかがえるのではないか。

少年時代にポーの魅力にとりつかれたのち、長じるにつれてその魅力が見せかけにすぎなかったかもしれないと疑念をもつにいたり、多少突きはなして読むようになるのだが、人生が下り坂にさしかかってくるころに読みなおすと、表面のどぎつさの裏に慎ましやかに控えていた真実に、あらためて気づかされるような気がする。そういう経験をしたのは、一六歳でのポー発見を語るホフマンに限られない。ポーを論じる人はときに、論文のなかでは場違いになる危険を冒してでも、十代のポー読書体験について私的な言及をせずにいられなくなる。私もやはり若いころポーに耽溺して、それがアメリカ文学研究を志すきっかけになったが、ある段階でその狭さに気づいてポーからの脱出を遂げたものの、いまやポーに回帰する局面にさしかかっているようだ。

「群集の人」が犯す罪とは何か

錯乱者の描写は錯乱した描写と同じではない。
ヴァルター・ベンヤミン「セントラル・パーク」（円子修平訳）

「群集の人」（"The Man of the Crowd" 1840）は、語り手が「ある秋の日の夕暮れどき、ロンドンのD─コーヒーハウスの大きな弓形張り出し窓に腰かけている」（507）場面からはじまる。語り手は、懶惰な暇つぶしに窓から街頭の雑踏を眺めているうちに、ふとある老人に目がとまり、その外貌が急に気になって店から飛び出すと、尾行をはじめる。老人は、尾行している語り手に気づきもせずにあてどなく街中をさまよい歩き、夜を徹しておよそまる一日費やしたあげく、最初のあのコーヒーハウスの前まで戻ってくる。老人はどうやら群集のなかに入りまじっていないかぎり精神不安定になるらしいと悟るにいたった語り手も、さすがに疲労困憊、これ以上の穿鑿は無駄とあきらめて尾行をやめる。話はそれだけで、ほかに事件らしいことは何も起きない。

それなのに語り手は、最後につぎのような驚くべき断罪の言葉を吐く。

「この老人は重大な犯罪の化身にして精髄なのだな」とわたしはとうとう結論をくだした。「ひとりぽっちになることを受け入れようとしないのだ。**群集の人にほかならない**。追いかけても無駄だ。この男が何者なのかということも、何をしているのかということも、どうせわかりっこない。この世でもっとも邪悪な心というものは、『ホルトゥルス・アニマエ』よりもっと醜怪な本にも等しいから、「エア・ラスト・ジッヒ・ニヒト・レーゼン」というのは、神の大きなお慈悲の賜物に類するものであるかもしれない。」(515)

これは作品最後の言葉であるだけに話のオチであるはずで、にわかにはのみ込みかねるとしても、無駄骨を折らされたことにたいして語り手が吐いた腹いせの捨て台詞にすぎないと、受け流すわけにもいかない。わかる人だけに通用するアイロニーがこめられていると考えずにはいられない。誰もがあっと驚くような仕掛けでなくても、ひそかなどんでん返しになっていないともかぎらない。それにしても、この老人はいったい何の罪を犯したというのであろうか。

この話のなかでは、群集の人であれば犯罪者である、というような論理的連関が明示されていないにしても、群集と犯罪とは、そこはかとなく関係づけられているようでもある。たがいに身体が見えるように現前する集団を「群集」とあらわし、必ずしも同じ場所に居合わせていなくても(サイバー空間のヴァーチャルな集団を含め)統計的に同一の属性のもとに括られうる集団を「群衆」とあらわして区別したいぐらいの気持ちから言えば、この話において問題となるのは群集のほうであろう。

近代以降の群衆論では、『革命的群衆』を著したジョルジュ・ルフェーヴルのように、群衆の革命性を探究した論者もいるが、たいていは群集も群衆も区別なく犯罪に関連づけられる。ギュスターヴ・ル・ボンは、「犯罪的といえば、確かに群衆はしばしば犯罪的である」(37)と述べ、一連のフランス革命での群衆のふるまいにとりつかれてこのテーマに取り組んだ。ナチスの群衆に衝撃を受けたエリアス・カネッティは、「群衆は家や品物を破壊することを格別好むものである」（上10）とか、「群衆は、自らの動物的な力と情熱との最大限に強烈な感覚を、自ら体験することを願い、この目的のためなら、群衆はどんな社会的な口実や要求でも、喜んで利用するであろう」（上15）などと述べて、革命やファシズムの群衆に限らない古今東西のさまざまな種類の群衆と権力や暴力との、切っても切れないつながりについて、さらに広く深い見方から考察した。このような、群衆と犯罪の結びつきを暗に前提する問題意識が、ポーの書いた話によって先取りされているのであろうか。

群集と犯罪の関係に劣らず曖昧なのは、群集と老人の関係である。そもそも「群集の人」という言葉がはっきりしない。この「の（of）」は、群集と個人とのあいだのどのような関係を示しているのか。「群集の人」とは、ある人の内実が群集以外の何ものでもないということを意味しているのであろうか。そうだとすれば、そのことを見破った語り手が、話の結末で、もうこれ以上追求しても何も得るところがなさそうだと突き放すのも当然の仕儀と言えるかもしれない。なぜならば、語り手は喫茶店のガラス窓越しに通り過ぎる群集の観察に興が乗っていたさなか、この老人を見つけて惹きつけられ、たまらず店から飛び出して追いかけてきたのに、その甲斐がなかったとわかってがっかりしたとしても、是非もないからである。

最初にこの老人に目がとまったときの興奮は、つぎのように語られている。

わたしは、最初に一瞥したときのつかの間に、その顔が秘めている意味を多少とも探りあてようと努めてみたものの、頭に思い浮かんできたのは、頭脳明晰にして警戒厳重、窮乏に迫られ、強欲、沈着冷静、悪意に満ち、残忍至極、勝ち誇り、打ち興じ、極度の恐怖を抱え、強烈な――否、どん底の絶望に沈んでいる、などといった、とりとめもなく矛盾した見立てでしかなかった。わたしは奇妙な興奮、驚嘆、惑乱にとりつかれてしまった。「あの男の心のなかには、どれほど激烈な歴史が刻み込まれていることか！」とわたしは思った。そのとき猛然とわき起こってきたのは、あの男から目をはなしたくない――正体をもっと知りたいという願いだった。(511)

語り手は、群集のなかに見出した老人の「比類なく特異なその表情［に］、(中略) たちまち引きつけ」(511) られたが、おまけに、つぎのように描写されるその身なりを目にして、ますます好奇心をかきたてられる。

この男の服装は、だいたいは薄汚れ、くたびれていたが、強い光を放つ街灯の下にときどきさしかかったりすると、そのシャツの生地は上等のものであることが見てとれ、わたしの見間違いでなければ、この男がきちんとボタンをかけてまとっている、あきらかに古着の長い外套の裂け目から、ダイアモンドと短剣がちらりとのぞいた。(511-12)

服装から判断するに、かつては上流階級の紳士だったらしいのにいまはすっかり落ちぶれている老人に、わけありの事情があるにちがいないという、語り手の思い込みに発する期待は、けっきょく裏切られることになる。語り手には、群集のなかにまじり、群集とともに動いていても、群集とはかけ離れた人間を見出したという思いがあったのだろう。群集のなかに埋没しているように見えながら、その内実に孤独を抱え、むしろ孤高の憂愁にひたるような個人を発見することに、この語り手は、ことのほか興奮するような質の人間であると思われる。

「ポーの「群集の人」とは何者か」と題する論文でスティーヴン・フィンクは、その正体を〈さまよえるユダヤ人〉であるとつきとめて見せた。その手並みはあざやかだが、フィンクもやはり、謎の人物の秘密をつきとめることに熱中する質の人間と見える。フィンクが指摘するとおり、「名のあるロマン派詩人たちは事実上一人残らず、この伝説［＝〈さまよえるユダヤ人〉］に興味を示した」(22)し、ポーと同時代には詩のみならず小説にもジャーナリズムにも、〈さまよえるユダヤ人〉は盛んに取りあげられたという。ポーはこの流行につけ込み、〈さまよえるユダヤ人〉に直接言及せずにこの伝説を取り込んで作品に仕立てたというのである。

この主張にはある種の妥当性があるけれども、群集の人の正体がこのように謎解きされても、それでこの作品が現代の読者に投げかける意味を汲みつくしたとは思えない。むしろ、〈さまよえるユダヤ人〉をはじめとして、カインや〈さまよえるオランダ人〉やメフィストフェレスとつるんだファウストなど、悪魔的英雄を文学の重要な表象にしたこの時代の必然性が、ポーの作品においていかに貫かれ、また、その必然性にたいしてポーがいかに対応しているか、ということこそ問題ではないのか。

また、『聖書』のなかでたえず悪魔に結びつけられる放浪は、ロマン派の文学においては反逆精神を示唆する効果を帯びていたにせよ、この悪魔的英雄は必ずしも都市の群集に結びつけられていなかった。しかし、ポーの描いた群集の人は、たんにさまよっているということだけでなく、むしろ都会の群集から離れられないというところに特徴がある。「群集の人」の読解は、まず何よりも都市の群集へのこだわりを核心と捉えるところから出発しなければならないのではないか。

ポーは群集をどのように捉えていたか。閉ざされた狭い空間を舞台にすることが多いポー作品のなかで、群集はあまり登場しないが、群集へのやや迂遠な言及があらわれる作品はいくつかある。たとえば「タール博士とフェザー教授の考案せる運営方式」("The System of Doctor Tarr and Professor Fether" 1845) では、精神病院の患者群が群集のシネクドキー (代喩) として登場している。南フランスに設定されたこの精神病院のなかでは、医者や看守たちと患者の関係が逆転しているのだが、その事情は過去のできごととして、院長と称するムシュー・メイヤールによってつぎのように語られる。

「事実なんですよ——そんなことになったのは何もかも、ある愚かな男——ある狂人のせいなんですがね。そいつがどういうわけか、前代未聞のすぐれた統治法を開発したと思い込んでしまいましてね——統治法たって瘋癲病院の運営方式のことなんですがね。この新方式を実験したいと思ったんでしょうな——それでほかの患者たちを説得して協力させ、陰謀をめぐらせて支配勢力打倒をめざすにおよんだわけで」

「それでほんとにうまくいってしまったと?」

「それにちがいありません。収監する側と収監される側の立場がたちまち入れ替わってしまったのですから。いや、厳密にはそうも言えませんかね——患者たちはそれ以前まで院内での自由を許されていたのにたいして、看守側の連中は、すぐに地下室に閉じこめられ、お気の毒ながらかなり手荒に扱われましたからな」
「でも、すぐに反革命が奏功したのでしょうね」(1018-19)

話の結末でじっさい「反革命」勢力が襲来し、地下室に閉じこめられていた医者や看守たちが大騒動の末に救出されて、患者による精神病院支配は、それまで一ヶ月間も続いていた現状であったと判明する。じつはムシュー・メイヤールこそ病院乗っ取りの首謀者であり、「支配勢力」にたいする「かなり手荒」な扱いこそ「タール博士とフェザー教授の考案せる運営方式」にほかならなかったのである。そしてこの「方式」とは、「看守側の連中は総勢十人だったが、不意を突かれて押さえ込まれたあげく、はじめにタールを塗りたくられ、つぎに入念に羽毛をまぶされて、地下室に閉じこめられた」(1021)という説明から、いわゆるタール・アンド・フェザーのことであると知れる。これは、周知のとおり米国南部にはびこっていたリンチの一形態であるが、レイ・ラファエルが『人民の歴史――アメリカ革命』(43-4, passim)で述べているように、独立革命期に民衆が用いた国王派制裁の手段でもあった。いずれにしても、法と秩序から逸脱した、群集による転覆的行為である。

この話では、精神病者たちが反逆する群集と同一視され、群集は革命／反革命のパラダイムで語られている。ポーの作品に登場する群集はおおむね、暴徒集団、犯罪者、精神異常者と重ね合わされ、嫌悪の対象として描き出される。そのために、革命を憎悪する市民の良識を顕示しながらそのじつ心のなかではひそかに貴族主義を奉じる群集嫌いの読者は、作者ポーに共感を寄せてきたのではないか。

じつのところ、民主主義を奉じているはずの米国の文学は、群集を嫌悪の対象として描いている例に事欠かない。たとえば『モービー・ディック』では、個人としての人間を賛美すると同時に、集団としての人間を唾棄する、つぎのようなよく知られた一節があらわれる。

土星の衛星に囲まれ、サルタンめかして腰を据えた玉座から、高度に抽象化された人間一人を取りあげて見てみるがよい。さればこの一個人は、ひとつの驚異、ひとつの壮観、ひとつの悲痛と見えるであろう。だが、同じ場から、群れをなす人類を取りあげて見てみるがよい。現況のままにしても隠れた素質からしても、無用にすぎない複製品からなる烏合の衆としか見えないであろう。(482)

このくだりは作中の語り手イシュメールの言葉と受けとめられようが、このように群集を蔑視する言葉は、語りの構造の複雑さのせいで、イシュメールのものともエイハブのものとも、あるいは作者メルヴィルのものともつかぬ場合も含めて、『モービー・ディック』のなかに少なからず見られるのである。

もうひとつの例となるエマソンの言葉は、エッセイという形式ゆえに作者の意図が比較的あからさまになっている。たとえば『処世論』には、つぎのようなまぎれもない呪詛が見受けられる。

大衆についてそんな偽善的おしゃべりをするのはやめよ。大衆などというものは、粗野で、野暮で、できそこないで、要求や影響力ということになれば悪質であって、おだててやる必要などないし、しつけてやるしかないのである。私はあの連中に少しでも譲るつもりなどないし、大衆を手なづけ、訓練し、分断し、解散させてやり、そのなかから個人個人を引き抜いてやりたいのである。慈善のなかでも最悪なものは、救ってやってほしいと要請されるいのちが救うにあたいしない場合である。大衆なんて！　大衆こそ災厄である。（1081）

『エマソン効果』の著者クリストファー・ニューフィールドによれば、群集にたいするこれほどの嫌悪の源には、群集と見れば、平等を要求して叛乱や暴動に打ってでる人間集団にほかならないと受けとめて脅威を感じるミドルクラス層の恐怖がわだかまっている。友愛の名のもとに集団行動をとるような群集は、同性同士の「「不自然な」関係」(95)を結んで「猥褻であると同時に無政府的な」(95)行動に走っているとみなされ、ソドミーにふけっているとさえ表現された。今日ではもっぱら同性愛行為を意味すると理解されているソドミーという言葉の意味は、南北戦争前の米国ではかならずしも同性愛に限られず、「ソドミーとは、性犯罪であるとともに社会的犯罪であり、勤労や競争にたいする拒否を呼び換えた別名としての「怠惰」とか「無精」とか、ビジネスの放棄や、なんの用もないのに群れたがる習性などに結びついている」(96)という。メルヴィルやエマソンが感情的とも思えるほどに厳しく群集を難じたことには、群集と犯罪を結びつける同時代の支配的な見方が介在していたのであろう。

このように見れば、ポーの作品に群集への嫌悪があらわれていても格別変わっているわけではないとわかる。しかし、忘れてならないことに、ポーの作品において、狂人集団＝群集について嫌悪と恐怖をこめながらドタバタ喜劇の趣向も巧みに語っているのは、ポー自身ではなくて、作者が周到に設定した登場人物＝語り手である。

語り手は、旅行中に「医者の友人」(1002) から聞いた精神病院に興味をもち、わざわざ見学に立ち寄るような、なかなか知的な紳士であり、もしかしたらやはり精神病学にも関心のある医者かもしれない。この男はじつにきまじめで礼儀正しい人物であり、その言は信用するに足るみたいではある。だが、まじめすぎてちょっと機転が利かないようで、「タール博士とフェザー教授の考案せる運営方式」などという学術用語めかした言葉を耳にしても、タール・アンド・フェザーに思い及ばないなどというのは、あまりにもお人好しというべきか、物事を読む能力に欠陥がありそうである。そのために、患者が支配している精神病院のなかに舞い込んでもぎりぎりまで真相を読み取れず、最後には患者集団検束の際のどさくさに巻き込まれて、「わたしはこっぴどく打ちのめされた——そのあげくに、ソファの下に転がり込んで、じっとしていた」(1021) という羽目になる。

正常に機能している人間集団という見かけにだまされ、じつは支配と従属の関係が逆転している真相を見抜けないという設定において、この語り手は、メルヴィルの短篇「ベニト・セレーノ」の視点的登場人物ディラノ船長を先取りしている。ディラノ船長がチリの沖合で遭遇したサン・ドミニック号では、ベニト・セレーノ船長が黒人奴隷叛乱の首魁バボの人質になっている。バボはムシュー・メイヤールに相当する。メルヴィルは、ポー作品のなかの「南フランス」が米国南部、精神病院患者による「革命」が奴隷反乱のほのめかしであると読み解き、群集の見かけと正体の背馳というポーの描いた構図を借用したとしたら、どうか。礼儀正しくきまじめなディラノ船長は、やはりぎりぎりになるまでサン・ドミニック号船内の危険を読み取れないという鈍さによって、ポーの物語の語り手と同様の役割を演じているのだ。

ポーの物語の語り手は作品最後のパラグラフで、「話を終える前に付け加えておくべきであろうが、わたしは**タール**博士と**フェザー**教授の著作を探してヨーロッパじゅうの図書館をあさってみたけれども、これまでのところ一冊なりと手に入れようとした努力も無駄に終わっている」(1022) とまで言うにおよぶ。こうなると、語り手は照れ隠しに無知を衒っているのではないかとさえ思え、語り方に作為性が感じられる。要するに信頼できない語り手ということなのだが、もし作者が精神異常者や群集への嫌悪や恐怖に説得力をもたせて表現しようとするのなら、こんな頼りない語り手に語らせるであろうか。だから、そういう嫌悪や恐怖を語るというよりも、むしろ、そういう嫌悪や恐怖を抱いているような語り手を嘲笑うというのが、この作品にこめられた真意なのではないかと思えてくる。最後のパラグラフの一節は、この真意をわかる人に伝えるための手がかりとして配されているのかもしれない。

ポーの書いた話の語り手は、「タール博士とフェザー教授の考案せる運営方式」のようなバーレスクの語り手でなくても信頼できない場合が多い。デュパンが登場する探偵小説における語り手も、デュパンの偉業にすっかり感心するばかりであり、誠実醇朴ながらやや間抜けとさえ思えるくらいの人物である。どんでん返しやアイロニーの効果をねらった話では、話の終わる直前まで真相に気づかない語り手を用いるほうが、真相を察しはじめる読者の優越感をくすぐるのに都合がよいのであろう。「群集の人」を読む場合も、語り手に気をつけなければならない。

「群集の人」の語り手は、ヴァルター・ベンヤミンがボードレールを論じながら脚光のなかに浮かび上がらせたフラヌールと比較されるのが、今日における常套になっている。フラヌールについてベンヤミンは、たとえば「パリ——一九世紀の首都」においてつぎのように論じている。

ボードレールにおいてはじめて、パリは抒情詩の対象となる。この詩はローカルカラーの芸術ではない。それどころか、この都会を射るアレゴリー詩人の視線は、疎外されている。それはフラヌールの視線であり、フラヌールの生活様式は、都市生活の迫りくる荒廃を、それとかろうじて折り合いをつけるための光彩で包む。フラヌールはまだブルジョワ階級の閾にたたずんでいるように、都市の閾にたたずんでいる。つまり、どちらもまだ彼を呑み込みきっていないし、彼もまだどちらにも所属しきっていない。彼は群集のなかに逃げ場を求める。群集の観相学に関する初期の研究成果は、エンゲルスとポーの著作のなかに見出されるはずである。群集はヴェールのようなものであり、それを通して見れば、見慣れた都会もフラヌールには走馬燈の幻影のような魅力を帯びてくる。(156)

フラヌールは都会のなかで群集にまじっていても、まわりの連中から距離をおく。この距離の裏づけになるのは、卓越した知性と教養であり、ブルジョワ階級を見くだす貴族的な矜持である。フランス語でフラヌールは、「のらくらしている(フラフラしている)」という意味の動詞フラネの派生語であり、なまじ学問をかじっていても世に用いられず、屈託しながら暇をもてあましている遊民である。裕福になりようがないから暮らし向きはボヘミアン的であり、心のなかはスノッブである。「群集の人」の語り手は、すくなくとも話の前半では、喫茶店で無為の時を過ごし、窓外の群集を眺めたりしているし、秘教的とさえいえそうな学識をちりばめながら話を進めるりっぱなスノッブなのだから、フラヌールと呼んでもいいはずである。

ところが、ベンヤミンは別の論文「ボードレールのいくつかのモチーフについて」で、意外にもつぎのように述べる。

ボードレールは、ポーのお話の語り手が追いかける、夜のロンドンを縦横にさまよう群集の人を、フラヌールに等しいと見なしてさしつかえないと考えていた。この見方は受け入れがたい。群集の人はフラヌールではない。この男においては、心の平静が失われ、偏執的なふるまいにとりつかれている。したがってこの男が例証しているのは、むしろ、自分の所属する環境が奪われてしまうとフラヌールはどうならざるをえなかったかということである。ロンドンがそういう環境を呈したことがあったにしても、それがポーの描いた環境でなかったことは間違いない。これと比較すれば、ボードレールのパリには、まだ古き良き時代の特徴がいくらかとどめられていた。（中略）群集に小突きまわされるがままになっている歩行者もいたけれども、群集から距離をおくだけのゆとりを失わず、余暇を楽しむ紳士の暮らしを捨てようとしないフラヌールもいた。世間の連中には日々の雑用にあくせくさせておくがいい。暇をもてあます人間は、そういう人間としてすでに世間で場違いな人間になっているかぎりにおいて、フラヌールらしい遊歩にふけることができる。（172）

この点はかつてドライサーと都市の関係を論じた拙稿でも触れた（116-17）が、ベンヤミンは、アドルノに批判されて書き直したとされるこの論文で、貴族的なゆとりをフラヌール必須の特徴と見立て、あまりにも「古き良き時代」へのノスタルジーに引き込まれすぎているのではないか。言及されていない語り手はどうなのか。語り手のほうはフラヌールと見なせないのか。また、群集の人と語り手はそれほど峻別できるであろうか。そこに私の疑問がある。

喫茶店の「弓形張り出し窓（bow window）」は、スーザン・スウィーニーのおもしろい指摘によれば、「区分された窓がいくつもつながって（類似物であるふつうの張り出し窓（bay window）に角があるのとは異なり）弧を描くように並んでおり、建物から外側に向かって突き出しながら、内側のほうでは壁龕をなしている」(5)ので、そこに陣取る語り手はガラス窓に囲まれ、いわば巨大な凸レンズの拡大鏡のなかにおさまって、街路の群集を探偵していることになる。

笠井潔は論文「ポーが発見した群衆」で、「ポーによって発見された群衆とは、理性的人間が勝利したはずの近代社会に、逆説的にも露出しはじめた本質的暴力の体現者でした」(179)と論じ、一八四八年の革命におけるパリ群衆のバリケードを背景に、ボードレールやバルザック、マルクスやブランキなどとともにデュパンを登場させる法外な小説『群衆の悪魔――デュパン第四の事件』を書いて、群集と探偵との必然的結びつきを描き出している。

しかし、「群集の人」の語り手ははじめから犯人を探偵しているわけではない。窓から群集を眺めているときの気分について語り手は、「最初のうちわたしの観察は、うわの空で眺めながら全体の特徴を受けとめようとしているだけであった。（中略）だが、しばらくするうちに、くわしく穿鑿し、細心の興味を持って見るようになった」(507)と述べている。これは、犯人を見つけ出すことに自分の名誉がかかっている探偵というより、なんの得にもならないのに興味は引かれる対象の観察に夢中になる、物好きな研究者タイプ風ディレッタントの挙措である。暇つぶしの見物の域を出るものではなく、コーヒーハウスのなかで「群集から距離をおくだけのゆとりを失わず、余暇を楽しむ紳士の暮らしを捨てようとしない」という、フラヌールたる者の資格としてベンヤミンが要求した条件をみたしている姿勢であろう。

語り手がそういう姿勢を捨てて街路に飛び出し、一人の老人を追いかけて「群集に小突きまわされるがままになっている歩行者」になってしまう変化は、どのように語られているか。

夜が更けるにつれ、この光景にたいするわたしの興味も深まった。群集の全体的な性格が大きく変わってしまった（まともな部類の人びとがだんだん帰宅してしまうために、群集の比較的無害と見える様相は薄らいでいき、ありとあらゆるたぐいの悪党どもが深夜の闇に呼び寄せられるかのように魔窟から姿をあらわしてくるので、群集の険悪な部分がいよいよくっきりと見えてくる）ばかりではない。はじめのうちは夕暮れの残照と競って弱々しくともっていたガス灯の光が、ようやくはっきりしてきて、明滅しながらもけばけばしくあらゆるものに降りそそぐようにもなっていた。全体は闇夜に包まれていたけれども壮麗だった――テルトゥリアヌスの文体が譬えられた黒檀のようであった。／（中略）わたしはそんな風に、窓ガラスに額をくっつけるようにして、烏合の衆を観察することにのめり込んでいたが、そのとき突然、一つの顔（歳の頃は六五から七〇くらいのしょぼくれた老人の顔）が、わたしの目に飛び込んできた――比類なく特異なその表情のゆえに、わたしの全神経をたちまち引きつけて釘づけにした顔が。（510-11）

作品の分量からいってちょうど真ん中にあたるこの箇所で、語り手のふるまいががらりと変わる。前半では喫茶店に居座っているだけだったのに、後半では休みなく市街を歩きまわる。この変化をもたらした顔は、深夜、ところどころガス灯のまわりだけが明るく浮き立っている夜闇を透かすように見つめていた窓越しに見えたと述べているが、通り過ぎた通行人の顔を一瞬見ただけにしては、その後の語り手の尾行は現実離れしている。語り手は、「わたしは通りに出ると、あの男の姿ははやなかったので、最後に後ろ姿が見えた方角めざし、群集をかき分けかき分け進んでいった」(511) だけなのにもかかわらず、「多少難儀はしたものの、しまいには見つけだした」(511) というのだが、都会の雑踏のなかで見失った人間をもう一度見つけだしたのは、不可能ではないとしてもかなり好運だったと言わねばなるまい。

しかも、おそらく二〇時間以上も「見失わないかとおそれて、男の傍らにぴったり寄り添うように歩いた」(512) り、「あるときなどは、男が急にくるりと回れ右をするものだからもう少しで見つかりそうになった」(513) りしたにもかかわらず、けっきょく一度も気づかれずに尾行を続け、最後には、「このさまよえる人の真正面に立ちはだかり、はったと顔を見つめてやった［のに］わたしに気づかなかった」(515) となると、語り手はこの老人にとって透明人間なのかとさえ思えてくる。

だが、もし語り手と老人が同一人物だとすれば、以上の成り行きは不思議でなくなる。この語り手と老人がダブル（分身）の関係にあるという見方は、「群集の人」を論じる人びとのあいだでほぼ共有されている。物語論上の分身といえば瓜二つの登場人物のことだから、一応別人格の人間が二人登場していると受けとられる。文学における分身は、追う者と追われる者、探偵と犯人、研究者と研究対象など——対立しているようでじつは似ている者同士の皮肉な関係を表現している。ポーには分身を指摘できる作品が少なくないが、分身というよりもドッペルゲンガーとみなされるべき場合も多い。ドッペルゲンガーとなればオカルトめくが、ポーがオカルトに頼ることはまずない。ポーの描くドッペルゲンガーは、人格多重化や異常心理の効果としての自己像幻視を文学的に表現した表象であろう。

「群集の人」とよく比較される「ウィリアム・ウィルソン」("William Wilson" 1839)は、名前も生年月日も同じというだけでなく、「身長もまったく同じで(中略)、体つきや顔つきもおおよそ異様なほど似ている」(434)相手に悩まされた語り手が、いつもその相手に追いかけられ、悪事を働こうとするその現場で邪魔されることに我慢できなくなって殺してしまう話だが、語り手のそっくりさんとして登場するウィリアム・ウィルソンとは、語り手の自己像幻視としてのドッペルゲンガーであると解しうる。つまり、話のなかでは二人のウィリアム・ウィルソンがいるみたいに語られているけれども、物語の終わりに「大きな鏡」(447)が言及され、結末となる最後の台詞について「あいつが言うこんな言葉を聞いているうちに、わたし自身がしゃべっているみたいな気がした」(448)と語られることで、謎解きの鍵が与えられているように、語り手の錯乱があまのじゃくな自己に対立する幻の自己をもたらしただけで、このことを錯乱した人自身に語らせるから、まるで二人のウィリアム・ウィルソンがいるみたいな話になるのである。その伝でいけば、「ウィリアム・ウィルソン」の語り手は種々の罪を犯しながら追いかけられ、「群集の人」の語り手は挙動不審の老人を追いかけるので、立場が逆になっているとしても、「群集の人」もやはり語り手の自己像幻視を扱っていると言えよう。

「群集の人」の語り手の自己像幻視は、作品の真ん中にあたる先に引用したくだりではじまる。都会で普及しはじめたばかりのガス灯は、明るいといっても、一九世紀前半あたりでは明るいのはガス灯のまわりだけで、夜も更ければ街路の大部分は、先の引用に「テルトゥリアヌスの文体が譬えられた黒檀のようであった」とあるとおり、暗かった。テルトゥリアヌスとは、三世紀初頭カルタゴの神学者で、修辞的な文体のラテン語神学書を何冊も遺しているが、マボットの推定（517）によると、ポーはどうやらその文章を読んだことがなく、その文体について一七世紀フランスの一著述家が遺した比喩を見かけただけらしい。肝心なことは文体に「黒檀」という言葉が結びつき、あまりに凝っているためにけっきょく何を言っているのかわからなくなるような文体の不透明さを暗示することであり、テルトゥリアヌスがどういう人物か読者にはわからなくてもかまわない。

深夜に「窓ガラスに額をくっつけるようにして」戸外を見ようとしたら、窓ガラスはマジックミラーになったと思われる。明るい室内から暗い屋外を見ると透明のガラスも不透明になって、よく磨いた黒檀に似た鏡状になる。だから、窓ガラスに浮かびあがってきて語り手の「全神経をたちまち引きつけて釘づけにした」顔とは、語り手自身の鏡像であったと考えられる。窓から見えたのは「歳の頃は六五から七〇くらいのしょぼくれた老人の顔」だったと言っているが、語り手自身はそんな歳でもないのにガラスに映った自分の顔が老けて見えたことに、衝撃を受けたのかもしれない。語り手は喫茶店を飛び出し、あとは、ヴェールのような群集に映し出される「走馬燈の幻像」のように幻視される自己を追いかけたのである。そうであるとすれば、語り手がいくら尾行しても相手に気づかれるはずはない。

語り手と老人が同一人物であるということは、ポーの描いたフラヌールが、ベンヤミンの立てた区別に逆らい、「群集から距離をおくだけのゆとりを失わず、余暇を楽しむ紳士の暮らしを捨てようとしない」人間であっても、ある状況ではふとしたきっかけで「群集に小突きまわされるがままになっている歩行者」に転化しうるということであろう。じっさい、ベンヤミンは未刊の草稿「ボードレールにおける第二帝政期のパリ」では、ポーの「群集の人」について、「この未知の男こそ遊民〈自体〉である」（190）と述べ、未整理の覚え書き遺稿『パサージュ論』では、「哲学者の散歩者のタイプからまったく離れ、社会の荒野を落ち着きなく放浪する狼男の様相を呈する遊歩者をポーは最初に「群集の人」で決定的な形で描ききったのである」（72）と論じているので、「群集の人はフラヌールではない」などと断言してフラヌールと群集を峻別する論文は、アドルノらの裁可をえて公刊された「ボードレールのいくつかのモチーフについて」に限られるようである。

それはさておき、語り手と老人が同一人物であれば、この男は、先に引用した老人の服装の描写から推察されるように、階級的に没落してルサンチマンを抱えながらボヘミアンの暮らしに低徊しているスノッブであると見られる。この人物は、「モルグ街の殺人」のなかで「この若い紳士はかなりの家柄――むしろ名門の出であったが、さまざまの不幸な事件が続いたため、貧苦に悩み、生来の気力も衰えた結果、世間で活躍しようとか、資産を取り戻そうとかいう志を捨ててしまっていた」（531）と描かれるデュパンと似ている。デュパンと語り手が「腕を組み合って街へ散歩に出かけ、当節話題になっている諸問題について論じ合いながら、夜遅くまであちこち遠くへぶらついていって、にぎやかな都会の妖しげな光と影のまっただなかで、無言の観察を通じて得られるあの限りない知的興奮を求めた」（533）というのも、まさにフラヌールの所業ではないか。デュパンは、

「盗まれた手紙」で件の手紙をD——大臣から盗みかえすために大臣邸へ乗り込んだとき、大臣の注意をそらすためにある男に窓外の街路で発砲騒ぎを起こさせ、野次馬を集めたが、発砲した張本人の「精神異常のふりをしたやつは、ぼくがお金を払ってやらせた男だったのさ」(992)と、このいきさつを語り手に打ち明けて、謀略の片棒を平気で担ぐような与太者とも通じ合っていることをほのめかしている。

群集の人とその人について語る語り手、語り手ウィリアム・ウィルソンと語られるウィリアム・ウィルソン、デュパンとデュパンについて語る語り手——ドッペルゲンガーないし分身と見なしうるこれらの二人組が徘徊する世界は、いずれも似たり寄ったりの妖しげな都会の暗部である。それは、マルクスが『共産党宣言』で、「旧社会の最下層からうみだされるこの無気力な腐敗物は、ところどころでプロレタリア革命によって運動になげこまれるが、彼らの生活状態全体から見れば、むしろよろこんで反動的陰謀に買収されやすい連中である」(41)と口をきわめてこきおろし、また、『ルイ・ボナパルトのブリュメール一八日』では、ルイ・ボナパルトを担いだ連中を「要するに、はっきりしない、ばらばらになった、浮き草のようにただよっている大衆、フランス人がラ・ボエム[＝ボヘミアン]と呼んでいる連中」(89-90)と決めつけたり、「ボナパルトはまさにボエムであり、王侯出のルンペン・プロレタリアであった」(102)と述べたりして、蔑みと嫌悪の情もあらわに難詰したルンペン・プロレタリアートないしボヘミアンと性格を同じくする群集の棲息地である。

家族や地域の共同体や協働の現場における人間関係などからはずれた、偶発的な同道集団を警戒するこのような見地からすれば、ある種の群集そのものが犯罪集団ということになる。都市によって否応なく産み出されたという意味で受動的な群衆は、何かのきっかけで騒ぎを引き起こす。さもなければ、興奮を求める鬱屈した思いに駆られ、心の渇きを癒すために陶酔しつつ、都会のなかを黙々とうろつく。場合によっては、その鬱屈を一身に封じ込めたような孤独な人間が群衆を代理して、不意に暴発したかのように通り魔となり、群集に無差別攻撃を仕掛ける。もしかしたら、群集の人が犯罪的なのは、群衆と一体化しているようでいてじつは孤立しているからなのかもしれない。いや、群集は、その成員がいかに孤独のつもりでも、各人の個性などあっさり捨象してしまう。

群衆の出現なくして人民による社会変革の構想はありえないだろうが、犯罪は革命であると言うのははばかられるにしても、革命は犯罪であると言うのはけっこう受けがいい揚言だったりする。「群集の人」の語り手は、はじめは超然とした観察の対象にしていた群集に、いつのまにか矜持も孤高もなくして融合してしまったことを恥じ、心理的防衛機制が働いて、群集の一部になってしまった自己を他者として幻視するようになったというのであろうか。そうだとすれば、最後に「この老人は重大な犯罪の化身にして精髄なのだな」などと厳しく断罪するのも、自罰願望のなせる業としてうなずける。つまり、「重大な犯罪」とは、存在そのものが犯罪であるような群集に一体化してしまうことを意味していたのだ。

しかし、この話の結末には、まだ釈然としない仕掛けが残っている。本稿冒頭に引用した、妙なラテン語とドイツ語を含む一節である。これについては、スティーヴン・ラックマンが、「この厳密に円環構造をなしている話に組み込まれているのは、結末部分が、冒頭部分のみならず題名やエピグラフをも鏡像的に反復する、さらなる二重化である」(70) と見抜き、作品の題を含めた最初の一節と最後の一節とを二段組みにして並べて見せる。作品本文冒頭の一文は、「あるドイツの本についてのうまい言い草に、「エア・ラスト・ジッヒ・ニヒト・レーゼン」——みずからを読まれないようにしている——というのがある」(506)となっており、ドイツ語が英語に訳されている。このドイツ語の一文が結末でくり返されるのだが、そのときは英訳がついていない。最初に英訳で意味を示したのだから、二度目はその必要はあるまいと言わぬばかりである。

このドイツ語の引用や訳が怪しい。作品本文がはじまる前に置かれたエピグラフのフランス語は、ラテン語と並んでポーお得意の言語であり、アメリカ人読者にも通じると期待できたであろうが、ドイツ語となるとそうはいかない。ドイツ語はポーにとってどの程度なじみがあったかよくわからないが、アメリカ人読者にはフランス語よりもよほど通じにくい言語であったと思われる。

ポーのドイツ語ドイツ文学についての知識を精査した『エドガー・アラン・ポーのドイツ向け骨相』の著者トマス・ハンセンは、ポーの著作にあらわれるドイツ語の誤りを数多く指摘して、「ドイツ通というポーのうわべは、彼のヘブライ語やデンマーク語についての知ったかぶりとほとんど変わりないくらい薄っぺらである。本書で明らかになるとおり、彼がドイツ語を使うのは、知的に印象的な(あるいは滑稽な)効果を生みだすためである」(23)と論じている。だからといって、ハンセンの意図はポーの偽学者ぶりをあばきたてて貶めることにあるのではない。むしろハンセンは、ポーの博識顕示が、当時の雑誌ジャーナリストとして生き延びるための必要に迫られて手を染めた術策であったと同情し、後世の学者たちが、ドイツからのありもしない深遠な影響をポーが受けたかのようにしゃにむに描き出して、自身の学識をひけらかす機会にしようとする当てこみを厳しく批判しているのである。したがって、『エドガー・アラン・ポーのドイツ向け骨相』は、『エドガー・ポーのフランス向け骨相』や『エドガー・アラン・ポーのアメリカ向け骨相』のタイトルを援用しながらも、これら他書のようにポーの多才ぶりに感服しているわけではなく、趣が異なる。

さて、「群集の人」にあらわれるドイツ語文「エア・ラスト・ジッヒ・ニヒト・レーゼン」については、ハンセンも「エア」という代名詞と「ラスト」という動詞の誤りを指摘している(52)。「ラスト(lasst)」は正しくは「レスト(läßt)」となるはずである。とはいえ、ウムラウトやエスツェットを使いにくい米国の印刷としては、これはやむをえないかもしれない。しかし、ドイツ語三人称男性単数代名詞「エア(er)」が英訳文では「それ(it)」となっていて、「本」を受けているかのごとくであるが、ドイツ語では本(Buch)は中性名詞なので、これを受ける代名詞としては「エス(es)」でなければならないはずで、「エア」は何を受けるのかほんとうははっきりしていない。だが、文脈依存度の高い日本語によれば主語を省略して訳すことができる。私訳では、このドイツ語文が結末でもう一度あらわれることを考慮して、英訳部分の主語をあらわさなかった。こうすることで、同じ訳文で冒頭と結末の両方に通用する。フランス語、ラテン語、ギリシャ語、ドイツ語の引用が頻出するこの作品は、このほかにも翻訳に格別な工夫を必要とする箇所が少なくないが、流布している日本語訳書をいくつかのぞいてみても、こういうところがうまく処理できているとは思えなかった。

冒頭の一節は、「みずからを読まれないようにしている」本への言及に続けて、「隠しごとのなかには、みずからを明かされないようにしている秘密もある」(506)と述べ、どうしても明かすことのできない醜悪な罪を犯して、それを隠したまま死んでいく人の心という話題へ移行していく。ハンセンは作品内容と関連させて深く突っ込んではいないけれども、ラックマンの所論によれば

「「群集の人」がテーマとして取りあげているのは、人間（er）をものや本や群集（es）に等しいとすることである」（73）からには、本が読めるか否かという問題ははじめから、人間の心中が読めるか否かの比喩としてあらわれているのである。だからこの引喩は錯誤であるにしても、じつは読者の無知につけこむ詐術であると見なすこともできる。後世の版で「エア」を「エス」に変えてある例も見かけられるが、以上の事情を考慮すれば、それが適切な校訂であるのか疑問になってくる。

そして、「みずからを読まれないようにしている」人間は「重大な犯罪の化身にして精髄」であるにきまっている、というのがこの話の与件である。コーヒーハウスのなかにいて、窓外を行き過ぎる通行人の正体をつぎつぎに推断し、群集を読み解くことのできる自分の能力を誇りながら楽しんでいた語り手にとって、最後まで正体を突きとめることができなかった老人は、それがたとえ語り手自身のドッペルゲンガーにほかならないとしても、「重大な犯罪の化身にして精髄」であると決めつけてやるしかなかった、ということなのかもしれない。ケヴィン・ヘイズによれば、「ほとんど他と比べようもないほど恐ろしいのは、われわれが読めると思っていた世界のなかで読めないものに出会うこと、われわれが知っているつもりになっている世界のなかで未知のものに出会うことである」（465）という真実を、この話はあらわしている。

読めない本とか、読まれることを拒む秘密を抱えた人間とかの着想は、ポーが他の作家から借りたと見られる。ポー研究ではことのほか稔り多い出典探索に取り組んだ数多くの学者により、この種の借用がポー作品の随所に指摘されてきたが、「群集の人」の冒頭の一節にも、それが認められる。エピグラフはその性格上とうぜん、著者ラ・ブリュイエールの名が明記されているが、ドイツの本についてはアイザック・ディズレーリ、心に秘密を抱えたまま死んでいく人間についてはチャールズ・ディケンズの文章から借りているとは、多くの注釈の助けを借りなければわからない。他の箇所でも学識をひけらかすような引喩が続出し、どこかで見かけられた片言隻句が使われているらしいが、その出典は秘匿されている。ただし、肝心のドイツ語一文は、学者たちによる検索の労にもかかわらず典拠未詳にとどまっているので、ポーのでっちあげによる引喩である可能性もある。

　このように他者の文章を、権威づけや韜晦のために陰に陽に利用するのは、読者の無知をあてこみ愚弄するような、こけおどしの衒学であり、へたをすると剽窃とも見られかねないが、ポーがペダンティックであり、このような無断借用に淫していたことはよく知られている。他方、米国の文学批評の水準を上げたと評価されるポーは、多くの書評で同時代作家たちの文章を切り刻み、他者からの借用を剽窃ときめつけて野蛮なほど無遠慮にあばいたことでも有名で、そのおかげで「トマホーク」という仇名を献上されたほどであった。文学市場の揺籃期には、商品としての作品を売り込まなければならなくなった作家たちが、独創性や天才を奉じ、著作権を主張しつつ、剽窃に神経を尖らせるようになった。ポーはそのような新しい動向の最先端に立っていた。じじつ、ラックマンは「群集の人」を「剽窃にたいするポーの耽溺」(50)や気がかりを主題化した物語として読解した。

　剽窃は犯罪であるという見方は近代の産物である。スーザン・スチュアートは著書『書くことによる犯罪』で、「中世の作家は、著作の内容を人格や意見の表現とは見なさず、全体で一体をなす知の一部、古代以来の学識を相続したものと見ていた。それゆえ、「剽窃などという用語は、中世に関連してはじつはおそらく廃棄されなければならない。それは、明確に近代のものである文学的な個人主義や文学的な財産といった概念を表現しているからである」(30)と、ジャイルズ・コンスタブルの見解を引きつつ論じている。スチュアートは、剽窃をはじめとして偽作や偽書、バラッドやフォークロア、落書き《グラフィティ》、ポルノグラフィなど、ときには刑事訴追を受けるような「書くことによる犯罪」を注視している。政治煽動や文書偽造、名誉毀損や人権侵害の文書、秘密の告白や真情《ホンネ》の吐露なども含めれば、書くことそのものが犯罪とされる可能性さえ浮かび上がってくる。

というのは、犯罪という以上その根拠となるのは法律であるが、法律は客観性や合理性を重視し、誰がどのような思いで書いたかという主観的要素をできるだけ隠蔽して、それが書かれたものであることを忘れさせ、著者の存在をかき消そうとするのにたいして、文学では著者の主観こそ重要になるので、すくなくとも文学的に書くことはつねに、法律の立場からすればいかがわしく、犯罪に等しいということになるからである。かくて、法律自体書かれたものであるからには、書くことが書くことを断罪するという奇妙な事態が生じる。そのためにスチュアートは、「文学形式のさまざまな特殊化、ある種の文学的テクストの特性形成は、法が建前上共有するはずのない――書くことの実践としての――性質を獲得するにいたる。法はそういう性質を共有するわけにはいかない。というのも、もし共有したりすれば、それは法として機能するためのメタ言説としての力を失うことになるからである」(21) と論じている。文学は、書くことで犯罪として訴追されたりしないように工夫を凝らすところからはじまったのかもしれない。だが、文学は、アブナイ羽目になることを避けなければならないと同時に、アブナイことを冒さないでは甲斐がない。

剽窃が犯罪になるのは、私有財産権や個人主義を文明人の前提と見なす近代の建前が無条件に受け入れられているからこそである。だが、現代の理論家たちのように、書くことはテクスト相互関連性《インターテクスチュアリティ》に浸透されていると認めたり、ミハイル・バフチンのように、「誰か他の人の言説を志向する言説（ポリフォニーの言説）」（199）や「他者の言説が文体に及ぼす意義」（204）を重んじたりする見地に立ったりすれば、剽窃にあまり目くじらを立てるのは滑稽でしかない。

書くことが個人の独創でありうるのか。ポーはある書評のなかで「ファンシーとイマジネーションについて」（"On Fancy and Imagination" 1845）論じ、コールリッジがこれらの区別にこだわったことを一笑に付して、「ファンシーもイマジネーションと同じくらい創造するし、どちらも創造なんかまったくしない。斬新な意匠もちょっと変わった組合せにすぎない。（中略）したがって、新しいと称するもの――知性による**創造**と見えるもの――すべてについて言えることだが、それは古いものに分解還元される」（14）と論じた。天才の想像力を特権的地位にまで祭りあげ、これをないがしろにする俗物たちなど寄せつけようともしないロマン派に、ポーは見切りをつけている。

ポーは滑稽なくらいやかましく、他の作家たちの剽窃に目くじらを立ててみせるものの、想像力の産物はそれを産み出した者に占有権があり、この権利を侵害する者は罰せられなければならないとするロマン派ないし近代の与件を信奉しきれない。自律的な自我を奉る近代の合理主義的人間観にポーが疑念を抱いていたことは、何かわけのわからない力にとらわれる人物が登場する彼の作品を見ても明らかであろう。

結末の一節のドイツ語にもう一度戻ってみよう。ここでは、ドイツ語引用文の直前にさりげなくラテン語典籍への言及があり、そのフルタイトルが結末欄外注によって示されるとともに、この本がドイツの印刷業者グリュニンガーによって刊行されたことを知らせている。しかし、『魂の小庭』という意味のラテン語タイトル『ホルトゥルス・アニマエ』を有する印刷術草創期《インキュナビュラ》の本であるこの宗教書の内容などはどうでもよく、ただ、異言語で書かれているおかげにせよ、文章の晦渋さによるにせよ、内容のおぞましさのゆえにせよ、挿絵のいやらしさのためにせよ、稀覯本であるせいにせよ、とにかくふつうの人には読めないことが大事なのである。この注の目的は、読者に、件の書物がラテン語の本であってもドイツ人が刊行したことを知らせて、冒頭で言及された「あるドイツの本」へ立ち返らせ、ドイツ語引用およびその英訳を思い出すように促している。

そうであればなおさら、ドイツ語を額面どおりに解して、男性代名詞「エア」は、この本のタイトルに用いられているラテン語男性名詞『ホルトゥルス（Hortulus）』を受けているみたいにも見える。だが、男性代名詞にこだわれば、むしろその前に頻出する英語の男性単数代名詞（he, him, his）が受けている「群集の人（*the man*）」を意味していると見ることもできる。他方、結末のドイツ語引用を、冒頭にある英訳文に置き換えたうえで考えてみるならば、主語 it は、中性ということもさることながら、むしろ人（生物）ではなくて事物（無生物）を受けていると思えるから、「本」や『ホルトゥルス』を意味しているともとれるが、ここでは「心」を受けているととるのが自然であろう。ドイツ語中性名詞 Herz なら「エア」で受けるわけにいかないにしても、英語としてなら「心」は it で受けることができるからである。英訳にもとづけば、it が「群集の人」を受けると見るわけにはいくまいが、ここでの「心」は、間接的にせよ「群集の人」の「心」を意味しているから、実質的には人を受けていることになる。英訳で考えてもやはり、主語が意味しているのは本なのか人の心ないし人なのか、はっきりしないわけである。「みずからを読まれないようにしている」のが人だとすれば、この老人（もしかしたら語り手自身）が心のなかに「重大な犯罪」の秘密を抱えていると述べていることになる。

そのうえ、結末にある「群集の人」という言葉は、著作のタイトルみたいにイタリック体で表記されており、「群集の人」という作品にたいする自己言及でないともかぎらない。「みずからを読まれないようにしている」のはこの作品自体であると言っているとすれば、たとえば剽窃などの「重大な犯罪」が、そこに秘められていると匂わせていることになる。いや、そうではなくて、この著作にこめた作者の「人格や意見の表現」が、剽窃のみならぬ「書くことによる犯罪」を構成すると見られかねないので、「みずからを読まれないようにしている」のか。

群集の人が取り憑かれたように群集を追いかけるのは、文学市場において読者大衆を獲得しようとする作家の性向をあらわす比喩なのかもしれない。彼は読者を追い求めて群集のなかをさまよう自分の姿を幻視したのか。彼は自分の真情や所信をこめた芸術作品の創造をめざしながらも、群衆におもねり、群衆の歓心を買うためには、「書くことによる犯罪」をなんでもためらうことなく犯す。しかも、群衆におもねっている体裁の陰に、近代的個人の信憑性を思いがけぬ恰好で砕いてしまう力を秘めた群衆に陶酔する反社会的衝動が、そっと忍び込ませられていると発覚したら、「重大な犯罪」と見られるかもしれないと用心するであろう。そのような「群集の人」が、「重大な犯罪の化身にして精髄」であると、ひとかたならず断罪されているのである。

黒猫と天邪鬼

「黒猫」（"The Black Cat" 1843）は、物語が結末に向かって寸分の無駄もなく緊迫した調子で進んでいく。結末にいたり、妻殺しをした主人公＝語り手は、捜索にきた警察の一行が犯罪の証拠を何ひとつ見つけることもできずにあきらめて帰りかけたそのとき、自分の完全犯罪の完成を誇るかのごとくに、殺した妻の屍体を塗り込めた地下室の壁をステッキでたたいてみせる。すると、その壁のなかから、この世のものとも思われぬものすごい叫び声が聞こえてくる。

一瞬、階段を上りかけていた一行は、極度の驚愕と恐怖のため、その場に立ちすくんだ。つぎの瞬間には、数人が壁を取り壊しにかかっていた。壁はごっそり崩れ落ちた。あの屍骸が、すでにひどく腐乱し、血糊がかたまってこびりついたまま直立しており、見る者たちの目にさらされた。屍骸の頭のうえには、真っ赤な口を大きく開け、火のように燃える片眼を光らせて、あのいやらしいけだものが座っていた。わたしが殺人を犯すように仕向ける奸計を弄し、わたしを絞首人に引き渡す告発の声を発したあの猫が。わたしはあの怪物を壁のなかに塗り込めていたのだった！（859）

この最後の場面こそが「黒猫」のめざした「単一効果」であり、作品の意味が収斂する落ちである。おぞましくもおそろしい絵図は読者の想像力をつかまえて放さず、オーブリー・ビアズレーやハリー・クラークをはじめとする多くの画家たちがこの場面に挑発されて、いくつもの絵画にあらわしてきたが、いまだ誰も文章に匹敵する次元に達しえていない。視覚的効果だけでは捉えきれないような、それほどの戦慄のポルノ的快楽を味わうことができれば、読者としてはもう何も詮索する必要はなく、何も言わなくてもいいのかもしれない。

だが、この作品には、それだけですませるわけにいかない意味が潜んでいるように思われてならない。恐怖小説の枠内に盛り込まれながら、その枠からはみ出しそうになっている要素について、かつて私は「黒猫」を紹介する短文で究明しようと試みたことがあるが、ここでもう一度あらためてそういう要素を考えてみたい。

まず確認しておきたいのは、この作品の基本的設定である。つまり、この作品は、死刑を明日に控えた囚人が独房で最後の告白をしている話だという点である。それは、語りの形式よりも語られる内容のほうに注意が引かれても仕方ないとはいえ、案外見落とされているようなのだが、語り手が冒頭で、「しかしわたしは明日にも死ぬのだから、魂にのしかかるこの重荷を今日のうちに下ろしておきたい」(849)と言い、途中でも「そうだ、こうして重罪犯の独房にあるいまでさえ、告白するのが恥ずかしいくらいだ」(855)と述べていることから明らかである。この設定は、さりげなく触れられているだけなので目立たないけれども、カレン・ハルトゥネンが『このうえなく醜悪な殺人』で論じている「死刑囚の告白ないし最期の言葉」(8)と同じ趣向の読み物であり、イギリスでは一八世紀初頭にニューゲイト監獄教誨師をつとめたポール・ロレインが死刑囚の最期の言葉を蒐集出版して当たりをとった、いわゆる「絞首台の告白」ジャンルに倣っている。ハルトゥネンによれば、このジャンルはアメリカのピューリタン社会でも盛行し、「処刑前の説教」と「絞首台の告白」が一冊に組み合わされたパンフレットが数多く出版されたという。

とはいえ、一九世紀の殺人罪の捉え方と一七世紀、一八世紀の殺人罪の捉え方は異なる。人間みな原罪を負って堕落していると見なされるキリスト教的な捉え方からすれば、殺人犯もふつうの人間がちょっと度を超えた過ちを犯した者というだけで、誰も免れられない原罪の教義を実証しているにすぎない。だから、「処刑台の説教」と「絞首台の告白」にたいする関心は、殺人犯が過ちにもかかわらず回心し救済されるという教訓に集中していた。しかし、社会の世俗化や合理化に伴い、「聖なる物語はさまざまな俗なる説明——犯罪人の伝記や自伝、ジャーナリズムの産み出す物語、そしてもっとも重要なものとして、殺人事件裁判記録刊行版——に、だんだん取って替わられていった」(2)。ハルトゥネンはこの「俗なる説明」を「ゴシック」と呼び、殺人犯は「道徳上の怪物」(5)と見なされるようになると指摘している。キリスト教に代わってヒューマニズムが標準となった時代には、殺人犯とは人間本来のあり方から逸脱した精神異常者にほかならないと受けとられるようになった、という。

ゴシックとしての殺人事件のなかでも恐怖と謎がもっとも深まるのは、家庭内で起こる殺人である。アメリカ家庭の標準が、傭人や召使いなども含んだ生産性や階層的秩序を宗とする家父長的な大世帯から、情愛や安らぎに包まれた核家族へ変わった時代では、その内部における殺人は、外部からうかがい知ることのできない家庭という私的密室内で起きるからこそいっそう、核家族の条理を逆撫でする異常なできごとになるからである。だから、「黒猫」の主人公が最初に「家庭内で起きたにすぎぬできごと」(849)とことわって話を語りはじめるのは、ハルトゥネンが指摘するように、「同時代の家庭内殺人を扱ったノンフィクション文学の中心的な特徴を捉えている」(135)と言える。

しかも、この主人公はやはり冒頭で、「わたしは気が狂っているのではない——夢を見ているわけでもないことはたしかである」(849)と言い張ってもおり、そのためにかえって、ほんとうに正気なのかどうか疑われても仕方がないありさまである。語り手は、「誰か、わたし自身よりももっと冷静、論理的で、はるかに沈着な知性の持ち主」が、自分の「幻想」と思えるものを合理的に解明してくれると期待しつつ、「戦慄以外の何ものでもない」お話を書き記す(850)。火事に見舞われた翌日、自分の寝台の頭部に位置していた壁に黒猫の姿が焼きついていると見えたことを、「壁の漆喰の石灰が、炎と屍骸から発したアンモニアとの作用を受けて」生じた現象であろうなどと化学的に説明しながら、そう説明できた「からといって、この不可思議な事実はわたしの妄想に深い印象を刻みつけずにはおかなかった」と語る(853)。科学的合理精神への拝跪と不合理な恐怖へののめりこみとのあいだのこの懸隔には、「道徳上の怪物」に特有なある型の狂気が見られる。

要するに、このお話は、いわゆる信頼できない語り手によって語られている。最初の黒猫プルートーは実在したとしても、第二の猫は語り手の妄想でないとも限らない。主人公を狂人と疑わせることは、殺人犯は精神異常者であるという、ハルトゥネンによって近代的な啓蒙思想やヒューマニズムの産物とみなされている見方に沿うことになるのか。そしてそのことにより、正常者は人間的であって殺人など犯さないし、正常な家庭は平和であって殺人事件など起きないとする近代の建前——屍体の隔離隠蔽や精神病院改革や動物愛護などに肩入れする、野蛮人でない人たちのデリカシーを支える道徳哲学――を逆説的に強化することになるだけなのか。

それにしても、「幼時からおとなしく思いやりのある性分で目立っていた」(850) 主人公が、残忍なペット殺しから果ては妻殺しまで犯すようになったのは、いかなるわけか。そのわけは話のなかで、「わたしの気質と性格全般は――不節制な飲酒という魔物にとりつかれたために――(白状するのも気恥ずかしいが) すっかり荒んでしまった」(851) と説明されている。しかし、妻ともペットたちともむつみ合う幸せそうな家庭生活を送っていたように見える主人公が、どうして急に飲酒にふけるようになったのかということについては、いっさい説明がない。おそらく社会生活や人間関係に行きづまりが生じて、それをまぎらわそうと飲酒に走ったと思われるのだが、そういうリアリズム小説で描かれるような事情への言及は、ポーの作品に求めるべくもない。重要なのは、とにかく酒浸りの暮らしに沈湎するにいたったという結果だけであり、そこにいたる経緯は読者の想像にまかされる。

事情はともあれアル中になってしまったという結果だけを問題にする点において、「黒猫」は、『アメリカン・ルネッサンスの深層』でデーヴィッド・S・レノルズによって解明されたように、禁酒運動のための改革プロパガンダ文学のフォーミュラつまり定式をその「深層」として借りている。だが、レノルズによれば、「ポーは、多くの短篇においてさまざまな大衆文学ジャンルを、ただそれがもたらしうる**効果**のためにのみ利用したが、この作品では説教じみたことを述べるのは避けて、暗い様式の禁酒文学のおかげで利用できるようになった家庭崩壊と自己破滅的悪魔崇拝のテーマを掘り下げ」、「流行していた改革文学の定式を、アルコールによって野放しにされた体制転覆的な力の担い手を通じ、因襲的な感性の瓦解について読み応えある作品へ転換している」(70) のである。ここで「因襲的な感性」と呼ばれているものは、「一九世紀のアメリカの家庭に関する新しい規範」としての「感情的な親近性と相互の情愛に中心的な関心を寄せる近代の感傷的家族」(135) とハルトゥネンが述べているものと変わらない。これを「瓦解」させる「黒猫」の主人公は「体制転覆的な力の担い手」であると、レノルズによって捉えかえされている。

主人公が飲酒にふける場面に注目すれば、彼の背景がちらりとうかがえる。彼が愛猫プルートーの目をくりぬくという蛮行は、「ある夜、行きつけの街の酒場から帰宅した」のち、「ジンにあおられて」(851) 犯したと語られている。プルートーの目をくりぬいたあと、さすがにしばらくは神妙にしていたものの、やがてまた深酒にはまるようになったくだりではワインという言葉が出てくるが、英語でワインは酒類一般の意味にもなり、とくにここにあらわれる熟語 "in wine" (851) という形では「酔っ払って」という意味であって、この場合だけワインを飲んだというわけではなさそうである。また、第二の黒猫を見つけたときのいきさつについては、「ある晩、破廉恥というだけでは足りないような安酒場で、わたしがなかば酔いつぶれて朦朧としていたときに、この店のほとんど唯一の家具として並べられていたジンかラムの大樽のひとつの上に、何か黒いものが休んでいる姿に目がとまった」(854) と述べられている。

このような描写から推しはかられるように、主人公が酒を飲むのはたいてい自宅ではなく街の安酒場においてであり、飲む酒はラムの可能性もないわけでないにしてもおそらくはジンばかりであった。当時はジンにしてもラムにしても、貴族がたしなむワインとは違って、もっぱら労働者階級が安上がりに酔っ払うための酒である。したがって、主人公が酒におぼれるのはアルコール依存症になったことを意味するだけでなく、階級的没落を示唆しているとも考えられる。

主人公が道徳的に急転直下堕落していく原因は、はじめはもっぱら禁酒文学のフォーミュラを借りて酒に帰せられているように見えるが、作品の後半になると、「そしてやがて、あたかもわたしの最終的な、取り返しのつかない滅亡へ追いやろうとするがごとくにやってきたのは、**あまのじゃくの精**（the spirit of PERVERSENESS）であった」（852）と語られるように、むしろ主人公自身の心の動きに帰せられる。プルートーを殺したのも、酒のせいというよりはあまのじゃくの衝動ゆえであり、妻の屍骸を塗り込めた壁を、捜索にきた警察の目の前でたたいてみせたのも、あまのじゃくの衝動ゆえである。

殺人が完全犯罪として完成する直前に犯人自身が異常な衝動に駆られて罪を告白してしまうという話は、「黒猫」だけでなく「告げ口心臓」（"The Tell-Tale Heart" 1843）などでも見られる趣向であるが、これを真正面から取りあげている作品は「天邪鬼」（"The Imp of the Perverse" 1845）である。「天邪鬼」も「黒猫」と似た「絞首台の告白」ジャンルに属する結構をそなえ、殺人犯が異常な衝動に駆られて罪を告白する話が出てくるが、それは最後の二頁あまりの添え物めいた部分であり、大部分は天邪鬼をめぐって「骨相学」や「あらゆる形而上学的思考法」（1219）を批判するエッセイになっている。そのなかでは「人間の生得的かつ始原的行動原理としての、もっと特徴をとらえた語がないので**ひねくれ根性**（*perverseness*）とでも呼ぶより仕方がない、ある逆説的な何ものか」（1220）について、もったいぶった衒学的な講釈が展開される。この「何ものか」はやがて「あまのじゃくの精（the spirit of the Perverse）」（1223）と呼び換えられ、さらに「天邪鬼（the Imp of the Perverse）」（1224）に変わる。そして「天邪鬼」の結末では、語り手がわけのわからない衝動にとらえられ、殺人犯としての自白を街頭の群集に向かって一気呵成にぶちまけるきっかけが、「目に見えぬ悪霊か何かが大きなたなごころでわたしの背中をポンとたたいた」（1226）ことによって与えられたというので、天邪鬼は触知できるほどの存在感をそなえていることになる。

天邪鬼の「鬼」にあたる英単語“Imp”は、元来若芽や子どもという意味の古い英単語だったが、神話伝説の境位では小悪魔や魔神の意味になり、「天邪鬼」においてはこちらの意味で使われている。つまり、人間に内在する性向をあらわす抽象名詞であるはずのひねくれ根性という語が、いつのまにか子鬼か小悪魔のような神話的実在性を帯びた外在的存在を意味するようにすり替わっていくのである。

日本語では天邪鬼という語は本来、神話や民間説話などに登場する鬼神や悪霊のことで、あまのじゃくなどと読まれるが、それがのちにひねくれ者やつむじ曲がりの意味に転化してきた。現代であまのじゃくはひねくれ者を意味し、鬼神などとしてイメージされることはめったにないであろう。だから、ポーが「天邪鬼」で見せている意味のすり替えは、日本語における天邪鬼からあまのじゃくへの意味の変化を逆にたどり、抽象的観念から具体的な実在へ、つまり、脱神話化の過程を遡行しているようなものである。そのことを踏まえて私訳のなかでは、超自然的存在としての子鬼を含意する場合に限って天邪鬼と表記し、たんにある人間の質としてひねくれた性向をあらわす場合にはあまのじゃくと表記しようと思う。

「黒猫」では、語り手が愛猫にたいして不可解にもいらだちを募らせていく原因として「あまのじゃくの精」が持ち出され、不合理な行動に走らせる衝動はつぎのように説明されている。

ひねくれ根性こそ、人間の心の原初的衝動のひとつ――最小単位として分割を許さぬ始原の精神作用、ないし感情のひとつであり、人間の性格に方向性を与えるものである。してはならぬとわかっているというただそれだけの理由で、悪辣ないし愚劣な行動に何百回となく走ってしまう経験をしたことのない者がいようか。われわれは、最善の判断に逆らってまで、法なるものを、それが法とされていると知っているゆえにこそ犯してしまいたいと、絶えず駆り立てられなかったであろうか。（852）

ここでひねくれ根性は、どんな人間にもそなわる普遍的な深層心理の性向であると言われているが、はたしてそれは真理であろうか。どう転んでもあまのじゃくとは、一部の人間の性格でしかないのではないか。ポーのいうあまのじゃくは、人間の心理的、生理的衝動などではなくて、へそまがり、ひねくれ者の社会的行動パターンを韜晦して表現したものであると解される。

アメリカ革命、フランス革命ののちブルジョワ化していった社会が、それまでの身分制とは異なり、能力のある者が出世できる――というよりもっと正確に言えば、世間に才知を認められて賞賛され、その卓越に応じて金銭的に報われる――世の中になったにしても、卓越しようと思うならば、医者や法曹の知的専門業化に典型的にあらわれたように、大学などの教育機関やなんらかの組織のなかの競争を勝ち抜いていかなければならない。だが、努力すれば誰もが恵まれた地位につけるというわけでもないし、そもそも競争に嫌気がさしてドロップアウトする者も出てくる。そういう者たちは、制度が整いつつある社会のなかで立身出世に汲々としている目立ちたがり屋の俗物連中が、のうのうとうまい汁を吸っているさまを横目に見つつ、正論や建設的意見などに背を向け、なまじ学識を身につけた寄る辺なき孤独な遊民として世の中を泳いでいく。「反俗」は「天邪鬼」に唆された所為であると論じた花田清輝の見方が思い出される。あまのじゃく、ひねくれ者とはそういう存在であり、一八四八年のヨーロッパの革命ではボヘミアンとして世にあらわれた。

　ボヘミアンとは、ブルジョワ的な生活に反逆して芸術家やインテリの暮らしを志し、場合によっては故意に貧乏なジプシー的生活に飛び込む者のことであり、スノッブと同様、サッカレーによって英語のなかに定着させられるようになった呼称である。ボヘミアンの敵はフィリスティンと呼ばれるが、これは『聖書』でイスラエルの民の敵としてあらわれるペリシテ人の英語読みであり、芸術や文化の価値をわきまえず物欲一辺倒の人間の謂いである。フィリスティンは厳密な意味での俗物であるが、この俗物と敵対するボヘミアンも、反ブルジョワを衒っているので、衒うという意味ではスノッブと呼ばれる俗物と変わらず、せいぜい反俗的俗物でしかない。

　「黒猫」の主人公も、たとえばポーが創造したパリの探偵オーギュスト・C・デュパンにも似た、エキセントリックなボヘミアン的人物としてのあまのじゃくであると私には思える。したがって彼は、階級的没落をした人間に特有のルサンチマンを抱えている。ルサンチマンはニーチェによって奴隷の道徳の基盤をなすものとみなされて以来軽侮されてきたが、ベンヤミンが「暴力批判論」で謂うところの「神的暴力」(野村修訳、59)としての革命のエネルギーにもなるのではないか。このエネルギーはスラヴォイ・ジジェクによって「憤怒資本」(中山誠訳、228)と名指され、その実体がルサンチマンであると突きとめられている。ルサンチマンの根底には、プラトンによって人間の魂の構成要素としてエロスやロゴスと並ぶとみなされたチュモス(または英語式発音でサイモス)を引き継いでヘーゲルによって措定された承認欲求がある。これがスノッビズムの引き金になり、それが挫かれると天邪鬼があらわれてきてルサンチマンを増大させる。妬みや競争心や承認欲求などと捉えかえされるサイモスに注目するジジェクは、ルサンチマンについて次のように論じる。

> 主体の負った傷があまりにも甚大で、同害報復 ius talionis による復讐という考えでは、罪をあがなった犯行者との和解という期待と同様、はなしにならないとき、残る手立ては、「あくことなく不正を非難」しつづけることだけである。この立場のもつ反ニーチェ的な意味あいは、最大限強調されねばならない。つまり、ここでいうルサンチマンは、奴隷の道徳とはなんの関係もないのだ。それが表わしているのは、むしろ、罪を「標準化する」ことの拒否、罪を日常の／説明可能な／理解可能な流れの一部にすることの拒否、罪を首尾一貫した、意味ある人生－物語のなかに組み込むことの拒否である。（中山訳、231）

このような「拒否」こそ「黒猫」の主題ではないだろうか。

「黒猫」の主人公が幼少期から青年時代にかけてどのような暮らしをしていたのか、つぶさに描かれてはいないのでよくわからないが、「気がやさしいことであまりにも目立っていたので、遊び仲間からからかわれたほどだった。とりわけ動物が好きで、両親もいろいろなペットを惜しみなく買い与えてくれた」（850）と語られるところから推測するに、良家のめめしい《シッシー》お坊ちゃんだったと見てもあまり間違いではないであろう。競争を勝ち抜いて出世するには胆力が欠けているというか、心やさしすぎるようである。こういう柔な男が何かにつまずいて酒におぼれるようになったとしても、なんの不思議もない。しかし、やさしい妻の存在自体が、彼のあまのじゃくとしか思えない行動を非難している。どうしてもっとまともに働かないの、などと言われたとしても、ますますひねくれるだけであろう。

もう一点、主人公の階級的位置を示唆する箇所がある。主人公がプルートーを殺した夜に火事で居宅が焼け落ちたとき、「命からがら、妻と召使いとわたしは、燃えさかる炎のなかから脱出した」(852) とあり、ここで読者ははじめて、この男の家に召使いがいたことを知らされる。イギリスではある家の社会階級上の地位がそこで雇っている召使いの人数で測られるというが、アメリカ南部の奴隷制社会では所有している奴隷の人数がそれにあたる。「召使い」というのは奴隷の婉曲表現であるとすれば、ここでの「召使い」は単数形なので、主人公は奴隷を一人所有していたことになる。この男はどうやら「安酒場」が何軒もある都会で暮らしているらしいが、町中の所帯で「召使い」たる奴隷を一人でも所有しているとなれば、すでに没落しているとはいえ、それなりの階級だったということになるであろう。


このように見てくると、「黒猫」の主人公は、挫折のために世をすねて、世間にたいする復讐のつもりか、酒というよりもあまのじゃくの尻馬に乗って狼藉三昧にふけり、そのためにあまのじゃくの復讐を受けた、とでも言えそうである。しかし、これではあまりにも抽象的な言い方になる。お話の中身にもっと即して言うならば、彼は自分が殺した猫や妻から復讐されたと見るべきである。

愛猫プルートーを彼はどのように虐待したか。ある夜、酔っ払って帰宅した男は、猫が自分を避けていると感じて腹を立て、これをひっつかまえた。「プルートーはわたしの乱暴な仕打ちに驚いたか、わたしの手に噛みついて、その歯で軽い傷を負わせた」(851)。これに怒り狂った男は、「チヨッキのポケットからペンナイフを取り出し、それを開いて、あわれな猫ののど首を押さえつけながら、片方の眼をじっくり眼窩からほじくり出してやったのだ！」（851）。

歯や眼にたいする異常な執着は、ポーの多くの作品にあらわされるが、この点についてケネス・シルヴァーマンは、「眼と歯の関連性は、それらがいずれももっぱら物を取りこんだり、接収したりする能力を有する点にある。（中略）歯と同じく眼は、ポーの作品のなかでは、吸い込まれ消尽される恐怖をかきたてる」（207）と論じている。歯への変態的な執着は、妻の死後、墓をあばいてその歯を抜きとり、秘蔵しようとする男の物語「ベレニス」（"Berenice" 1835）にもっともどぎつく描かれている。眼球への偏執的なこだわりは、「リジイア」でロウィーナの屍体を借りて甦る超絶主義哲学に長じたリジイアの眼や、「告げ口心臓」で殺される老人の眼や、「ブラックウッド風の作品の書き方」でサイキー・ゼノビアの眼窩から転げ落ちた片眼などにもうかがえる。これは、「わたしは一個の透明な眼となる。わたしは無であり、いっさいを見る。普遍的存在者の流れがわたしのなかを循環し、わたしは神の一部となる」（10）などと論じたエマソンの言説を揶揄し、帰謬法（reductio ad absurdum）によって「おかしさ」（absurdum）にまで還元してみせている気味もあるが、「黒猫」の場合もそう言えるか。いや、プルートーの眼や歯（＝口）には、周囲に毛（睫毛や髭）のある穴という点で女陰との相同性のほうが強く感じられる。

これは、精神分析的解釈を自在に駆使するダニエル・ホフマンにとっては自明の理であり、つぎのように説明される。

自分を魅惑する対象を、女性器という口に出して言えない恐ろしいものから口や目へ移し換えることにより、また、何もかも吸収してひとつにする子宮の特質のかわりに何もかも吸収する精神の特質を据えることにより、ポーは、仮面劇やパントマイムの装いのもとに、偏執的な愛着の対象と行為を追求することができるのである。(236)


したがって、歯や眼を切除する行為は、自分を惑乱させたものにたいして、「目には目を、歯には歯を」という古代の戒律にのっとった報復であると解することができるというのである。

しかし、「黒猫」で起きたことをもっと正確に言えば、嚙みついた歯の代わりに目をえぐったのであるからには、「歯には目を」ということになる。つまり、「歯」＝「目」＝「口に出して言えない恐ろしいもの」という等式のもとに交換がおこなわれている。こういう置換は換喩や代喩という文学的な仕掛けであり、また、そういう比喩による操作こそ無意識の作動原理であるとするのは精神分析の常套である。先に述べたとおり、ひねくれ根性という抽象概念を天邪鬼という超自然的存在へ実体化する神話化作用も、同様の比喩や類推に訴えて人心をとらえようとするのだが、これに似た操作によって生じる効果を意識的、自覚的に利用するのが、芸術となった文学における秘術のひとつであろう。ポーはこの秘術を駆使する。精神分析による解釈が妥当と見えるのは、文学が精神分析の分析対象になりやすい本質を有しているからというよりも、精神分析がもともと文学的な原理の上に成り立っているからではないか。

そもそも猫を意味する口語プッシーは、卑語としては女陰を意味する。猫の名前プルートーは、ギリシャ神話における死者の国の支配者、地下の神ハーデースの別名だとすれば男神に由来するが、タンタロスの母の名にちなんでいるとすると女神に由来する。いずれにしても富者という意味である。この猫は、最初に発表された『ユナイテッド・ステイツ・サタデイ・ポスト』誌上で一箇所（おそらく誤って）「彼女」（her）と指示されたこともあった（Mabbott 850）けれども、本来は男性代名詞「彼」（he）で指示されており、牡猫と設定されている。猫は牡でも代名詞としては「彼女」（she）で受けるときもある、とポーがどこかで書いている。また、ある箇所では妻が、「黒猫はすべて魔女の化身であるという昔からの言い伝え」（850）をしばしば持ち出したと述べられているが、原文中の“witches”という言葉は、語源的には魔法使いのことであって女性と限らないけれど、ふつうは老女の姿で思い浮かべられるのではないか。とにかくこの猫の性別は、牡猫と明示されているわりに曖昧さを含んでいる。

性別のみならず曖昧さがもっと著しくなるのは、主人公がプルートー殺害後に見つけた第二の黒猫についてである。先にも触れたように、第二の黒猫は、主人公が「なかば酔いつぶれて朦朧としていた」ときに見出したとされ、その実在性があやふやである。彼は、「それまでもこの大樽の上をしばらく見つめていたので、いまや意外に思ったのは、その上にいた黒い物にわたしがもっと早くから気づかなかったという事実である」（854）と言い、目の前に忽然と黒猫があらわれたのは、朦朧とした意識にあらわれた幻であるという可能性をほのめかしている。さらに、「わたしはすぐにこの店の店主に、この猫を譲ってくれるように申し出た。だが、店主は、その猫の飼い主ではない——誰の猫かも知らないし、これまで見たこともない——と言った」（854）というのだから、ますます謎めく。あまつさえ、男は「家へ連れて帰った翌朝になって、この猫がプルートーと同じようにやはり片眼をなくしていること」（855）にようやく気づいたり、猫の胸にあった白い毛のぶちが「徐々に（中略）見るもおぞましい——身の毛もよだつ物の形——絞首台のイメージ」（855）をとりはじめたり、現実離れしたことがつぎつぎに語られる。こうなると、この猫は語り手の幻覚のなかにのみ存在しているのではないかという疑いが深まる。

　この幻覚の底には、ホフマンが論じているとおり、黒猫が妻の代理心象であるという秘密がひそんでいるかもしれない。そうだとすれば、黒猫の性別が曖昧になるのも当然である。作品中には妻への言及が不自然なくらい少ないが、黒猫が妻の代喩であるとすれば、黒猫について語っていることが妻への言及ということになり、少ないどころではなくなる。

　運命の瀬戸際となった日、ちょっとした用事のために地下室へおりようとして階段で猫にからまれ、転落しそうになったことに腹を立てた主人公は、猫に「狙い定めて一撃を加えようと斧を振り上げた」ときに妻に手を押さえられ、「このように妨げられたことにより、悪鬼にとりつかれたよりも激しい怒りに駆られて、（中略）妻の脳天に斧を打ち込んだ」(856)。男は、ついカッとなって犯した過ちと称しつつ妻を殺したのちも、奇妙なことにその過ちを悔いたり悲しんだりする言葉を吐かず、黒猫が姿を消したことを喜ぶだけである。「あのいまわしい猫がいなくなったおかげでわたしの胸のうちに生じた幸せな深い安堵感は、筆舌に尽くしがたく、想像もおよばないほどである」(857)とうそぶき、「その夜だけは、あの猫が家に来て以来はじめて安らかにぐっすり眠った」(857)と告白している。こうなると、黒猫を嫌悪し恐れていたとさんざん語る主人公が本当に嫌悪し恐れていたのは妻だったのではないか、と思えてくる。第二の猫がこの男の頭のなかの幻覚でしかないとすれば、彼が壁に塗り込めた妻の脳天に開いた傷口の「血糊」の上に、「真っ赤な口」を開けた「燃える片眼」の黒猫を見出すのもうなずける。

　もっと敷衍すれば、妻の姿が作品のなかではきわめて漠然としているだけに、主人公の嫌悪と恐怖の対象は、具体的な女性としての妻だけでなく、女性一般だったと見えてくる。嫌悪と恐怖は表裏一体、ミソジニーは女性嫌悪であると同時に女性恐怖でもある。この嫌悪や恐怖は去勢恐怖などと呼ばれるものにつながる心理的、生理的な作用かもしれないが、女性にたいして権力をふるって当然と思い込み、男性優位の社会制度や家庭制度にあぐらをかいている男性は、もしかするといつかしっぺ返しを食うことにならないかと恐れてもいるとすれば、社会的、政治的力学にも拘束されている。したがって、女性を虐待して殺した罪人として処刑を待つ男の告白は、女性を抑圧した男性が女性に罪を暴かれて復讐されたということを物語るアレゴリーとして読める。

黒猫が代理しているのは女性だけではない。黒猫はなぜ黒いのか。黒人の代喩だからではないか。当時の米国南部の中産階級以上の家庭のなかでは、白人男性が女性を虐待するだけでなく、黒人奴隷をも抑圧した。プルートーはどのようにして殺されたか。「ある朝、わたしは平然として猫の首に輪縄をかけ、そのまま木の枝につるした」(852)と語られている。黒い屍体が木の枝からぶら下がったわけである。ビリー・ホリデイが歌った「奇妙な果実」そのものの光景ではないか。米国南部でリンチのために縛り首にされ、木から果実のようにつるされた黒人は数知れない。プルートーはその死に方によって黒人を代理している。そして黒人奴隷も女性もともに虐げられているという認識は、南北戦争前の米国では、奴隷制反対論者と女権論者によって共有されていた。比喩としての黒猫は、ミソジニーとミソ－ネグロスとを渾然とさせながら、心理的、生理的領分と社会的、政治的領分とを往還している。

「黒猫」の主人公＝語り手には、作者ポーの投影があると認められてきた。たしかに、ポーも、手紙のなかにたびたびあらわれるカテリーナあるいはケートという名の牝猫をかわいがっていた愛猫家であり、飲酒の問題を抱えていたことが知られている。「黒猫」が執筆された時期にポーが家族と住んでいたフィラデルフィアのロウハウス（棟割り長屋）は、今日、国営史蹟として大切に維持管理されていて、私がかつて訪れたときもその地下室は、いかにも屍体が塗り込められそうな雰囲気をとどめていた。この地下室こそ、「黒猫」のなかであの火事のあと、「わが家の貧困ゆえに仕方なく住むようになった古い建物の地下室」（856）と語られている空間そのものであると錯覚されがちであった。

さらに、この主人公＝語り手をあまのじゃくと見るとすれば、ポーもあまのじゃくだったと見られる。彼が幼時から養われたアラン家は、ヴァージニア州リッチモンドの裕福な事業家であり、ポーもうまく養子にでも取り立ててもらえたら、南部紳士の身分におさまる可能性なきにしもあらずという境遇だったのに、せっかく入学したヴァージニア大学からは不品行ゆえに放校となり、食い詰めて入隊した米国陸軍では資質が認められてウェストポイントの士官学校へ送られたにもかかわらず、やはりまもなく問題を起こして除隊になった。いつも出世の道をみずから閉ざすようなことばかりしていたわけである。

ポーは、ウェストポイントを離れたあと、一八三一年にニューヨークにはじめてやってきて自分の詩集を出版しようと苦労し、また、一八四四年にフィラデルフィアからニューヨークに活動拠点と居を移したが、いずれの場合もグレニッチヴィレッジあたりで暮らしたことが、エドミストン、シリーノによる『ニューヨーク文学案内』（26, 39, 103）やトマス、ジャクソンによる『ポー・ログ』

(115-16, 456）から知れる。当時のグレニッチヴィレッジはニューヨーク文壇の中心地であり、すでに作家、詩人たちが出入りしていた。メルヴィルの『ピエール』（一八五二年）にも、この地区でボヘミアン的な生活をする主人公が、自伝性をうかがわせながら描かれている。グレニッチヴィレッジは、アンリ・ミュルジェールの『ボヘミアン生活の情景』（一八四七―四九年）や、サッカレイの『虚栄の市』（一八四八年）を通じてボヘミアンという言葉が広く通用するようになる前から、ロンドンやパリと並んでニューヨークにも存在した反逆的貧乏芸術家たちのたまりになっていた。銀板写真に残っている晩年のポーの、くたびれたフロックコートに蝶ネクタイという身なりは、口髭ともども、後世チャーリー・チャップリンが衒った、紳士風のボロ着をまとうスノッブ浮浪者の姿に重なり、やはりボヘミアン風のスタイルである。

　こういう事情を踏まえて言えば、旅役者夫婦の息子であったポーは、ヨーロッパにおける一八四八年の革命で俄然人目を引くにいたるボヘミアン――ネルヴァルやボードレール、クールベなどの反逆的詩人・芸術家たち――とは直接の連絡はなかったにしても、米国におけるもっとも早くからのボヘミアンの先駆者として、ルサンチマンを抱える貧乏文士たちの群れに身を投じた、あまのじゃくの最たる者であった。あまのじゃくであるという点でポーは「黒猫」の主人公に引けをとっていなかったであろう。

「黒猫」の主人公＝語り手が作者との類似性を有しているとなれば、両者が同一視されたのも無理はなかったかもしれない。しかし、文学理論の発達した今日、その語り口が実際の経験者が語っているみたいにいかに迫真であろうとも、語り手と作者をかんたんに同一視してよいはずはない。ここで作者は、自分のさまざまな要素を素材として用いながらも、むしろ自分から最も遠い人物を創造し、それになりきって長台詞を演じてみせているのではないか。役者の血を引くエドガーには、自分ではない人物になりきって演じる才能があったかもしれない。「黒猫」の主人公＝語り手はポーであってポーでないのである。

「黒猫」の主人公は猫や妻を殺すが、それは黒人差別や女性差別の比喩と読める。その結果、彼はただならぬ恐怖に襲われ、精神異常に陥るだけでなく罪を暴かれて破滅するので、黒猫や妻（つまりは黒人や女性）からの復讐を受けたことになる。多少とも自己を投影した登場人物がこのような復讐を受けるという物語は、作者の自罰願望の産物であると見られないこともない。自罰とは、愚劣だった過去の自分にたいする復讐である。この局面では、罰する自分と罰せられる自分は、表裏一体であるとともに分裂、葛藤している。しかし、とりわけ晩期のいくつかの復讐物語を視野に入れれば、罰せられるべき自己の醜陋さは、この作品でもすでに外部に対象化され、虚構の人物の属性に仕立てあげられていると思えてくる。

ポーはこの人物を自分に近い人物として描き出すように見せつつ、最終的には、復讐を受けるべき人物として見切りをつけている。おそらく愛に飢えていたポーは、何しろ、猫も妻も殺していないどころかあくまでも慈しんだと知られている。ポーは、自分が虐げる者であるよりも虐げられる者であるという自覚を深めていったのではないか。この主人公は、いくら作者に似ているとしても、結局は、復讐するに値する人物を呪うために作者が拵えたわら人形みたいな、作者とは異なる虚構の人物である。もしかしたら、錯乱した語り手にとってはもちろん作者にとっても、はっきり名指すこともできないほど捉えがたいけれども、あのような擬似的な形でも復讐してやりたいような敵がいたのではないか。それとも隠蔽したいのであろうか。

このような事情が、アイロニーという語で呼ばれた方法を必然ならしめる。アイロニーとは皮肉などと訳してすませるわけにはいかず、しいて訳するならばむしろ反語というべきで、位相の逆転ないし反転を孕んでいる表現の謂である。いや、これはアイロニーと呼ぶよりもアレゴリーと呼ぶべきであろうか。外見とは異なる次元の内実を作者が作品のなかにこめたり、読者が作品のなかから析出したりすることは、ポー作品において常に起きているが、それは、言葉には表向きの意味とは別の意味があるというありふれたことにたいして尋常でない執着を抱くところから生じている。語源的には他を語るという意味のギリシャ語に由来しているアレゴリーも、語源的には虚偽や仮面を意味する語であるアイロニーも、ある表現が、表層とは異なる、あるいは表層に反する深層を有していることを指しており、たがいに相通じ合う事情を担っている概念である。省みれば明らかなように、批評や解釈の営みも、あるがままの作品とは異なる水準でその内容を語り直す行為である以上アレゴリーまたはアイロニーの実践とも見られる。このような意味を有する外国語をなんとか日本語に翻訳しようとしてか、「他言的表現」などという苦心の訳語をどこかで見かけたこともあるが、残念ながらそれはまだ日本語のなかで熟した語句にはなっていないようである。「他言的表現」でだめなら「他意的表現」としてはどうであろうか。いずれにしても「黒猫」は、結末のどんでん返しによって復讐が判明する仕掛けを通じて、黒猫にこめられた多義的な隠れた意味を探るように読者をそそのかしている。

「黒猫」の主人公は、ハルトゥネンの論じるような啓蒙思想を逆説的に裏づける「道徳上の怪物」であるにとどまらず、また、レノルズが言うように「因襲的感性」を瓦解させる「体制転覆的な力の担い手」であるだけでもなく、意外にもむしろ、抑圧する側に位置していたゆえに女性や黒人奴隷による復讐を受けて破滅させられる羽目になる人物でもある。市民社会に潜む実態とは、その日常の平穏な見かけに反して、思いがけぬ攻撃にいつもさらされているにほかならないと思い知らされ、この真実を実演してみせたわけである。

女性や黒人といった弱い立場の者たちが復讐を遂げるという、「黒猫」において語られる話は、たとえば最晩年の作品「ホップフロッグ」における復讐も、やはり弱い立場の者たちによって成し遂げられることに通じている。語り手が黒猫や妻に復讐したにしろ、逆に復讐されたにしろ、いずれの側にも、鎮まることを「拒否」するルサンチマンないし天邪鬼が心中にわだかまっていたであろう。

「盗まれた手紙」の剰余

いずれにせよ、かれの探偵小説はレアリスチックであった。現実の非合理性を、かれは身をもって知っていた。そこでかれは、ますます合理的であろうとした。論理にたいする執着と、論理にたいする不信とは、ほとんどかれにあっては同一の状態を意味した。かれの論理は、今日の探偵小説の論理から区別されなければならない。

花田清輝「探偵小説論」

「盗まれた手紙」("The Purloined Letter" 1844)は、何度読んでも割り切れなさが残る。とはいっても、本筋の話そのものは明快である。さる貴婦人が自分宛の手紙をD—大臣によって大胆不敵にも目の前で盗まれ、奪回を依頼した警察には見つけられなかったその在処を、デュパンがみごとに見抜いて取り戻したという話である。隠匿物を捜索するとなればきまりきった手法を用いるしか能のない警察の虚をついて、盗んだ手紙をかえって誰の目にも触れる状差しにさりげなく入れておいたD—大臣の悪知恵を、あっさり見破ったデュパンのあざやかな手並みに感心させられ、一件落着となる。それでこの事件にまつわる不可解さは何もかも隈なく解消し、秩序は回復されたはずである。だが、それだけの話にしては余計な部分が、この短篇小説にはある。

そもそもデュパンは、自分の探偵としての有能さを説明するために、どうしてあれほど長々と講釈しなければならないのであろうか。まあ、それは、探偵小説のほかならぬ元祖たるデュパンもの三部作の完結篇たるこの作品においては、探偵に必要な推理というものの原理をはじめて解説する必要があったということに免じて、大目に見てもよい。しかし、最後につけたりのように書き加えられている一節の不可解さはどうしたことか。この短い一節は、盗まれた手紙のゆくえよりももっと切実な謎をいきなり突きつけておいて、何ひとつ説明もなく終わっている。そこがもっとも割り切れないところだ。

最後のつけたりのような一節とは、トマス・オリーヴ・マボット編集による全集版では九九二ページ最終行の"But"から始まり、次ページの作品末尾まで、分量にして一ページ足らずのくだりである。その直前で、デュパンが大臣の部屋の状差しに、本物の手紙の代わりに「模造品を置いてきた」わけは、そうしなければ、「向こう見ずで、大胆な男」である「大臣の御前を生きて退出することはできなかっただろう」からだという説明があり(992)、それでデュパンの手紙奪回談のけりはついているはずなのだ。なのにそのあとで、「だが、そういう考えとは別の目的もあったんだ」(992-3)と続けて、それまでとはまったく異なる次元へ話が跳んでいき、意外ないきさつがはじめて明かされる。

そのいきさつとは、まずデュパンがこの件に関わった動機には彼の「政治的左祖」(993)があり、「ぼくはこの事件では、問題の上流婦人の味方として行動している」(993)と語っていることがある。つまり、デュパンは政治的に超然としていたわけでないし、犯罪を憎む正義漢として救いの手をさしのべたのでもなく、むしろ探偵としての彼の離れ業は、政治的利害にもとづく私心なきにしもあらぬ行為だったというのである。

だいたい、盗まれた手紙に何が書いてあったのかは、けっきょく不明にとどまる。上流婦人が弱みを握られることになる手紙らしいということから、不倫の証拠になりそうな何か艶事に関したものと解されがちである。物語のはじめのほうで、この手紙が「政治的な目的のために」(977)利用されていると言われていても、上流婦人の不倫の証拠となる手紙が政治的に利用されることは、たしかに十分にありうる。とはいえ、その政治的目的がデュパンの政治的利害に関わっていたとは、この段になるまで知らされていなかったことであり、そうとわかれば、この手紙はもっと直接的に政治的な内容をもっていた可能性もあると思えてくるではないか。だが、結末の短い一節は、デュパンが「政治的左袒」をしていたと語るのみで、それがいかなる性格のものだったのか、少しも明らかにしてくれない。

だが、それよりももっと驚くべきいきさつは、デュパンがじつはD—大臣に私怨を抱いていて、手紙の奪回はこの恨みを晴らす復讐だったということである。それまでの話のなかでも、デュパンはどういうわけか、D—大臣と知己の間柄らしいということがわかり、だからこそ、デュパンが手紙を取り返しに何気ない訪問を装って大臣邸に入っていっても不思議でないけれども、まさか「D—は昔ウィーンで、ぼくをひどい目にあわせたことがあり、そのときぼくはごく愛想よく、このことは忘れませんよと言ってやった」(993)というデュパンの台詞を最後に聞かされるとは、予想できるはずもない展開である。当然のことながら、昔ウィーンでひどい目にあわされたというのはどういう事情だったのか、俄然興味が湧いてくるのだが、これ以上のことは何も語られないまま、物語はぷっつりと終わってしまうので、やはり割り切れなさが残るのである。

「盗まれた手紙」論は、とりわけ第二次世界大戦後のポー研究で中心を占めるほど盛んになったけれども、この割り切れなさにうまくつきあってくれる批評は見かけない。だが、ジャック・ラカンの「「盗まれた手紙」についてのセミナー」にはおもしろい比喩が出てくる。犯罪捜査のために、あるいは作品読解のために分析をすることが、割り算をすることにたとえられているのである。ラカンは「盗まれた手紙」を大きく二分して、第一の場面の「商」は、ラカンによってはっきりと「王妃」と特定された上流婦人が手紙を盗られたこと、そしてその手紙を大臣が握っていると「王妃」が知っていることであり、「いかなる分析者も看過するはずのない剰余」は、大臣が「王妃」の手紙の代わりに「捨てていき、王妃がくちゃくちゃに丸めてしまってもかまわない手紙」であると言う(30)。大臣が王妃の手紙とすり替えて残していった手紙などにどんな意味があるのか、つい気をまわしたくなるけれども、ラカンは、「いかなる分析者も看過するはずのない剰余」などともったいぶったことを言っているわりに、これ以上は何も語ってくれない。「分析者」とは、ここでは作品を読んだり解釈したりする人のことで、もちろん精神分析者という意味も匂わせている。分析はデュパンによってその重要性がさんざん講釈され、その能力を彼はいささか鼻にかけているので、精神分析者ラカンとしても分析能力にかけてデュパンと張り合うほかなくなる。

しかし、作品分析と精神分析を除法にたとえる比喩は、大臣が残していった手紙に、読者の虚をつくちょっとしゃれた言及をするためなどに使い捨てるにはもったいない。この比喩をもっと活かして「盗まれた手紙」全体を割り算すれば、「商」は盗まれた手紙をデュパンが取り戻すまでのお話ということになり、「剰余」は結末一ページ足らずの追補部分であると言える。ただし、「剰余」だからといってかんたんに切りすてないで、もう少していねいに扱ってみたいのである。

ラカンの「セミナー」に触れた以上は、「盗まれた手紙」をめぐるラカンとデリダの論争について、たとえついでにしても、また、少し脇道にそれることになるとしても、一言述べないですますわけにいくまい。というのも、この論争は、二〇世紀後半のポー研究を、ボードレール以降の趨勢を再現するかのごとくふたたびフランスの文脈に引き込んで（ポーをフランス側へ盗み直して）、グローバル化するきっかけになったからだ。

ラカンの「盗まれた手紙」論は、先行する精神分析による批評であるフロイトやマリー・ボナパルトを引き継いでそれなりにおもしろいけれども、そのおもしろさは、根源的に言えば、精神分析がもともとギリシャ神話などから引き出した超歴史的な物語素を用いているがゆえに、近代以降の物語の内容分析にも一定の有効性を発揮できるということの一例なのであろう。

ラカンによる分析の要点は、この短篇が「シニフィアンの巡歴によって主体がこうむる決定的な位置づけを描き出すことにより」、「主体を構築するのは象徴界である」という「真理」を「例証している」点にある(29)。（「シニフィアン」とか「シニフィエ」とかの用語のポスト構造主義的な使い方には、私は疑問をもっているが、このあたりの議論ではこの使い方に一応従っておかないとややこしいので、妥協する。）「シニフィアンの巡歴」とは、手紙の在処が王妃→大臣→デュパン→警視総監（→王妃？）とつぎつぎに変わることを言い、手紙《レター》は文字、言語、学知、シニフィアンなどの地口とみなされる。だから、手紙は窮極的には「純粋のシニフィアン」(32)としてのファロスに通じ、手紙を保有している主体は、ファロスの支配のもとに象徴界に組み込まれて「女性性と影の属性」(44)を帯びざるをえない。すると、英雄的分析者として描き出されているように見えたデュパンも、手紙を手に入れるかぎりファロスの支配の犠牲になることを免れないと示唆され、分析者ラカンだけがこの手紙の「巡歴」から自由だから、自己への現前を享受することができると、言外に主張されていることになる。

ジャック・デリダにとって、このような自己への現前に安閑と自足している精神分析者の論法を見過ごせるはずはなかった。デリダのラカン批判論文「真理の配達人」は、デリダがよくやるように、ラカンの「セミナー」をほとんどすべて引用しながらそれにコメントをつけていくので、当然ながら「セミナー」の倍くらいの長さになるし、ラカンの所論を自分の議論に包摂しているように見えてくる。だからデリダは、「この話はたしかに、手紙の話であり、シニフィアンの窃盗と移動の話である」(179) と述べて、みずからの拠って立つ「盗まれた手紙」解読がラカンの示したものとあまり大きく変わるわけではないと認める。にもかかわらず、デリダが長々と言葉を費やしてラカンを批判したのは、たとえば「手紙というものはつねに宛先に届く」(53) という、「セミナー」の結句に明確に見られるような、ラカンのファロス＝ロゴス中心主義を受け入れることができなかったからである。むしろ手紙／文字／言語が人間の意図どおりに機能しないがゆえに、メッセージは容易に相手に届かないということこそ、あらゆるエクリチュールが露呈してしまう本質だと言わねばならないはずで、「盗まれた手紙」もそのことを示しているとデリダは言いたいのであろう。

デリダの論文のなかでもっとも重要だと思われるのは、ラカンが「盗まれた手紙」をシニフィアンの話とみなしながら、じっさいにやっていることと言えば、「話の内容」、語られたもの、つまり「シニフィエ」を扱うのみで、話の「書き方、シニフィアン、語りの形式」を無視しているという指摘である (179)。小説の「舞台」や「語りそのもの」(179)、および小説の「額縁」や「語りを取り巻く、見えないけれども構造的に不可欠な枠組」(180) を無視しているというデリダのラカン批判は、虚構執筆のクロノトポス、すなわちバフチンが重視した物語言説の拠点としての時空をとらえるためには、テクストの構造、語りの構造を見据えなければならないという、文学研究の核心に迫る論点である。

とはいえ、せっかくのこの洞察にもかかわらず、デリダはラカンのファロゴ中心主義批判にそれを利用することにかまけ、この洞察に導かれて「盗まれた手紙」読解それ自体についての新知見を打ち出すまでにはいたっていない。というよりも、この洞察はラカン批判のために借用されているだけであり、じつは、言語が免れることのできない反復可能性をてこにして現前の形而上学をあばきたてるデリダの企ては、語りのクロノトポスにこだわろうとする文学研究の志向と、ほんとうはもともと反りが合っていない。ラカンもデリダも「盗まれた手紙」をそれぞれの理論の「模範的実例」に仕立てる。そのやり方こそ、哲学者アイリーン・ハーヴェイが指摘しているとおり、いまや「脱構築」されなければならないのではないか(266)。

先に述べた「盗まれた手紙」の剰余とは、まさに語りの構造において生じている。短篇の冒頭から結末まで、一字一句無駄のない緊密な語りの必要性を力説し、またその種の語り方の技量を自負していた、ほかならぬポーの作品だからこそ、「盗まれた手紙」冒頭からの語りの流れが結末直前で有機的つながりを失って、つけたりのような一節が唐突にあらわれてくるのが気になるのである。

ところで、すでに指摘したように、この剰余のなかで突然デュパンが「ぼくはこの事件では、問題の上流婦人の味方として行動している」と言い出すのだが、この「上流婦人」が「王妃」だというのは、テクストにそくして自明なことではない。だが、「第一の場面は、語られるところによれば、王の閨房でこのように演じられたのであるから、「高貴な方」と呼ばれている最高位の人とは、その女性が手紙を受け取ったときにその閨房に一人でいた以上、王妃であろうと考える」(30)という、常日頃の論述の仕方から見るとラカンに似つかわしくないていねいな説明を受け入れ、おおかたはあまり詮索することもなくそのように理解しているようである(王の浮気の相手である別の貴婦人という可能性もなきにしもあらずなのだが)。しかし、フランスの「王妃」となれば、歴史的実在の人物としてきわめて具体的に限定されてしまう。この点についてマボットは、「言うまでもないことだが、フランスのじっさいの王妃マリー・アメリーが描かれたわけではない」(973)と、一言であっさり片づけているけれども、ここではマボットに逆らって、歴史的実在としての王妃にもう少しこだわってみたい。

マリー・アメリーは、フランス七月王政の国王ルイ・フィリップの妻で、もとは両シチリア王国の王女であった。若いころからナポレオン戦争とめまぐるしい革命に翻弄されてきたマリー・アメリーは、夫が一八三〇年の七月革命でフランスの立憲君主になってから、一八四八年の二月革命で退位するまでフランスの王妃だった。この期間はポーが作家活動をしていた時期とほぼ重なる。ポーにとってフランスの王妃と言えば、このマリー・アメリーのことになろう。

彼女は子だくさんで政治に関わる余裕はなかったらしいが、由緒正しい王女であり、しかもウィーン体制下のこの時代で、オーストリアのハプスブルグ家王女を母にもち、マリー・アントアネットは伯母だったから、王党派の正統を代表する者として、政局に間接的な影響力をもっていたと言われる。とりわけオルレアン家ルイ・フィリップが、神聖同盟の当事者たる正統ブルボン王朝に取って替わって王位に就いたために、ウィーン体制のなかで浮いていたばかりか、王族の血を引きながら「市民王」と呼ばれて自由主義者とみなされていただけに、王妃の存在は、不安定な宮廷を支える影の力だったかもしれない。

デュパンが王妃に「味方」したとは、このような宮廷内の王党派政治に「左袒」したというのだろうか。ラカンは、デュパンが巻き込まれた政治を「オトリュイシュの政治（la politique de l'autruiche）」(32)と呼ぶのだが、「オトリュイシュ」というのは、フランス語の「ダチョウ（オトリュシュ）」、「他者（オトリュイ）」、「オーストリア（オトリッシュ）」の三語を合成した造語である。「ダチョウ」は頭隠して尻隠さず、「他者」は超自我、ファロスの別名ともいえるからなどと察しをつけるとしても、「オーストリア」が何をほのめかしているのか、ラカンはいっさい説明してくれない。当時の「オーストリアの政治」と言えば、ナポレオン戦争後の神聖同盟を核にしたウィーン体制政治を意味するであろうが、ラカンがどれほどその意味を意識していたか。デュパンがD——にウィーンで「ひどい目にあわ」されたとは、デュパンがあのウィーン会議かウィーン体制になんらかの関係をもっていたとほのめかしているのか。

もちろん、歴史や現実社会とはかけ離れた物語を書いた作家とみなされてきたポーが、このように当時のフランス政治にひそかに言及していたと論じても、かんたんに同意は得られないであろう。「盗まれた手紙」が、フランスの政局を意識していた可能性や、フランスにことよせてじつはアメリカの政治情勢に言及していた可能性をむげに否定はできないとしても、私はこれが狭い意味における政治を扱った小説であるなどと主張したいわけではない。

しかし、当時の米国では、大革命以後激動したフランスの情勢が、自国の共和制の運命を占うよすがとしても大きな関心の的であったし、さまざまな文物を通じてかなりつぶさに見守られていたことを忘れるわけにはいかない。ポーも雑誌編集者、寄稿家としてフランスの事情にたえず目を配っていたことは、今日ではよく知られている。ポーはまた、現実社会とは無縁そうな物語を書いた一方で、政治諷刺作品も書いた。自由主義者の王などという形容矛盾めいた存在のルイ・フィリップは、民主政治を標榜しながら独裁者、王と目されたアンドルー・ジャクソン大統領への婉曲な言及としても使えそうである。ポーには、衆愚政治ととらえられた民主主義に対する侮蔑の台詞を吐く登場人物があらわれる作品も数多い。また、七月王政は、文人やジャーナリストたちが文筆によって政治を動かそうとした時代であり、ユゴーやバルザックが活躍していたし、詩人ラマルティーヌは国会議員で、歴史家、文筆家であるギゾーやティエールなどが大臣として入閣していた。「盗まれた手紙」ではD―大臣が詩人かつ数学者の文筆家ということになっているが、当時のフランスの大臣としてはあまり変わり種だったとは言えない。以上のような状況証拠によって、ポーもまた政治に無関心どころではなかったと確認されれば、それでよい。

「盗まれた手紙」の剰余は、デュパンと大臣とのあいだにおそらく政治にからんだ私怨が存在して、それがこの物語の根底にあったという事実を、土壇場になって何食わぬ顔で打ち明ける。だが、デュパンとD―大臣との関係は不明のままにとどまっている。この両者は深い関係にあり、「ウィリアム・ウィルソン」に描かれたようなドッペルゲンガーとさえ見られると、ずいぶん前から名前のイニシャルの一致を手がかりにして謎解きされてきた。ポーの作品は、この種の謎解きを招く要素をほとんど無限に擁し、少なくともその一部は疑いもなく、ポーが故意に、読者を引っかけたり、瞞着したり、嘲弄したりするために仕掛けた謎である。学者や物好きたちによるこのような謎解きは、その信憑性はさておき、無数になされており、ポー作品を読み解くためにはどうしても無視できない。デュパンと大臣とのあいだの二重性も、ポーによって故意にさりげなく仕組まれた物語の秘鑰であると受けとめるしかない。

それにしても、デュパンとD――大臣との二重性とは、どういう性格のものなのか。生き霊とか分身とか訳されるドッペルゲンガーとは、一人の内面における超常的な心理現象ないし怪奇現象であろうから、「盗まれた手紙」におけるデュパンと大臣は物語内で現実的に存在している二人の人格と捉えられるかぎり、厳密な意味でのドッペルゲンガーとは言いにくい。二人の共通点は、苗字のイニシャルの他にも、警視総監が大臣は「詩人だから馬鹿とあまり変わらない」と言ったのにたいして、デュパンが「私もへぼ詩をひねったことがあるけどね」と応じている事実がある(979)。また、もう少し後ろの箇所では、大臣には兄ないし弟がいて、「二人とも文名がある」けれど、大臣は「数学者で、詩人なんかじゃない」と語り手が言ったのにたいして、デュパンは「彼は両方だ。詩人でしかも数学者だからこそ、彼は推理に長けているのさ」と訂正している(986)。デュパンもみずからの推理力や数学の見識を誇っているから数学者でもありそうなのだが、デュパンも大臣も詩人かつ数学者で、そのうえもう一人、大臣の兄(弟)たる文人がいるとなると、つごう三名の似た者が存在しているように聞こえる。

デュパンと大臣との二重性についてのもっともあざやかな謎解きは、ハル・ブライスとチャーリー・スウィートによる論文である。デュパンという名前は、「カモる」という意味の動詞(dupe)の-ing形の南部訛りdupin'をフランス風に発音したシャレであり、この作品で読者をペテンにかけることをひそかに知らせる暗号であると解き明かされる。手紙を書いた張本人はデュパンその人であり、彼がそれを王妃に送りつけておいて、そこへ大臣に変装して乗り込み、手紙を盗んでから、懸賞金がつり上げられるのを待って、手紙を警視総監へ渡したというのである。

この謎解きはおもしろいけれども、話の細部に照らして考えてみれば、最終的には採択できなくなる。デュパンは、大臣官邸であの手紙を見つけたときに「D—のモノグラムの捺してある大きな黒い封蠟と、女のこまやかな筆跡で書いたD—への宛名」(991)を見た、つまり、状差しにさしてある封筒の宛名を書いてある面も、封蠟のついている面も見えたという。この当時の手紙は封筒のなかに便箋が封入されているわけではなく、書信をしたためた紙をそのまま折りたたんで封蠟をし、宛名を書いて送る。デュパンは「この手紙が手袋みたいに裏返しにされて、宛名を書き直し、封蠟を捺し直したものだったことは、ぼくには一目瞭然だった」(992)というのだが、折り方次第で最初の書信や宛名が隠れるようにすることは可能かもしれないが、封蠟を施す面と宛名を記す面が同じだったのであろうか。宛名面と封蠟面とがいっぺんに見えたということに劣らず、封蠟もD—で宛名もD—となっているのもおかしい。ブライスとスウィートなら、こんなおかしな話も、デュパンがじっさいに大臣官邸に行っていない証拠であり、むしろポーがこの作り話を見抜かせるために読者に与えたヒントであるとでも言うであろうか。マボットはあっさり、「大臣は自分自身の封印を使う誤りを犯した」(996)と注釈を書き添えているが、誤りを犯したのは大臣なのか、ポーでないのか。

あれほど緻密であるがゆえにポー作品を愛好する者にとっては認めにくいことながら、このあたりはポーのめずらしい手抜かりではないかとも考えられる。マボットは、「盗まれた手紙」と「モルグ街の殺人」("The Murders in the Rue Morgue" 1841)の原稿だけが、通例は「注意深く浄書され、異常なほどきれいだった」他の原稿に比し、いかにも原稿料稼ぎのために締め切り間際にようやく仕上げたらしい跡も歴然として、粗雑で不完全であるとも報告してくれているのである（972）。

手紙のトリックの粗雑さだけではない。事件を読むだけでみごとな解決にたどりついて見せるはずのデュパンにしては、「盗まれた手紙」においては大胆にもみずから大臣邸に乗り込んでいき、しかも大臣の気をそらすために雇った他人に発砲騒ぎを起こさせてまで手紙を取り戻すなどという、いかにも武勇談めいた行動に頼る解決は似つかわしくないから、この部分をデュパンの作り話と見る説も捨てがたいけれど、この事件が始めから終いまでデュパンの一人芝居であるとすれば、大臣がじっさいにはこの事件に関与していないことになり、あの剰余部分でデュパンがD―に復讐したと語っていることとの説明がつかないという袋小路に入る。

デュパンとD―の二重性という謎を解く鍵は、私の見方に従えば、やはりあの剰余のなかに配置されている。デュパンが大臣邸に残してきた「模造品」の手紙のなかにフランス語で書きつけた復讐の言葉、「こういう恐ろしい企みは、アトレにはふさわしくないとしても、ティエストにはふさわしい」（993）というクレビヨンからの引用がその鍵である。アトレ（アトレウス）とティエスト（テュエステース）はギリシャ神話の王族の双子の兄弟であり、たがいに凄惨な謀略をこらして復讐しあったとされる。つまり、デュパンと大臣がアトレウスとテュエステースにたとえられているとすれば、二人はじつは（双子の？）兄弟であるとほのめかされていることになる。デュパンは大臣に扮装して狂言を打ったというトリックが仕組まれていたのではなく、大臣の兄あるいは弟とは、ほかならぬデュパンであったということ。語り手とデュパンのあいだの話では、Dのイニシャルを共有する人物が三名いるように聞こえていたのは、韜晦の効果によるものだったことになる。

それにしても、われらがデュパンと大臣とが双生児だとすれば、デュパンとは何者なのか。ほんとうはこういう問題こそデュパン三部作のテーマである。デュパン三部作はこれまで、推理小説の元祖と目され、ほとんどもっぱら犯罪の謎解きの角度から論じられているし、物語の筋や趣向をこらすことに専念した作家とみなされるポーが、リアリズム文学でもあるまいし、登場人物の性格研究をテーマにしたなどとは、たしかに考えにくい。だが、三部作の語り手自身が「マリー・ロジェの謎」（"The Mystery of Marie Roget" 1842-3）で、眼目は犯罪事件を物語ることでなく、「そもそも、性格を描写することがぼくの意図であったのだ」（724）と言っている。そして、「モルグ街の殺人」によって、デュパンの性格を描写するという「この意図は、間然するところなく達成されていたのである」（724）とも言われている。この言葉は案外作者の真意を伝えているのかもしれない。

デュパンの性格描写を中心に見ていくならば、たとえば「モルグ街の殺人」のなかでも事件のいきさつなどより、「この若い紳士はかなりの家柄——むしろ名門の出であったが、さまざまな不幸な事件が続いたため、貧苦に悩み、生来の気力も衰えた結果、世間で活躍しようとか、資産を取り戻そうとかいう志を捨ててしまっていた」（531）などと述べているあたりが重要に見えてくる。じっさい、この三部作には、推理小説にしては余計と思われる、デュパンの特異性や意見を記述する部分が多すぎる。だが、性格描写に注目すれば、そういう余計と思われそうな箇所こそ重要に見えてくるし、「盗まれた手紙」の剰余は、見方を変えれば地が図にたちまち反転するように、商に反転する。そういう角度から三部作を読み直して、そこから浮かび上がってくるデュパン像を丹念に再現してみれば、没落した貴族としてアンニュイに沈みながら、世間を突きはなした態度で観察する冷徹な人物像が浮かび上がってくるのではないだろうか。

デュパンは「勲爵士（Chevalier）」（724）であると言われているが、この時代にフランスで「勲爵士」と言えば、フランソワ・ヴェルドの説明に従い、英国の一代限りの騎士またはナイトとは違って、貴族であると考えてほぼ間違いない。うち続く革命に見舞われたフランスにはいかにもいそうな、没落していて、王党派に「左袒」する貴族。かつての貴族居住区フォブール・サンジェルマンの「古びたグロテスクな邸宅」（532）をアメリカ人（語り手）に借りてもらってそこに逼塞し、政治的には大臣への復讐の機会をうかがい、警察や権力を嫌悪、侮蔑し、国王にも対立してひそかに王妃を支援する一方で、大衆を蔑視する。しかも、才能と教養にあふれ、詩（文学）と数学（科学）に股をかけて高い見識を誇りながら、心酔者としてはただ一人語り手がいるのみ、時利あらずして世間から忘れられた存在である。そういう人物が、正義感に駆られて犯罪の企みを打ち砕く無償の快挙を成し遂げたというのではなく、じつは、多額の懸賞金をせしめたうえに、いずれにしても近い関係にある相手への積年の恨みを晴らしたという復讐物語が、「盗まれた手紙」の剰余から浮上してくる。それにしても、デュパンは大臣にどうして復讐しなければならなかったのか。それこそじつは解かれなければならない謎として、さりげなくも、どうしても割り切れない剰余に秘めて突きつけられた、読者への挑戦ではないのか。

ポーがもっとも言いたかったことは、この作品の題辞（モットー、あるいはエピグラフ）にほのめかしてある。「知恵にとって、あまりに明敏すぎることほど憎むべきことはない」（974）という意味のラテン語である。セネカの言葉から引いたとしてあるが、じつはまっ赤な嘘、ポーがでっち上げた格言だという。「知恵」はデュパン、「明敏」は大臣ということになろう。結末にあるクレビヨンからの引用も警句めいており、題辞を別な言い方で繰り返して確認していると見ることができる。ここではアトレがデュパン、ティエストが大臣にあたる。このような題辞はポーの作品にほとんど必ずつけられているが、ポーの天才と限界を的確に見抜いた小川和夫は、「エピグラフの、正確にして裸形の、物語化」(75)こそが「ポオという作家の創作方法をあらわに示している」(74)と喝破している。このような慣習的な手法についてデュパン自身が「マリー・ロジェの謎」で、「文学の場合でも推理の場合でも、最も広く理解されるのは警句《エピグラム》なんです。どっちの場合だって、実はいちばんくだらないものなのに」(738)と言ってのける。ポーはたしかに、エピグラフの使い方において名人芸の域に達しており、それが読者に「最も広く理解される」と見抜いていたが、じつは腹の底で、この手法を「くだらない」と軽蔑していた。だからこそ、この台詞は、みずからが多用しているこの種の創作方法の秘密をさらけ出すことによって隠蔽する、大臣によるあの手紙の隠匿法に似た煙幕であると見ることもできる。

　警察が血眼になって捜している手紙を、かえってもっとも目につくところに置いておくという大臣の「明敏」さは、推理小説のトリックでも秀逸なものとして知られている。だが、そのような「明敏」さを「憎むべきこと」と断じる題辞には、作者ポーのひそかな実感がこめられている。これの延長線上でポー自身が、『書簡集』におさめられているよく知られた書簡に、「解くことをはっきりした目的にしてわたし自身(作者)が仕組んだ謎を解いてみせたからといって、どこに巧妙さがあると言えるのですか」(328)と書いていたように、たとえば「盗まれた手紙」の、ふつうは商と見られる推理小説の趣向を、馬鹿にしていた気配がある。(自分で仕組んだわけではない現実の事件に取材した「マリー・ロジェの謎」にデュパンを取り組ませたのは、明らかにちょっと調子に乗りすぎた仕儀であり、この作品があまりあざやかな謎解きにならなかったのも当然である。その失敗を挽回するために、そしてデュパンの性格研究という本来の秘められた主題を立て直すために、「盗まれた手紙」が書かれたのかもしれない。）

このような屈折した思いは、「探偵小説論」を書いた花田清輝によって、つぎのように表現されている。

ポーの場合、やはり資本主義下における「偽計《リューズ》」的犯罪の支配的傾向に、いち早くかれが注目したことに、その創作の動機を見出すべきであろう。かれはかれのエピゴーネンとはちがって、複雑な「偽計《リューズ》」を讃美することもなく、（中略）抜群の分析的才能をもって、かれの探偵小説を書いた。(78-9)

花田によれば、「盗まれた手紙」でポーがあらわしているのは、「もっとも巧みな「偽計《リューズ》」とは「偽計《リューズ》」を放棄した「偽計《リューズ》」である」(79)ということである。そこから花田は、「ポーの「偽計《リューズ》」にたいする徹底的侮辱」(79)を読みとろうとしている。

ポーの本音がそのあたりにあるという見方に立てば、デュパンが大臣に復讐したというのは、「明敏」な「偽計」にほかならない推理小説というジャンルを発明してしまったポーの自嘲や自責を劇化した物語であると見えてくるではないか。

デュパンと大臣の二重性は、物語の地平では二人の異なる人格の共通性とみなさざるをえない。

リアナ・クレンマン・バベナーが、「デュパンと大臣の謎めいた関係は兄弟であるということかもしれない」(331) という洞察にせっかくたどりついたのに、「ダブルのモチーフ」にとらわれるあまり、「この二人の登場人物はどういうわけか単一の人格を構成している」(332) と、ブライスらと同様にプロットのトリックの位相で語るところまで行ってしまうので、彼らが迷い込んだのと似たような袋小路に踏み込むことになる。この二重性を成り立たせる単一の共通基盤は、物語の内部ではせいぜい兄弟関係に求められるにとどまり、「単一の人格」にまで遡ろうとすれば、物語の枠外に立つ一人の作者ポーに帰せられるほかない。

デュパンが登場するパリという舞台の楽屋はアメリカであり、この舞台裏をのぞくことが許されるならば、かなりのところまで地でいけそうなデュパン役にはまっている作者ポーが見える。語り手は何者なのか、あまりはっきり語られていないが、「モルグ街の殺人」冒頭で、語り手はパリに出かけたアメリカ人としてデュパンと知り合ったと設定されている。「マリー・ロジェの謎」では、結末近くにカッコでくくられた「編集者」注があり、そこで語り手が「ポー氏」と名指されている(772)。この名が出てくるのはこの箇所だけであるけれども、この語り手はアメリカ人作家ポーの外面そのままに見える。しかし、ポーの本心における自画像はデュパンである。大臣もデュパンも詩人かつ数学者であるというのも、ポーの自己規定を思わせる。ポーにとって描写するのに値する性格は、自分以外になかったのであろう。

「盗まれた手紙」の「舞台」上では、デュパン、大臣、語り手の三人(場合によっては「編集者」を含めて四人)が別の人格をもって登場しているという約束事を無視してはいけないが、これらの人物がじつは作者ポー一人によって演じられているという舞台裏もチラチラ見えている。丁半ゲームに負けを知らない少年の秘訣が「敵の知能に同化すること」(984)にあり、デュパンはこの原理にしたがって大臣に同化することで大臣の詐術を見破ったのだが、舞台裏をのぞけば、同化といってもなんのことはない、ポーの一人芝居にすぎなかったとわかる。

むしろ興味深いのは、ポーがみずからをデュパンと大臣に二分していることである。こうなると「盗まれた手紙」は、作者が自己を二分しておいて、大臣に託した自分の側面に復讐を遂げる物語であるということになる。大臣に託されたポーの側面とは、「憎むべき」「明敏さ」のことであり、それは作家ポーにそくして言えば、推理小説という売れ筋のジャンルを発明した「明敏さ」であろう。

テレンス・ホエーレンが論じているように、資本主義社会における文学の運命は、作家が世間から超然として真情をこめた作品を生み出しながらも、文学市場でそれを売り込むための苦心を強いられるという、流通や消費の局面だけでなく、むしろ創作つまり生産の局面にまで浸透している資本主義の原理によって定められている。ポーは、この資本主義的創作原理をもっとも早く自覚的に把握した作家であるが、その矛盾に身をもってぶちあたった。彼は、文学の生産条件を規定する存在として、「理想的な読者」、「恐るべき読者」、「資本を代弁する読者」という「明確に異なる三つの型のヴァーチャルな読者層」を見分けたが、ここでとくに問題にしたいのは「恐るべき読者」である。これは「無名の集団からなる読者」であり、ポーが「衆愚」、「デマに踊らされる民衆」、「烏合の衆」、「大衆」などと呼んだ存在である(9-10)。ポーは、こういう読者に受ける作品を生産することができる作家であったが、そういう読者に「同化」し、その俗悪な趣味に迎合しなければならないことについて、心のどこかで「〔彼〕なりの疑念」を抱いていた。その疑念が大臣を標的にして噴射される。

「恐るべき読者」の正体はスノッブである。文学市場成立後の創作はスノッビズムを免れがたい。流動化する社会における、階級的、空間的移動可能性の増大にともない、スノッブの登場が必然的になる。大衆というものはいつも一部の人々であるように、ポーが「大衆」と言うときにおもに考えていたのは、文芸雑誌などを買ったりするスノッブであったはずだ。

近年はマガジニストなどと呼ばれるにいたったポーが、生計を立てるためにしがみつかざるをえなかった文芸雑誌は、当時、英国、続いて米国で勃興してきてまだ日も浅かったが、すでに現代の雑誌と同じように、小説や詩などの創作だけでなく、哲学的、思想的エッセイ、科学、疑似科学についての啓蒙的解説、文学、音楽、美術などに関する評論、あるいは芸術文化界の有名人をめぐるゴシップなど、きわめて雑多な記事を掲載して、ディレッタントぶりを見せびらかしたい読者の歓心を買おうとする。文学や文化、芸術も服装と同じように流行、ファッションに左右されるようになり、その流行は雑誌自身が創り出す。読者たちは最新の知的衣裳を追いかけずにはいられない気持ちになる。そういう読者がスノッブである。スノッブのためのアミューズメントは、文芸雑誌に依らざるをえない文筆業者——たとえ高踏的にかまえていてもそれもひとつのスタイル——であり、時局性につきまとわれ、時流に棹さすジャーナリストであることに変わりはない。

ポーは文芸雑誌との苦々しい関わりを、「雑誌という獄舎の内幕」(“Some Secrets of the Magazine Prison-house” 1845)という題の小品にアイロニーたっぷりに描いている。アメリカ人作家たちは、「国際著作権法の欠如」(1206)のために米国内に出回る英国雑誌の海賊版と競わなければならなかったから、稿料を値切られ、支払いを引き延ばされ、ときにはただ働きさせられて、「かわいそうにも悪魔なみにこき使われる文筆業者（the poor devil author）」（1207）と呼ばれ、「悪魔」扱いに等しい目にあっているとみなされる。雑誌は「獄舎」に見立てられる。この小品に登場する著作家は、稿料の支払いを待ちくたびれ、貧困にあえいだあげく、ついには「（飢餓の末に）逝去」（1208）してしまう。そんな事態を招いた責任は、つきつめたところ「デマに乗せられた公衆」（1207）にあるとして、ここには、雑誌の購買者にたいする秘められた敵意が盛り込まれている。

だが、そんな敵意はめったに人に見せられるはずもない。文学市場での重要な顧客層としてのスノッブをいつももてなさなければならなかったポーの創作原理は、スノッブを引きつけるための趣向の理論化と言ってもいい。とりわけ推理小説は、他人の虚をつき、裏をかくことで悦に入るスノッブのためのジャンルである。スノッブは、自分も大衆の一員であることを認めまいとして、凡庸で迂闊な大衆からの差異化をはかり、「明敏さ」にあこがれる。

貴族でもないのに貴族主義を衒うポー自身もスノッブである。スノッブでなければスノッブを喜ばすことは難しい。しかし、ポーはスノッブのいやらしさ（＝デリダが目くじらを立てた自己への現前に似ていないこともない、いい気になりたがり、じっさいすぐにいい気になる心性）を知っている。ある程度スノッブでなければならないとともに、スノッブであってはいけないというダブルバインド。そのために、最高級のスノッブとしての大臣と、スノッブへの復讐者としてのデュパンとの二重性が生じる。

「盗まれた手紙」のエピグラフは、高踏的な調子ながら、秘めたメッセージとしてはスノッブに対する罵倒に近い。また、作品の真ん中あたりにやはりフランス語でシャンフォールから引かれているもうひとつの警句、「世間のあらゆる通念、世間承認済みのあらゆる慣例は、愚劣なものだと断言して間違いない。なぜなら、それは大衆むきのものだからである」(986-7)は、三部作で繰り返しあらわれる「大衆」嫌悪の表明である。エピグラムがフランス語やラテン語、あるいはドイツ語やギリシャ語などの外国語で示されるのは、スノッブが外国語に弱く、よくわかりもしないくせにありがたがることを知っているからだ。また、「モルグ街の殺人」で揶揄される俳優シャンティーが「靴屋あがり」(534)とされているのは、OEDの説明にあるようにスノッブの語源のひとつが「靴屋(cobbler)」であり、また、俳優がスノッブ供給源としてのアミューズ―ルに属する職種のひとつであることを踏まえばわかるように、デュパン三部作の標的がスノッブであると早くから示唆していたことになる。

ポーはスノッブにおもねり、訳知り顔のニヤリ笑いを誘いながら、じつは腹の底でスノッブを侮蔑している。大臣の抜け目のない犯罪、さらにその上をゆくデュパンの頭の良さを描く推理小説のジャンルを確立することによって、スノッブを十分に愉しませながら、そのなかにひそかにスノッブへの復讐を忍ばせる。読者を「カモ」る仕掛けをあちこちにちりばめながら、その巧みな詐術に、スノッブたる読者たち自身が気づかないようにしている。その意地の悪さや、自己嫌悪の気配も帯びた憎悪や怒りは、芥川や太宰に通じるようにも思われ、資本主義的創作原理を自家薬籠中のものとしながらも、幸いなことにそれに安閑と自足しきれないうぶなところを残している。

「メロンタ・タウタ」の政治思想

ポー最晩年の作品のひとつ「メロンタ・タウタ」（"Mellonta Tauta" 1849）は、未来小説の体裁を借りた政治諷刺のバーレスクである。内容は未来から届いた手紙である。ただし、冒頭にこの手紙を紹介する短い断り書きがついていて、作者の構えを示唆している。だが、ルーファス・グリズウォルドは、最初のポー全集を編集したときに、この部分が作品に不可欠であるとわからずにこれを省いており、ハリソン版全集でもそのとらえ方が踏襲されている。そのせいか、日本語訳でもこの部分は欠けているが、一見かがみ風のこの文章は虚構性が明らかで、すでにこの部分から作品が始まっていると見るマボットの編集は妥当であると思われるので、以下に訳出しておこう。

『レイディーズ・ブック』編集部御中

わたしはある記事を諸賢宛てお送りいたします。これを貴誌に掲載していただければ光栄に存じます。これの解釈については、わたしなどがあたるよりも諸賢のほうが明晰な知見をもたらしてくださるものと期待しております。お送りするのは、友人マーティン・ヴァン・ビューレン・メイヴィス（「ポキプシーの見者」とも呼ばれる人物）による翻訳でありますが、その原本は奇態な手記でありまして、それを詰めてしっかり栓をした瓶がマレ・テネブラールムに浮遊していたのを、およそ一年前、わたしが見つけたものであります――マレ・テネブラールムとは、ヌビア地誌の著者が的確に記述してくれているものの、近ごろは超絶主義者や奇想採りに潜っていく連中ぐらいしかめったに訪れる者がいなくなったあの海のことです。

敬具

エドガー・アラン・ポー（1291）

冒頭のこの一節を読めばこれが戯文であることは明らかで、あとに続く本文をまじめに受けとることはむずかしいはずである。宛先が「『レイディーズ・ブック』編集部」となっているのは、この作品がはじめ『ゴーディーズ・レイディーズ・ブック』という女性雑誌に発表されたためで、そのかぎりでは、なるほど、この文章は編集部宛の短信という歴史的史料にすぎず、そこになんのひねりもない、とも見える。しかし、外見に惑わされて油断するわけにはいかない。

ポーの署名があるこの手紙文のなかで紹介される「手記」翻訳者の名前はでたらめだが、通称としてつけ加えられている「ポキプシーの見者」となれば、当時、メスメリズム（動物磁気説）の被験者として、弱冠二〇歳そこそこで千里眼の能力を有するという評判を得ていた実在の人物、アンドルー・ジャクソン・デイヴィスの綽名である。デイヴィスはやがてメスメリズムから距離をおき、むしろスピリチュアリズム（心霊術）を信奉して「スピリチュアリズムのヨハネ」と呼ばれながら二〇世紀初頭まで活躍するにいたるのだが、このような疑似科学にすぐ熱くなる米国読者層につきあわずにいられないポーにとっても、気になる存在であっただろう。だから、当時の読者は、「ポキプシーの見者」と聞けば誰のことかすぐわかったはずだし、こんな手紙の翻訳にデイヴィスが従事したと真に受けるはずもなかったが、ここではポーもさすがにデイヴィスの本名に直接言及することは避けて、別名を捏造している。捏造された名前マーティン・ヴァン・ビューレン・メイヴィスというのは、一部、米国第八代大統領の名前から借用されているが、これは、デイヴィスのファースト・ネーム、ミドル・ネームが、おそらく第七代大統領アンドルー・ジャクソンにちなんで名づけられていることをあてこすったもので、デイヴィスの代わりには、韻を踏むようにメイヴィス（人間の真似をすることから知恵とも結びつけられることのある「ツグミ」の意）が用いられている。

このような名づけ方は、作者の手の内が透けて見えるようにしているというもの。ぎこちないけれども、ぎこちなさは、この作品の作為性を読者に気づかせるための仕掛けかもしれない。さらに、「マレ・テネブラールム」とは、マボット（646, n. 4）によれば、中世アラビア語地理学書のラテン語訳版『ゲオグラフィア・ヌビエンシス（ヌビア地誌）』の著者が用いた大西洋の古名であり、「影の海」というぐらいの意味であるが、ここでだいじなのは、ペダンティックな表現で目くらましをしながら、エマソンら「超絶主義者」を「奇想」に結びつけて貶損する言葉をまぎれこませてあることであろう。

つまり、この紹介文はいかにも丁重でまじめそうな文体に見せかけながら、始めから終わりまで戯れや諧謔やせせら笑いにふけっている。それに気づいたら、この作品を読み進めようとする読者は、隠れている笑いやおかしみを見逃さないように、また、潜んでいるかもしれない誑かしに引っかからないように用心して、せいぜい楽しもうと構えたのではないだろうか。しかも、原作者シデ・ハメテ・ベネンヘーリによるアラビア語原作をモーロ人に訳してもらったうえで、セルバンテスが編集したことになっている『ドン・キホーテ』と同様に、未来から届いた未来語で書かれた手記を、千里眼の人物に訳してもらってポーが編集したことになっているこの作品は、二重の枠物語構造によって、秘められた底意に読者を近づけまいとしているのである。

さて、肝心の「手記」はといえば、「軽気球「スカイラーク」号船上」で「二八四八年四月一日」(1291)に書きはじめられ、「四月八日」(1302)まで毎日書き継がれたあげく、最後に瓶に詰められて海に投下された手紙であるとされる。ポーが出世作ともいうべき「壜のなかの手記」("MS. Found in a Bottle" 1833)で用いた手法にまたもや訴えているわけである。投下された「手記」が書きはじめられた日付は、この作品が執筆された年（および、発表される予定だった年）からちょうど千年後のエイプリル・フールにほかならない。遠い未来に時代設定している小説という意味で未来小説などと先に述べたけれども、未来小説という用語はあまり通用しそうもないので、ＳＦ小説とかユートピア小説とか呼ぶべきかもしれない。

しかし、「メロンタ・タウタ」は、軽気球があらわれるという点で「ハンス・プファールなる人物の比類なき冒険」("The Unparalleled Adventure of One Hans Pfall" 1835)や「軽気球事件でっちあげ話」("The Balloon Hoax" 1844)と同じ系統の作品とみなされることが多いものの、ＳＦの枠内に収まりにくい。「メロンタ・タウタ」では未来の手紙が現在に届くという一種のタイムワープないしタイムスリップが扱われたり、「磁力推進船」(1293)や「優に時速三〇〇マイル」(1298)で走るリニアモーターカー並みの鉄道について語られたり、サミュエル・モースの名を「ホース」(1293)などと歪曲しながら「大西洋横断電信施設」(1294)が持ち出されたりしていることを別にすれば、科学的装いを凝らすことに先行作品ほど没頭しているわけではないからだ。表題「メロンタ・タウタ」は、ソフォクレスの『アンティゴネー』結末近く（417）で、絶望したクレオンが死を待ち望むと呻いたのにたいしてコロスが答える言葉で、「それは未来のことなり」というぐらいの意味のギリシャ語であるが、この作品がそういう意味で「未来のこと」を描くということを示唆している。

「スカイラーク」号は、「およそ一〇〇人から二〇〇人のカナーユ（下衆）どもといっしょに、みんなで**行楽**旅行（行楽ということについて一部の人たちはどんなにおかしな考えをもっていることでしょう！）にでかけることになった汚い気球」（1291）であるとされる。一〇〇人も二〇〇人も乗せることができれば、気球というよりも飛行船と呼ぶべきであろうが、千年後の航空機にしては「時速一〇〇マイルに達しない」（1292）。そののろさのせいばかりでもなさそうであるが、「すくなくとも一ヶ月は大地《テラ・フィルマ》に着陸する見込みがない」（1291-2）この空の旅に、手紙の筆者はうんざりしており、手紙を書いて退屈をまぎらそうというつもりなのである。手紙の筆者自身はそのことを、「だから、わたしがこの手紙を書く理由があなたにもおわかりでしょう――それは、わたしの退屈《アンニュイ》とあなたの罪のためなのです」（1292）と明言している。

「何もすることがないときこそ、お友だちに手紙を書く絶好のときです」（1292）というのだから、退屈しのぎに手紙を書くのはわかるとしても、「あなたの罪のために」も手紙を書くという意図は、手紙の出だしで、「できるかぎり退屈で、とりとめもなく、支離滅裂で、腑に落ちない書き方をすることによって、わたしはあなたの無礼を罰してやるつもりですと、はっきり申し上げておきます」（1291）と書いてあることを斟酌しても、にわかには呑み込めない。いきなり「あなたの罪」とか「あなたの無礼」とか書かれても、具体的にはどういうことか、戸惑ってしまう。「あなた」というのは誰のことか。この手紙が「さて、わたしの親愛なるお友だち」（1291）という言葉で書きはじめられているからには、「あなた」というのは手紙の受取人たる「お友だち」にちがいないが、この手紙は、最後に瓶に詰めて海に投げ込まれたのだから、誰か特定の人に宛てて書かれたわけでなく、たまたまそれを読むことになった未知の人、それも、時間がとんでもなくかけ離れた世界に生きて読むことになった人にこそ、「あなた」と呼びかけている。そういう「あなた」とは、この作品をいま読んでいる私たち読者のことではないのか。作者はこの手紙の筆者を通じて、私たち読者に何かのメッセージを直接書き送ろうとしているのか。

ここで「あなた」と呼びかけられているのが、いずれにしてもこの手紙の読み手のことであるのはまちがいない。そして読み手に私たち読者も含めて考えれば、不特定多数であるという共通点によって、「スカイラーク」号に同乗している「およそ一〇〇人か二〇〇人か」の大衆にも重なってくる。手紙の筆者は、この同乗客にたいして「カナーユども」などと罵り、敵意をむき出しにしているが、「無礼」あるいは「罪」というのは、このような不特定多数の大衆にこそ見出されるのではないか。観光地などで、景観の美しさや旧跡の由緒についてわきまえもせずに訪れる人の多さに辟易し、嘆いてみせるツーリストに出会うことは珍しくないが、「行楽ということについて一部の人たちはどんなにおかしな考えをもっていることでしょう！」などと憎まれ口をきくこの手紙の筆者は、自分もその「行楽旅行」に加わっていることを忘れているのか。それとも、自分だけがその真の楽しみ方をわきまえていると自負しているのに、多くの人たちが同じ楽しみを求めて集まってくると、生意気で「無礼」なええかっこしい、いいふりこきの「罪」を犯す者たちに邪魔されたと憤るのか。

スノッブは自分の同類を見ると、自分の真似をしていると考えて妬み、蔑む。こんな滑稽な言動はスノッブに特有のものだが、大勢の同乗者がいるのに「誰ひとり話し相手がいない」（1292）と無聊をかこつ筆者は、精神的貴族の孤高を衒うスノッブであるにちがいない。このスノッブは、自分が発信した手紙の読者にたいしてだけでなく、「おかしな考えをもっている」同乗者にたいしても、また、言外にはこの作品を読んでいる読者にたいしても、「あなたの罪を罰してやる」と言い放っているのだ。

手紙のなか日記形式で綴られるのは、現代一九世紀の科学や学術、思想の後進性を千年後の見地から嘲笑する言葉である。とくに科学的方法の基礎としての数学的論理、つまり、アリストテレスに由来すると見られた「演繹的ないしアプリオリな研究方法」（1295）と、ベーコンに由来すると見られた「アポステリオリないし帰納的方法」（1295）とにがんじがらめに縛られている思考法を槍玉にあげる。そして「すべての真の学知の進歩が遂げられるのは、ほとんど常に直観による飛躍のおかげです」（1295）と主張して、「**想像力**を抑圧したことは、古代の研究方法がいかに**確実性**の高いものであろうとも、それによって償うことのできないほどの悪弊でした」（1296）と述べる。さらに、「理論家」（1296）という呼び名を「蔑称」（1298）に貶めた一九世紀の科学精神を揶揄し、想像力に訴える「理論家」が拠りどころとすべき「首尾一貫性」（1298）の重要性を強調している。

このあたりの議論は、アリストテレスやカントやベーコン、ロック、ミルなど有名な哲学者の名前にかけた駄洒落の乱発、フレンチは「ヴリンチ」、イングリッシュは「イングリッチ」、アメリカンは「アムリッカン」（1296）などと変形されて、千年も経てば人名も地名も正確に伝わらなくなって転訛《コラプト》することが表現されているらしいとしても、ふざけきった調子の文章になっている。にもかかわらず、その主旨は他の作品でもくり返されている議論だから、ポーの持論を開陳したものとも受け取れる。

とりわけ留意しておくに値すると思われるのは、このあたりのくだり数頁が、先賢たちの名前を変形する戯れを含めてほぼそっくり、『ユリイカ』に取り込まれていることである。しかも、単行本『ユリイカ』の刊行は、出版社の事情で「メロンタ・タウタ」の雑誌発表より先行し、一部いわば自己剽窃がおこなわれているみたいに見える結果になったので、ちょっと具合が悪かった。しかし、生活のために原稿料を稼がなければならなかったポーには、同じ着想や素材や文章をいくつもの原稿で使いまわさないですますほどの余裕はなかった。だから、ここでまた自己剽窃が見られるとしても、そのこと自体はとるにたらない。ただ、はじめからバーレスクであることが明白な「メロンタ・タウタ」と、大まじめな宇宙論であるという触れ込みに思われた『ユリイカ』とが、たとえ一部とはいえ、同じ文章を共有しているとなると、それぞれの著作はどこまでがまじめで、どこからがふまじめなのか、受けとめ方に気をつける必要が感じられ、読者も目の色を変えることになろう。

まじめか、ふまじめかという判断がもっとせっぱ詰まってくるのは、政治的見解をめぐる議論に対峙するときであろう。というのも、「メロンタ・タウタ」には、ポーの他の作品ではめったにあらわれないような政治論議が出てくるからである。これももちろん千年後の見地から、一九世紀米国社会における政治状況について述べたコメントとしてあらわされている。

たとえば、「スカイラーク」号の誘導索が海上の船にあたった拍子に、船客のひとりが海に投げ出されたのに、ふたたび船に戻ることが許されず、そのまま海の藻屑と消えてしまったというできごとに関連して、つぎのような社会思想が述べられる。

わたしの親愛なお友だちよ、わたしたちの生きている時代はとても啓蒙されているので、個人などというものが存在しているなんていうたてまえがなくなっていることを、わたしは悦ばしいと思うのです。真の人類が愛しているのは大衆なのです。ついでながら、人類といえば、現代の不滅の思想家といわれているウィギンズも、社会状態などに関する見解において、現代の人びとが想像したがるほど独創的ではないということを、あなたはご存じでしたか。パンディットが請けあってくれたのですが、同様の思想は約千年前に、アイルランド人の哲学者ファーリアによって、ほとんど同じ言いまわしであらわされていたとのことです。ファーリアと呼ばれていたのも、ネコやその他の動物の毛皮《ファー》を売る店を経営していたためでした。(1293)

ここで「個人などというものが存在しているなんていうたてまえがなくなっている」と言われているのは、千年後の社会は全体主義的なディストピアだということを意味しているのであろうか。そのために、事故で一人くらい海に転落しても見向きもされないのがあたりまえの社会になっているというのか。だが、手紙の筆者はそういう社会を文明進化の所産として賛美し、得々としている。

このような社会の思想的基盤を支えるウィギンズは、一九世紀の哲学者ファーリアの後裔とされているが、「ファーリア」とはフランスの空想的社会主義者シャルル・フーリエの転訛形らしく、彼を「アイルランド人」としているのは、マボット(1306, n. 12)によれば、ポーの時代の米国でアイルランド系移民をフランス人と呼ぶ冗談が横行していたことにもとづく逆成のおかげである。「ネコやその他の動物の毛皮を売る店」は、「ファーリア」を「毛皮《ファー》」に重ねただけでない。ファーリエが理想的な集団生活を送るための仕組みとして提唱し、有名なブルックファームをはじめとして米国でもあちこちで実験された共産主義実験共同体ファランクスを、ネコの意味を有するリンクスという語に関連あるものと誤解しているとするギャグでもあろう。千年後の「不滅の思想家」とされるウィギンズも、一九世紀の誰かの名前の転訛形ではないかと思えるのだが、マボット (1306, n. 三) ははなから否定しているので、詮索しようとする意気込みも早々に挫かれてしまう。一九世紀前半の米国において、衆愚政治の上にあぐらをかく独裁者ともみなされたアンドルー・ジャクソン大統領の民主党に反対して秩序と経済振興を唱えたホイッグ党をあてこすり、ホイッグをウィギンズに変形したという見方もあながち否定できない。とにかく、ファーリエ主義の流れをくむとされる個人否定の社会思想を、この手紙の筆者は信奉しているらしいと推定できる。

　この筆者にとって最高の思想的、学問的権威であるパンディットは、手紙のなかで何度も言及され、その言葉がたえず引き合いに出される。「パンディット」はほんらい普通名詞で、インドのカースト、学者階級たるブラーミン出身が多い碩学のことを意味するサンスクリット語であるが、ここではそれが人名になっている。ブラーミンといえば、ポーにとっての宿敵ともみなされたボストン・ブラーミンがすぐに想起され、そのなかのパンディットといえば、エマソンなどの超絶主義者たちや、ローウェルやロングフェローなどのハーヴァード大学教授などが思いあたる。ボストン・ブラーミンはホイッグ党の基盤である。ともあれ、手紙の筆者は「パンディット」に心酔しており、つぎのような興味深い政治的言説を書きつけている。ちょっと長いけれども、四月五日付の記載全体を引用してみよう。

四月五日――わたしはアンニュイにほとんど食い尽くされそうです。乗船客のなかで話し相手になりそうな人はパンディットだけなのですが、あの人ときたら、かわいそうに、昔の話しかする気がないみたいなのです。今日も一日じゅうわたしにわからせようとして熱心に話してくれたことには、古代のアムリッカ人は**自治制を布いていたのだそうです!**――そんなばかばかしい話これまで誰か聞いたことのある人はいるでしょうか――ひとりひとりが自分の利得を図る万人からなる一種の同盟を結成していたのですって。まるで、おとぎ話で読んだ「プレーリードッグ」のやり方ですね。あの人が言うには、アムリッカ人たちは思いつくかぎりもっとも奇怪な観念から出発したのだそうです。つまり、すべての人間は生まれながらにして自由平等であるというのです――**階層化**の法則が、精神界でも物質界でもあらゆるものに刻印をおしているとはっきり見えていることにさからって、こんなことよく言ったものです。万人が、いわゆる「投票」をしました――すなわち、「公共の事柄」に差し出口をはさんだのです――やがてしまいには、万人の務めであるようなことは誰の務めでもないし、「共和国」(それがこんなばかばかしいものの呼び名でした)などいうものは政府がすっかり欠如している状態であると判明したのでした。しかしながら、伝えられているところによりますと、この「共和国」を建設した哲学者たちのひとりよがりが格別ゆらぐようになった最初の事情は、普通選挙などというものが欺瞞的な策謀にとって好都合であり、欺瞞を働くことを恥と思わないだけの悪党なら、阻止されるおそれも、すっぱ抜かれるおそれもなく、自分たちが望む票数をいつでも何票でもまんまと獲得することができるという、驚くべき発見がもたらされたことでした。この発見について少し考えただけでもすぐに明白になる必然的帰結は、悪行が跳梁跋扈するに**ちがいない**ということ――ひと言で言えば、共和制政府などというものは悪辣な政府以外の何ものにも**なりえない**ということでした。しかし、哲学者たちがこういった不可避の害悪を予見しなかったみずからの不明に盛んに赤面し、新たな理論の発明に熱心に取り組んだものの、事態に唐突な決着をつけたのは、モブという名の人物でした。この人物はいっさいを自分の手中におさめ、独裁政治を打ち立ててしまいました。これと比べたら、音に聞こえたゼロとかヘロファガバルスなどといった連中の独裁政治なんか、まだ体裁もよく、かわいいものでした。このモブ（ついでながら申し上げれば外国人でした）は、これまで地球のお荷物になったあらゆる人間のなかでももっとも忌まわしいやつだったそうです。体軀は巨人のよう――横柄、強欲、不潔で、ハイエナの心とクジャクの頭脳をもった去勢牛のようにあつかましい人でした。この男はけっきょく、自分自身の精力に疲れ果てて死んでしまいました。にもかかわらず、この男も、いかに下劣ではあれ、あらゆるものに劣らず役に立ってくれました。人類にたいして、今日まで忘れられるおそれなどないある教訓を遺してくれたのです――自然から類推できることに真っ向から反するようなことは決してするな、という教訓です。共和主義についていえば、この地球上にそれを類推させるものは見出せません――ただし唯一の例外として「プレーリードッグ」の場合がありますが、この例外によって何か証明されることがあるとすれば、民主主義がとてもすばらしい統治形態であるということです――イヌどもにとっては、ということですが。

（1300）

パンディットの見解の受け売りらしいこの政治談義は、「すべての人間は生まれながらにして自由平等である」という「観念」を「思いつくかぎりもっとも奇怪」と形容し、共和制や民主主義や選挙制度などをもこきおろして、米国政治の国是をことごとく「ばかばかしい」と一蹴している。いわゆるアメリカ型民主主義によって社会変革がなされるという構想は頭から否定され、体制の変化には必然的に群衆の行動や武力などのなんらかの実力行使がともなうと見て、一般には敬遠されるにちがいない革命を当然視する考え方をうかがわせている。ただし、パンディット的な見方からすると、革命が衆愚による独裁になるのは必至とされる。

このような見解は、かつて「ハンス・プファールなる人物の比類なき冒険」でほのめかされたように、「自由とか、長大な演説とか、急進主義とか、その種の事柄いっさいの影響」(391)を、自分の職業である鞴《ふいご》製造業を廃れさせた原因とみなして恨み、民衆が「革命について読みあさり、知性の進歩と時代の精神におくれまいとして必死になった」(391)動向を、「新聞によってたやすくあおられた」(391)だけと嘲笑する、ハンス・プファールの反革命的、反動的政治傾向の延長線上にあり、それをもっとむき出しに披瀝したものである。

アムリッカの政治制度の欠陥は、やがてモブによる独裁政治の到来を招いたとされる。「モブ」というのは人名のように扱われているけれども、もちろん「暴徒集団」という意味の普通名詞につながっているから、モブによる支配とは、のちにプロレタリア独裁と呼ばれるようになるような政治体制や、ヒットラー、ナチスによるファシズム支配のことを想起させる。民主主義は衆愚政治にしかならないというのはよく耳にする説で、米国のホイッグ党系の政治家やボストン・ブラーミンたちが、ときには表立って論じ、しかし多くの場合は憂国の士たちの内輪の席でかわした嘆き節のテーマだったが、その際は、ジャクソニアン・デモクラシーがモブによる支配として恐れられ、嫌われていた。

衆愚はプレーリードッグに見立てられ、さらにイヌと見なされているが、手紙の筆者が「スカイラーク」号の大勢の同乗者たちを罵ったときのフランス語の言葉「カナーユ」も、レヴィンらが指摘するとおり（616, n.4）、イヌを意味するラテン語が語源である。アムリッカに独裁政治を打ち立てたモブは、「けっきょく、自分自身の精力に疲れ果てて死んでしまいました」とされる。ローマ帝国の悪名高い皇帝ネロを「ゼロ」、ヘリオガバルスを「ヘロファガバルス」などという転訛形でしか語れない程度ではあれ、衆愚政治の極致たるモブ独裁政治が自壊していったと語るその口調に、ナチスやソ連の崩壊を見てほくそ笑むアメリカ知識人の口調と同じものを聞きとるのは、時代錯誤がすぎるだろうか。

独裁政治のあとに何がやってきたのか。モブが「人類にたいして、今日まで忘れられるおそれなどないある教訓を遺してくれた」というのだから、世界に独裁政治が再現されることは千年後まで二度となかったと考えられるが、共和制や民主主義や選挙制度も、「そんなばかばかしい話これまで誰か聞いたことのある人はいるでしょうか」とあきれられるくらいで、信じがたいものと受けとられている社会らしいから、ふたたび尊重されるようになったという気遣いはない。むしろ先に見たとおり、どうやらフーリエの思想の系譜を引くと解された、個人主義的ではない社会思想を奉じるウィギンズが「不滅の」権威となっている、管理社会に近い体制ではないかと思われる。手紙のなかで一度言及されているところによればどうやら「皇帝」（1302）がいるらしく、おそらくいわゆる哲人政治のようなものが実現されているのであろう。

こうなるとふたたび思い起こされるのはボストン・ブラーミンである。彼らは君主制も民主主義も斥け、開明的なエリートによる国家運営を理想としていたからである。ボストン・ブラーミンは、米国社会の上流階級として限られた家族たちの閉鎖的なサークルを形成し、学術文化、政治経済の分野で指導的な人物をつぎつぎに輩出した。植民地時代早期からのピューリタン移民の家系が多いにもかかわらず、東インド会社への投資を通じて英国とのつながりや富を築き上げた一族も多く、一種のオリエンタリズムからインドの文物への関心を示したため、ブラーミンなどという呼び名をたまわった。特別なプレップスクールやハーヴァード大学で教育を受け、お高くとまって服装にやかましく、独特なアクセントの話し方をする、典型的なスノッブである。アメリカ革命の主導権をとったのは、トマス・ジェファソンやジョージ・ワシントンを筆頭とする南部ヴァージニア大地主階級と、サミュエル・アダムズやジョン・アダムズをはじめとするボストン・ブラーミンだったが、プランター階級が英国貴族を気取ったスノッブだったとすれば、ボストン・ブラーミンは英国紳士を衒ったスノッブだったともいえる。

アメリカ革命のころからニューイングランドのボストンや南部のリッチモンドと一線を画し、その後、米国の資本主義的経済の中心として独自の発展を遂げていったのは、中部大西洋沿岸諸州であり、ベンジャミン・フランクリンを送り出したフィラデルフィアと、アレクサンダー・ハミルトンを送り出したニューヨークであった。そしてポーは、ボストンを母親や自分の出身地と見なし、また、文学界での地歩を築いたのはリッチモンドの雑誌編集者としてであったと理解していたけれども、文筆業者として生計を営むために職場や住まいを見つけることになったのは、むしろおもにフィラデルフィアとニューヨークにおいてであった。だが、どうやらそのニューヨークを小馬鹿にしたボストン・ブラーミンらしい態度が、「メロンタ・タウタ」の最後の部分となる四月八日付の記載箇所にあらわにされている。

この箇所の冒頭は「ユリイカ！」(1302)という言葉であり、そのことによって、「メロンタ・タウタ」と『ユリイカ』とのもうひとつのつながりをうかがわせている。「ユリイカ」は、よく知られているように、アルキメデスがアルキメデスの原理を発見したときに叫んだといわれる「わたしは見つけたぞ」という意味のギリシャ語がラテン語化した言葉で、それが英語に入って悦ばしい発見を意味するようになり、やがてゴールドラッシュの時代にはあちこちの地名としても使われた。ポーが『ユリイカ』で「見つけた」と称するのは、「**物理学的、形而上学的、数学的宇宙——物質的ならびに精神的宇宙について——その本質、その起源、その創造、その現状、その運命について**」(7)の真理であるが、「メロンタ・タウタ」で「見つけた」とされるのは、「ニッカーボッカーという名の部族に属する正真正銘のアムリッカ文明の遺物」(1304)が発掘されたことによって明らかになった、一九世紀米国文明解明のための手がかりである。

「ニッカーボッカーという名の部族」などというとまるでインディアンの部族みたいに聞こえるけれども、「ニッカーボッカー」とはワシントン・アーヴィングが筆名として用いて以来ニューヨーク住民の別名になっていることに照らしてみれば、「遺物」の発掘現場である島の「パラダイス」(1302)という名は、マンハッタンの千年後の呼び名であると推定できる。この島については、つぎのように述べられる。

> およそ八〇〇年前ごろには、この地域全体が建物でびっしりおおわれていました（そのように

パンディットは申しております）。建物の中には二〇階建てのものもありました。ちょうどこのあたりでは土地が（どういうわけかさっぱりわかりませんが）とくに貴重であると考えられたためです。しかしながら、二〇五〇年に起きた大震災により、この町（村と呼ぶにはちょっと大きすぎるのでそう呼んでおきますが）はすっかり倒壊し、灰燼に帰してしまったので、現代のもっとも精力的な古物研究家さえ、この遺跡から、多少とも十分な資料（貨幣とか、メダルとか、碑文とかの形での）を手に入れることがまったくできず、先住民の風俗、習慣等々に関して理論というのもおこがましいような説を立てる手がかりもなかったのです。（1303）

そういう状態のなかで、コーンウォリス卿がワシントン将軍の軍門に降った一七八一年のできごとを記念する石碑を建造するために用意された礎石が発掘されたというニュースを、パンディットらはすれちがった気球から投げ込んでもらった新聞によって知る。ワシントン戦勝記念碑建造資金集めのキャンペーンとして、まず礎石だけを据えるという式典が一八四七年にじっさいにおこなわれたそうで（Mabbott, 1309, n. 45）、このくだりはそれにたいする諷刺である。手紙の筆者は、礎石発掘のニュースを大喜びで受けとったパンディットから「古代アムリッカ」（1303）について教わり、それを記しながら米国文明、とりわけニューヨーク人たちの狂躁についてあきれ返ってみせるのである。

さらに、「この大陸にはびこっていた野蛮人であるニッカーボッカー族」（1303）については、つぎのような知見が示される。

しかしながら、彼らに文明がなかったというわけではまったくなく、さまざまな芸術や、彼らなりの科学さえも振興しました。彼らについて伝えられているところによりますと、彼らは多くの点で明敏でしたが、奇妙なことに、古代アムリッカで「教会」と呼ばれていたもの――〈富〉と〈流行〉という名で知られていた二つの偶像を崇拝するために設立された一種のパゴダのようなもの――を建造することに、偏執狂みたいに熱中しておりました。(1303)

この叙述には、金儲けに狂奔するニューヨークの財界人にたいする諷刺が歴然としている。「〈富〉と〈流行〉という名で知られていた二つの偶像を崇拝する」というのは、資本主義経済のなかで踊らされる人間たちの特徴をみごとにとらえているけれども、他方で、みずからもじつはそのなかで踊っているくせに空とぼけ、他人の痴態を暴いて蔑んではいい気になるスノッブの言いそうなことでもある。

こうしてニューヨーク人のふるまいについてさんざん揶揄を連ねている最中に、「――あら、たいへん！　どうしたことでしょう。まあ、わかりました――軽気球がつぶれて、海に墜落しようとしています」(1305)という唐突な言葉があらわれる。「スカイラーク」号がなんらかの事故に遭遇したようである。「軽気球《バルーン》」は、一九世紀前半の米国では、今日「バブル」と呼ばれるインフレの比喩として用いられ、ポーの軽気球譚には、一八三七年の恐慌へのひそかな諷刺がこめられているとするギャヴィン・ジョーンズの見方にしたがえば、「スカイラーク」号が「つぶれて」「墜落」したのは、「教養ある階級の見栄を標的にした」(9)あてこすりでもあるといえる。他の軽気球譚と同様ここでも、ジョーンズが強調している文体上だけでなく、主題上も、「威信や知能を吹聴するのは、そうすることで支配しようとしている下層階級の世界との対決において脆さをはらんだ特定の階級の言説につきものであることを、読者にわからせる」(10)狙いがうかがえる。

手紙の結びは「さようなら。またお目にかかる日まで。この手紙がいつかあなたに届くかどうかは、あまり重要なことではありません。どうせわたしは自分の気晴らしのために書いたのですから。とはいえ、この手記を罎のなかに詰めて栓をし、海へ投げ込むことにします」(1305)となっている。そして末尾につけられた筆者の署名は「パンディッタ」である。これはどうやらパンディットの女性形ではないか。つまり、読者は最後に、この手紙の筆者は女性だったらしいと知らされるのである。

パンディッタが女性だとすれば、パンディットにたいするその心酔ぶりには、知的敬服にとどまらない別な意味が含まれていないともかぎらない。その気になって手紙を読み返してみれば、英語の手紙文に性差がどれほどあらわれるものか不確かながら（わたしが参照した日本語既訳はいずれも、これが女性の書いた文章であることはおろか、手紙文であることさえもまったく顧慮していないけれども）、その文体にはどことなく女っぽいところがあるような気もしてくる。

ボストン・ブラーミンへの諷刺という見方に立つ場合、パンディットはエマソン、パンディッタはマーガレット・フラーなどと読み、そういうよく知られた名前に結びつけて考えればわかりやすいかもしれないが、かならずしもそう限ったものでもない。というのも、ポーがサラ・ヘレン・ホイットマンに求愛のために書いた手紙のなかで、ニューイングランドにおける自分の孤立ぶりについてつぎのように述べているように、ボストン・ブラーミンにたいするポーの敵意は、エマソンとフラーにたいするものとは特定できないからである。

あなたともあろう方がわたしに、なぜわたしには敵がいるのかとお尋ねになるのですね。ああ、ヘレン、わたしには味方一人につき百人もの敵がいます――それにしても、あなたはわたしの味方**に取り囲まれて**暮らしているわけではないということに一度もお気づきにならないのですか。ミス・［アン・シャーロット・］リンチ、ミス・フラー、ミス・［エリザベス・］ブラックウェル、ミセス・［エリザベス・］エレット――こういう人たちも、こういう人たちの影響を受けている人も、誰もわたしの味方ではありません。わたしの批評をざっとでもお読みくださっているなら、なぜ、どうしてそうなのか、あなたにもおわかりのはずですが、［ウィリアム・エラリー・］チャニングの朋輩――エマソンや［ヘンリー・ノーマン・］ハドソンのグループ――ロングフェローの一派、こういう連中の誰も彼も――『ノース・アメリカン・レヴュー』にたむろする秘密陰謀集団であって――この人たちは、**あなた**のもっとも親しい知己なのでしょうが、**わたし**のことは知らぬも同然で、わたしの敵なのです。［一八四八年一〇月一八日］（Ostrom II, 394）

このくだりに並べられている男女はいずれも、パンディットやパンディッタのモデルとみなしうる。文筆業者として手にしうる原稿料よりも手っ取り早くギャラを稼げる収入源としての、文化講演会や文学サロンのゲストになる機会が増えてきたポーにとって、エマソンをはじめとして「秘密陰謀集団」と呼ばれている北部のインテリたちは、どちらに多くお声がかかるかどうかで勝敗が分かれる競争の敵手であった。誰を取り立てるかはコネや風評に左右されるだけで、公平な基準などあるはずもないから、内輪にいない者の目には、一部の者たちのみがもてはやされたりするのは陰謀にほかならないと映っても、仕方がないかもしれない。

とくに女性たちは、文化講演会の講演者選定に影響力を有し、とりわけ文学サロンのホステスとして文学芸術を支援するパトロネスの役割を演じていた。ポーの取り巻きには、サラ・ヘレン・ホイットマン、ファニー・オズグッド、エリザベス・エレット、アン・シャーロット・リンチなどのような女性詩人、女性作家、パトロネスたちがいたことからもわかるように、アン・ダグラスが「アメリカ文化の女性化」と呼んで論じた状況が当時の米国北部諸都市にはゆきわたりつつあった。晩年のポーは、ニューイングランドやニューヨークの上流インテリ婦人のあいだで活発だった文学サロンに出入りして、講演や詩の朗読をするようになっていたが、擬似的な恋愛ゲームも文学サロンの楽しみのひとつだったから、風変わりながらもハンサムで美声だったポーの人気は、そう悪くなかった。

こうなると、文筆家というよりは役者や芸能人に近い。役者の子はやはり役者なのか。妻ヴァージニアの死後、文学サロンのホステスや女性作家詩人（気取り）たちを相手に、とくに華々しくなったポーの恋愛沙汰には、この文脈で理解しなければならない面もある。ポーはそういう（先にあげた恋文のほかならぬ相手ヘレンを含めた）女性たちにたいして、庇護や愛情を求めながら、他方でいわば雇い主に対するような遠慮や卑下を強いられ、スノビッシュなうぬぼれを見せつけられて、うんざりするのも通り越し、ひそかに憎悪を抱くこともあったのではないかと推察される。

「メロンタ・タウタ」の語り手が女性だということは、特筆に値する。ポーの作品のなかで女性が一人称の語り手の役をになう例は少なく、他に「ブラックウッド風の作品の書き方」におけるサイキー・ゼノビアぐらいしか思い浮かばない。だが、ゼノビアにしてもパンディッタにしても、とにかくスノッブの臭気ふんぷんたる鼻持ちならない女である。こういう人物に小説の一人称の語りをになわせるのは、諷刺のアイロニーを効かせようとするバーレスクにこそふさわしい算段ではあれ、語り手に作者の代弁をさせようという企図には、作者にとって異性だからという理由によらずとも、まったくそぐわないであろう。

ところが、これまで長年多くの読者や批評家たちによって、醜悪な反民主主義の政治思想を表明しているパンディッタの言葉は、ポーのホンネを代弁していると受けとられてきた。これに通じる政治的傾向は、ハンス・プファールの言葉をはじめとして他の著作からもうかがえるし、ポーは唯美主義者にありがちな、政治的には反動的、反民主的人間であると相場が決まっていた。私自身もある段階まではそのように考えていた。顧みれば、作者と登場人物とは区別しなければならないという文学作品の読み方の初歩的手順が忘れられ、不思議なくらい粗雑な読み方がまかり通っていたものである。

このような読み方は近年修正されてきた。とくに劇的な変化が見られたのは、南北戦争前の米国社会最大の政治問題であった黒人奴隷制存廃をめぐる論争において、ポーがとった立場をどう評価するかという問題である。この変化については、スコット・ピープルズ『エドガー・アラン・ポーの死後の影響力』の「社会＝歴史的ポー」という副題がついた第四章があざやかに描き出してくれた。ピープルズは、『サザン・リテラリー・メッセンジャー』に掲載された露骨な奴隷制擁護論である、いわゆる「ポールディング、ドレイトン書評」(Anon. Paulding-Drayton Review, 1836) がポーの筆になるものかどうかという論争をたどったうえで、テレンス・ホエーレンの見方を妥当と評価する。

この書評は、ジェイムズ・カーク・ポールディングの著書とウィリアム・ドレイトンが匿名出版した著書との二冊を取りあげ、これらについての批評の体裁を借りながら、評者の保守反動の立場を述べたてている。この書評は『サザン・リテラリー・メッセンジャー』一八三六年四月号に無署名で掲載されたが、それはポーがこの雑誌の編集を担当していた時期のことだったので、ポーが執筆して掲載したと解され、ハリソン版全集などにもポーの著作として収録された。もしこれがポーによって書かれたとすれば、書き手の立場が創作よりもストレートにあらわれる評論文から、人種や奴隷制についてのポーの見解がまぎれもなく把握できると考えられてもおかしくはない。ポーは南部出身であるからには奴隷制擁護思想や黒人蔑視が身についているにちがいないと先入見をもたれてきたし、じじつ、この書評は長年、ポーが奴隷制擁護論を支持是認していたことの証拠として使われてきた。

だが、この無署名の書評がポーによって書かれたとする見方については、一九四一年にウィリアム・ドイル・ハルが博士論文で、奴隷制賛成派小説家ベヴァリー・タッカーこそがその著者であると論じて、疑義を提出した。にもかかわらず、この説は重んじられることなく、その後も「ポールディング、ドレイトン書評」は、ポーの反動的な立場を示す有力な証拠として用いられ続けている。ホエーレンは綿密な検討を加えたあげく、書評の著者がタッカーであってポーではないという結論を引き出して、この論争に決着をつけたと見られるのである。さらに、このような反動的書評を掲載したのは編集者の裁断にもとづいてのことにちがいないから、編集の責任を負っていたポーも共犯であることを免れることはできないとする議論にたいして、ホエーレンは、『サザン・リテラリー・メッセンジャー』の出資者トマス・ウィリス・ホワイトが南部での文学雑誌の成功をめざしたがゆえに、「イデオロギーから自由な言説として振る舞うことができる［という］文学のすぐれてイデオロギー的な特性」(123)にすがって、「購読者の大多数に気に入られそうな平均的人種差別」(124)を奨励し、「［文学的、芸術的］純粋性を求めるよりも［より多くの読者を獲得するという］利得をめざした」ために衒うほかない「非政治的なスタンス」(124)を重視したから、そういう雑誌の編集者として雇われて生計を立てようとしたポーも、「平均的人種差別」を編集方針にせざるをえなかったはずで、雑誌に掲載されたすべての記事の政治的傾向にたいして共感したり支持したりしていたとはかぎらないと論じる。

そもそもポーの晩年までの作家生活は、どこかの雑誌の編集に携わることによって得られたわずかばかりの定収入によって支えられるほかなかったから、彼の著作の大部分は雑誌に掲載された文章からなっている。だが、当時の雑誌編集はたいていひとりでするものだったから、ポーは自作を掲載するのみならず、誌面にヴァラエティをもたせるために匿名、変名の記事も書き、また、誌面に空白が生じるのを避けるために必要に応じて埋め草も書いた。だから、ポーの作品群を集成しようとしたら、ポーが関係した雑誌の無署名の記事のなかから、ポーが執筆した文章を選び出す作業が必要となる。作家が夭折して死後その全集が編まれるとなると、この作業は容易でなくなる。

ボルティモア＝エドガー・アラン・ポー協会のきわめて充実したウェブサイトの構築に惜しみない努力を傾注し、信頼できる堅実なコメントを記載しているウェブマスター、ジェフリー・A・サヴォイによれば、ポー全集といってもかつては遺漏が多く、もっと厳密に検討してみれば、ポーの雑文は一〇〇〇点にのぼる可能性もあるのに、これまでその一部を収録しているだけであるし、もっと重大なことに、ポーがほんとうに書いたかどうか怪しい著作も含んでしまっている。件の書評は、ポーの著作の電子テクストを可能なかぎり網羅的に集めているこのウェブサイトから排除されている。マボットの全集編纂の徹底性や、それを引き継いだバートン・ポリンの仕事は、ポー作品群の全体像がいまだに確定されていない状況で格別な意義を帯びてくる。「ポールディング、ドレイトン書評」が、ポー本人の著作であるか疑わしいのにポーの政治的偏向の証拠として扱われたというのも、このような状況の一端を示しているにすぎない。

「ポールディング、ドレイトン書評」がポーの奴隷制擁護や人種差別意識を論じるための根拠になりえないとしたら、ポーの政治性はどのように見直されなければならないであろうか。ピープルズは、「ポーの人種差別意識が南北戦争前のコンテクストではありふれたものに見えてきたので、また、彼が——そう言いだせば、誰にしたところで——どれくらい人種差別者であったかなどということを長々と論じあったりしたら、人種をめぐるもっと大きくて重要な諸問題をぼかすことにしかならないので、近年の批評家たちは、議論の焦点を、ポーの個人的な人種差別意識からずらして、ポーの著作にあらわれた、また、場合によってはそのなかで脱構築されている、人種をめぐる南北戦争前の時代の諸言説にたいする考察へ移してきた」(100) と述べている。このような焦点の移行は、今日ポーの傾向性一般について考察する場合にも踏襲されるべきであろう。

「メロンタ・タウタ」の著者がポーであることに疑問の余地はないとしても、そこにこめられた政治思想が誰のものであるかという点については、疑問の余地がないどころではない。パンディットの政治思想を受け売りするパンディッタの言葉が、作者の政治思想を代弁していると見るこれまでの議論は、「ポーの著作のなかで脱構築されている南北戦争前の時代の諸言説」に照らして修正されなければなるまい。パンディット＝パンディッタがボストン・ブラーミンを諷刺するパロディ的形象だとすれば、彼らの政治的発言によってポーの政治信条がストレートに代弁されていると見なせるはずもない。むしろ、南北戦争前の米国社会で「自由平等」とか、「共和制」、「民主主義」、「選挙」とか、良識に裏打ちされたみたいに見える言辞を弄するエリートたちにたいするアイロニーこそ、注目されるべきではないか。

エリートがスノッブであるかぎり、民意を奉っている装いの裏に民衆蔑視ないし大衆恐怖がわだかまっている。エリートにとって「個人」とはエリート自身のことであって、大多数の民衆は「個人」と無縁の集団でしかない。衆愚政治やモブ支配の無秩序こそ、ボストン・ブラーミンがもっとも恐れたものであろう。それを踏まえれば、パンディット＝パンディッタの非民主的、反革命的な言葉も、アメリカ革命指導者の後裔たることを誇っているボストン・ブラーミンが言いそうもないように見えて、腹を探ればそれがじつはホンネなのであろうと暴こうとしたポーの狙いにしたがい、未来になったら彼らがあっけらかんと口にしそうな言いぐさに仕立てられていると見ることができる。

この見方からすれば、パンディッタはハンス・プファールと似たようなことを言っているみたいだが、じつは異なる。ハンスが革命騒ぎを憎むのは、そのために自分が破産に追い込まれ、借金取りに追いまわされて、行き場を失ったことからくるルサンチマンからきており、民衆を見下すパンディッタの夜郎自大な独りよがりとしての衆愚蔑視からはかけ離れている。ハンスは、「わたしは、自分の生命を絶つのにもっとも便利な方法について考えることに何時間も費やしました」(391)と、自殺願望を述べる一方で、「こいつら三人［の債鬼］にたいして、いつかこの手をかけることができたあかつきには、痛烈きわまる復讐を加えてやると心に誓いました」(391)とも言い、また、軽気球で月世界まで旅をすることに科学的探究心を燃やし、世界の真理を究めようとするファウスト的欲望も旺盛に示して「比類なき冒険」に乗りだしたとしているときの動機には、たがいに矛盾するようないくつもの要素が見られる。そしてまんまと債権者三人を爆殺することによって怨みを晴らし、また、その爆発を利用して、狂気《ルーナシー》の別名でもある月世界《ルーナ》への飛翔を遂げることによって、この世から姿を消すという目的もみごとに果たす。

物語を駆動する中心人物の行動の動機に関して、ハンスは、ハーマン・メルヴィルの『モービー・ディック』に登場するイシュメールにお手本を示している。イシュメールも、「憂鬱に押しつぶされそうになると、わたしはわざわざ街へ出かけていって道行く人びとの帽子をつぎつぎにはたき落としてやりたくなる。それを抑えるには強靱な克己心が必要となるので、そんなときはいつも、なるべくさっさと船員として海に出かけるのが最良だと考える。それがわたしにとってピストルと弾丸の代わりになるのである」(17)と述べ、捕鯨船乗組員になる動機としてやはり自殺願望と復讐心をあげている。イシュメールもハンスと同様、世間を呪詛していることが明らかである。また、船員生活は博物学的探究心をそそり、世界の本質について哲学的瞑想にふける好機であるとも語っている。つまり、イシュメールもハンスも、海へ冒険に出かける動機として、たがいに矛盾するような複数の要素をあげているのである。

『モービー・ディック』には、「ハンス・プファール」との類似どころではないポーのエコーと思われる部分が少なくない。「わたしの名前はイシュメールとでもしておこう」(17)という、第一章冒頭の有名な一文にしても、「わたしの名前はアーサー・ゴードン・ピム」(57)という『アーサー・ゴードン・ピムの物語』（*The Narrative of Authur Gordon Pym* 1837）の出だしに倣い、「わたしのことはさしあたりウィリアム・ウィルソンという名にしておこう」（426）で始まる「ウィリアム・ウィルソン」の反復だし、モービー・ディックの白さは言うにおよばず、ラップランドの雪景色を「途方もない白い経帷子」（212）などと形容するのは、『アーサー・ゴードン・ピムの物語』最後にあらわれる白い巨影の反響であろう。その他にも、『モービー・ディック』を読んでいると、ポーその人の幻影と見える謎の登場人物バルキントンといい、壜のなかの手記を棺のなかのイシュメールにすり替えて、他に目撃証言がありえないできごとを伝える仕組みといい、ポーの短篇「メエルストレムのなかへの落下」（"A Descent into the Maelström" 1841）さながらの大渦が物語の結末にあらわれることといい、ポー作品へのひそかな言及ではないかと思わせる部分に何度も出会う。諧謔や擬古文や異言語をちりばめたバーレスク調にまぶして、シリアスな政治、哲学談義をさりげなく持ち出す、アイロニー芬々たる文体も、程度の差はあれ、似通っている。

『モービー・ディック』には、シェイクスピアからはもちろん古今の関連文献からの借用、引用が衒学的ともいえるほどちりばめられているのに、ポーへの言及がまったくないのは不自然なくらいで、メルヴィルはポーになんらかの負い目があることを周到に隠しているとも見られる。メルヴィルがポーから想を借りたとまで言えば、「証拠はあるのか」と反発を食らいそうだけれども、この問題については、ランボーの『酔いどれ船』が『アーサー・ゴードン・ピム』に触発されたかどうかという問題とならべてパトリック・クインが論じた、つぎのような見方が妥当といえよう。

そういう証拠が欠けている以上、メルヴィルはポーのおかげをこうむっていると声高に主張しようとしても、うんざりするような面倒に巻き込まれるのがオチであろう。ただ、これだけは明白である。すなわち、メルヴィルが『アーサー・ゴードン・ピム』の本質的な部分についてじっくり真剣に考察しなかったとしたら、この作品と『モービー・ディック』とのあいだに存する類似点は、文学におけるもっとも奇怪な偶然の一致として説明するほかなくなるであろう。(214)

ハンスやピムとイシュメールとの類似に思いを致せば、すくなくとも、ポーとメルヴィルが共通する心情にとりつかれており、これらの登場人物にそれぞれの作者がなんらかの自己投影をしているのではないかと言いたくなるではないか。

イシュメールは、「王侯の地位やきらびやかな衣裳に支えられた威厳とはちがう」、「つるはしをふるい、釘を打つ「労働者たちの」腕に輝く」「あの民主的な威厳」(130-31)を謳いあげ、「タウンホー号の物語」のなかで、反乱を起こした船員たちに敬意を払い、「海のパリジャン」(269)と呼んでパリの革命的群衆になぞらえたりするのに、エイハブの独裁者ぶりを「甲板上の帝王、海の王様、巨大海獣を治める主君」(143)に譬えながら、いつしか「わたしの心のなかに、狂おしく神秘的な共感が住みつき、エイハブの尽きせぬ怨みはわたし自身のものみたいに思えてきた」(193-4)と告白して、エイハブに一体化していく。イシュメールの民主主義賛美は、自殺や復讐にとりつかれる原因になったと思われる孤独や挫折を引き金にして、独裁への畏敬に反転しているのではないか。イシュメールのこのような反民主主義は、ルサンチマンに駆られている点でハンスを継承しているけれども、パンディッタのご満悦からは遠い。

アメリカ革命後の米国支配層は、フランス革命やハイチ革命において民衆の政治的影響力が増大してきたのを見て警戒心を高め、革命の大義を掲げ続けながらも革命から後退していった。いや、米国支配層の二面性はアメリカ革命以前からのもので、ハワード・ジンは『合衆国人民の歴史』で、革命的言辞を弄する一方で民衆の反乱を抑えつけようとするそのやり方を現代におよぶまでたどっているが、アメリカ革命時のやり口については、つぎのように述べている。

そういう上流階級は、支配を維持するために、自分たちの富や権力を損なわないかぎりで中流階級に譲歩し、奴隷やインディアンや貧乏白人を切り捨てなければならなかった。この譲歩によって忠誠を買い取ったのである。そして物質的な利点よりももっと強力な餌でこの忠誠心をつなぎとめておくために、支配層は、一七六〇年代、一七七〇年代に、すばらしく有効な仕掛けを見つけだした。その仕掛けとは、自由、平等を称える美辞麗句であり、このおかげで、奴隷制や不平等を終わらせなくても、英国にたいする革命をたたかうのにはちょうどよいくらいの白人たちの団結を築くことができたのである。(58)

アメリカ革命後、南北戦争の前夜、権力闘争のなかで南部プランター層を徐々に凌いでいき、まもなく米国における支配権を独占することになるボストン・ブラーミンのスノッブ性は、そのような歴史的変動を背景にして助長されていった。良識あるリベラルの体裁の陰には、カーライルの英雄崇拝やニーチェの超人思想が見え隠れしている。コーネル・ウェストは、エマソンが日記のなかでは民衆にたいする蔑視や嫌悪をあからさまにしていたことに着目し、「「畜群」について――彼の崇拝者になったニーチェにも似たエリート主義むきだしで——書いている」(24)と指摘している。

ポーは、「メロンタ・タウタ」が書かれた年にマルクス、エンゲルスが『共産党宣言』を発表したことも知らぬながらに、ヨーロッパ各地で起きた激しい革命(また、じつは米国内各地でも生じていた激動)を横目で見つつ、エリートたちの民主的美辞麗句の奥に潜む権力志向を嗅ぎつけ、この志向が首尾よく貫かれた場合に到来するかもしれない恐るべき未来を、笑いにまぎらせながら描きだしてみせたのではないか。

支配層がたてまえとはうらはらに、心底では寡頭政治や専制政治の実現を願っているというテーマは、二〇世紀に入るとジャック・ロンドンの未来小説『鉄の踵』にあらわされた。『鉄の踵』では、二〇世紀にエイヴィス・エヴァハードが書き残した手記を、二七世紀にアンソニー・メレディスが発表したということになっている。したがって、二九世紀にパンディッタの書いた手記が一九世紀にポーによって発見され、マーティン・ヴァン・ビューレン・メイヴィスによる翻訳で読者に届けられるという、「メロンタ・タウタ」におけるようなテクスト内部でのタイムスリップではないにしても、『鉄の踵』もやはり、二七世紀に発表されたものを現代の読者が読むとなれば、テクストと読者のあいだでタイムスリップを生じさせることになる。タイムスリップないしタイムワープを仕掛けとして有する小説となれば、マーク・トウェインの『アーサー王宮廷のコネティカット・ヤンキー』とか、エドワード・ベラミーの『顧みれば』などがすぐ思い浮かぶが、いずれも社会変革が主題になっている。とはいえ、「メロンタ・タウタ」にうかがえる心情に近いのは、『鉄の踵』ではないだろうか。

「メロンタ・タウタ」も『鉄の踵』も読者に届いた手記の形をとっているが、手記の筆者はいずれも女性であるし、それぞれパンディットとアーネスト・エヴァハードという、筆者たちが傾倒する男性の政治思想を伝えようとしている。いずれにおいても一九世紀ないし二〇世紀という遠い過去に、一方ではモブによる独裁、他方では弾圧テロ集団「鉄の踵」(この名もポーの「アモンティリャード」における モントレゾール家の紋章にあらわされた黄金の踵からの借用か)を擁する「オリガーク」による独裁専制政治が出現したことになっている。パンディッタのスノッブぶりにたいして浴びせる意地の悪い笑いにこめられた、「メロンタ・タウタ」の底にうかがえる憎悪は、アーネストが金持ちやインテリを面罵する雄弁の過激さに引き継がれている。独裁の暗黒時代が終わって何世紀も経ったのちの未来社会で、その政治体制がどのようなものなのかはっきりしないながらに、メレディスとパンディッタがその現状に満足して得々と生きていると設定されていることも含め、「メロンタ・タウタ」と『鉄の踵』の類似点は少なくない。

「ロンドンが「世間に反抗して野望に燃える」ポーを擁護賞賛している」(190)ことに着目し、ロンドンとポーのつながりを追究しているジョナサン・アウアーバックも、この点については触れていないが、『鉄の踵』の構想は「メロンタ・タウタ」に触発されたと見ることもできよう。『鉄の踵』はファシズムの到来を予言、警告したなどと讃えられたりするが、そんな功績なら「メロンタ・タウタ」によってとっくに先取りされていた。そうであれば、「メロンタ・タウタ」の政治思想は、革命や社会主義に強い関心を示したロンドンの政治思想に通じているのかもしれない。

ポーと革命の関係と言えば、作家の祖父デーヴィッド・ポーに触れないわけにいかない。祖父はアメリカ革命軍の少佐だった人物で、軍功が評価されたためだろうが、革命後も「将軍」の綽名をいただいていた。米国独立の英雄となったフランス人ラファイエット侯爵が国賓として一八二四年に米国に来訪のおりは、わざわざ戦友デーヴィッド・ポーの墓に参るためにボルティモアまできて、ポー家の面目をおおいに施してくれた。アイルランド生まれで、七、八歳ごろ家族とともに米国に移民してきたらしいこの祖父は、アーサー・ホブソン・クインによるポー伝をはじめとしてたいていのポー伝記で言及されているが、彼が革命軍の愛国者になった背景にイングランドへの反感があったかどうかはつまびらかでない。しかし、レイ・ラファエルの『人民の歴史——アメリカ革命』には、革命派の指導者層が民衆の暴発を抑えようと苦心した経緯について述べるくだりにつけられた、つぎのような興味深い注がある。「一七七六年ボルティモアで、アイルランドからの移民デーヴィッド・ポーが「下層階級の先頭に立ったらしく」、怒れる群衆を率いたが、ホイッグ・クラブ会長をつとめる商人にして船主であるジェイムズ・ニコルソンによって抑え込まれた」(406)。ここにあらわれるデーヴィッド・ポーとはエドガーの祖父であるとは一言も述べられていないのだが、そうである可能性が高いのではないだろうか。作家ポーには祖父から受け継いだ血が騒ぎ、時代が降ってもやはりホイッグなどと呼ばれるような上層から諫められることになった、などと想像してみるのも悪くない。

ポーが米国政治に批判的だったというのは、彼の作家生活を考えてみれば、そう突飛なことでもない。形成されつつあった文学市場でたずきを見出さざるをえなかったポーは、南部出身とみなされて孤立しがちだっただけでなく、雑誌編集者あるいはフリーランサーとして不安定な生活を余儀なくされてもいたから、ボストン・ブラーミンが主導権を握る北部社会の政治や文化を冷ややかに見つめていたのではないだろうか。文学市場をかなり世渡り上手に泳ぎながらも、資本主義原理に急激に染まりつつあったこの市場にたいする反感を強めてもいった。ジンの『合衆国人民の歴史』

第一〇章「もうひとつの南北戦争」には、ポーが作家活動をした一八三〇年代から南北戦争前までの米国が、一般の歴史書には言及されていないような小作人の蜂起や普通選挙権要求運動や労働者のストライキや騒擾などの頻発により、同時代のフランスにも引けをとらないほどの活発な階級闘争にもまれ、内戦ともいえる状態にあったと描き出されている。

ポーは、この時代にもっとも激しい大衆行動が何度も見られたボルティモア、フィラデルフィア、ニューヨークで暮らし、ボヘミアンたちのたまり場に出入りしながら、文学と政論とが後世ほど分化していない言論出版界のジャーナリストや編集者とつきあっていた。ポーが死期の迫った妻を抱えながら編集者の職にあぶれ、窮乏のどん底に落ちたとき、一部の文筆家たちが見かねてポー救援のための募金を呼びかけたのも、そんなつきあいの誼であった。そういう仲間のなかには、教育も受けられない貧しい家庭の出身ながら文筆家になり、批評や小説においてポーの先駆でありつつ女権論擁護者でもあったジョン・ニール、『ニューヨーク・トリビューン』主筆としてマルクスやエンゲルスを通信員として用いたホレス・グリーリー、ラディカルなベストセラー小説家にして労働運動草創期の指導者ジョージ・リッパードなど、当時の米国で物書きとしては主流からはずれていた連中も含まれていた。彼らがボストン・ブラーミンとは異質なラディカルだったことに疑いはない。そういう連中こそポーがもっとも評価したり、信頼したりした相手であり、また、ポーを敬重し、経済的にも援助してくれた友人であった。だから、政治的見解においてそういう人びとの影響を受けたとしても不思議ではないのだが、彼らがアメリカ文学の主潮からは遠く離れているせいか、ポーと彼らの関係が論及されることはめったにない。

ポーの政治的見解をこのように解釈してみせたりすれば、これまでのポー像を真っ向から否定し、まるでポーが政治的ラディカルであったと言っているみたいに聞こえるかもしれないが、私は何もそういうことを主張するつもりではない。ラディカルな政治行動をしたり政治的発言をしたりしなくても、作家は、心のなかのわだかまりや釈然としない思いを表現したら、復讐と革命が隣り合わせになり、時の支配層にたいする痛烈な批判を書いてしまうということもあるのではないか、そう思うだけである。

ポー最後の復讐

僕はなぜ小説を書くのだらう。新進作家としての栄光がほしいのか。もしくは金がほしいのか。芝居気を抜きにして答へろ。どつちもほしいと。ああ、僕はまだしらじらしい嘘を吐いている。このやうな嘘には、ひとはうつかりひつかかる。嘘のうちでも卑劣な嘘だ。僕はなぜ小説を書くのだらう。困つたことを言ひだしたものだ。仕方がない。思はせぶりみたいでいやではあるが、假に一言こたへて置かう。「復讐」。

太宰治「道化の華」

ポーは幾篇もの短篇小説のなかで、復讐を陰に陽にくりかえし表現した。しかし、誰が誰に何の復讐をしているのか、復讐について誰が語っているのか、ポーはなぜこれほど復讐にとりつかれるのか――そういうことが必ずしもはっきりしていないのではないか。本稿では、復讐のテーマがだんだんあからさまになってくるポー最晩年の作品のなかから、主に「一樽のアモンティリャード酒」("The Cask of Amontillado" 1846、以下「アモンティリャード」と略記）と、「ホップフロッグ」("Hop-Frog" 1849）を取りあげて、ポーの復讐とは何だったのかということについて考察してみたい。

ポーの短篇にあらわれる復讐ということについて私は、「盗まれた手紙」のなかで盗まれた手紙が人目にさらされることによってかえってうまく捜査の目を逃れたのと同様に、作品の最後に剰余まがいではあれ明言されているのに多くの読者から見落とされてきた、デュパンによる復讐の完遂こそが、あの作品で作者のもっとも語りたかった主題であると論じた。しかし、復讐が目立たぬながらに物語の重要な要素になっている作品は、「盗まれた手紙」に限られない。「リジイア」、「ベレニス」などのいわゆる美女の死を扱う系列の作品にしても、死せる女性が生き残った恋人のもとに甦って復讐を遂げる物語であるといえるし、「アッシャー家の崩壊」も、マデラインが兄ロデリック・アッシャーに復讐した話であり、「黒猫」では、主人公がネコないしネコにすり替わった妻に復讐され、「ウィリアム・ウィルソン」は分身に復讐され、「赤死病の仮面舞踏会」("The Masque of the Red Death" 1842)では、閉め出されたはずの赤死病がプロスペロに復讐し……いや、きりがない。

前期ポーにおいては、復讐があからさまに語られているわけではないにしても、にもかかわらずその恐怖物語の多くは、けっきょく復讐について語っていると見なしうる。ただし、これらの物語は、復讐される者が復讐を受けるときの恐怖に読者の目を釘付けにする趣向になっている。そして物語の語り手は、復讐を受ける当の本人である場合が多い。そうであるからこそ、その恐怖が痛切に、なまなましい表現で語られうると考えられる。しかし、復讐を受ける当人にとって、復讐を受けなければならない理由は定かでないし、納得できるわけでもない。したがって、その語り手はいわゆる「信頼できない語り手」になるほかない。そこに、D・H・ロレンスの『古典アメリカ文学研究』に示された洞察が再確認される。ロレンスはたとえばつぎのように論じている。

芸術家はたいてい教訓を指し示して、物語に体裁をつけようとする——あるいはかつてはそうしたものであった。真っ向から相反する二つの教訓、つまり芸術家の示す教訓と、物語の示す教訓があらわれる。芸術家を信用してはいけない。物語を信用せよ。批評家の本来の役割は、物語をその作者である芸術家から救い出すことにある。(2)

ロレンスはここで「芸術家」といっているが、作者と語り手の区別に厳格になった現代の理論を踏まえれば、ポーの作品に関しては「芸術家」を語り手ととらえ返してもよさそうである。となれば、ロレンスの勧告は、「語り手を信用してはいけない。物語を信用せよ」と読み換えられることになる。

「信頼できない語り手」の言葉をかいくぐって物語の真実をつかんでみせる読み方は、たとえばジョーン・ダヤンによるポー読解に見いだせる。「ポーの描く女性たち——ポーはフェミニスト?」という、思いがけぬタイトルの論文でダヤンは、そういう読解の勘所をつぎのように言いきる。

ポーのもっともグロテスクな物語は、「この上なく純粋な観念性」を謳う彼の詩篇と同様に、(恋に燃える男性の思い込みとしてであろうと、恋の対象たる女性の資質としてであろうと)いつも昂揚している洗練された女性性などというものが「ありえないもの」である、ということを描き出している。その過程でポーは、動揺やよろめき(中略)を呈し、社会に通用しているステレオタイプを一見信奉しているようでありながら、結局はそれを転覆させるにいたる。

(2)

ダヤンは、語り手の言葉を真に受ければ（語り手自身にはその意識はないとしても）女性差別思想や黒人差別思想の上にあぐらをかき、それらを強化しているだけのように見える物語そのもののなかに、むしろそれら差別思想に対する転覆が（語り手自身がそのことで思想的啓蒙を受けないにしても）描き込まれていると論じてみせた。

このような読み方によって、別の論文「愛欲の緊縛――ポー、貴婦人、奴隷」では、リジイアが混血黒人女性であると読み解かれ、つぎのような洞察がもたらされる。

奴隷は働いて服従するかぎり糧を得る。それとちょうど同じように、女性は無力で弱き器であるかぎりにおいて慇懃に扱われるに値する。だが、そういう特権を与えられた女性が主人と対等に交渉したり、働きかけてくる男性と親しくしすぎたりすると、男性は、汚らわしい影響力にさらされるのではないかと恐怖を覚えるようになりかねない。幽霊物語に変わりゆく恋愛物語に登場するポーの語り手たちは、はじめのうちこそ恋愛の対象を目にとどめ、理想化し、感動するものの、相手の麗しい外面的イメージのみに陶酔して、その内実には無関心なまま、やがてすっかり夢中になる。あげくのはてに、相手の存在に改変を加えたことに対する応報を免れなくなる。（199）

ダヤンは「応報」について論じることにより、「リジイア」のような作品も、語り手が女性や黒人奴隷に対して、その虚像を想像のなかででっち上げることによって自分の都合のいいように振る舞い、その罰として相手の亡霊につきまとわれる恐怖を嘗めることになるという経緯を語った、一種の復讐物語であると解釈していると言えよう。

晩期ポーになると、復讐がもっとあからさまに語られるようになる。ここで晩期ポーと称する時期は、厳密に画することができるわけではないにしても、ニューヨークで彼が経営していた『ブロードウェイ・ジャーナル』が廃刊となり、編集者としての職を新たに得ることもできなくなった一八四六年以後とする。一八四六年には、一八四二年に喀血して以降結核を悪化させていた妻ヴァージニアのために、ニューヨーク郊外フォーダムに移転するも、ヴァージニアはそのコッテージで死の床につき、翌年一月に死去することになる。作家活動の不如意や生活苦にたえず見舞われていたポーの生涯のなかでも、とりわけ苦しかったにちがいないと思われる、彼の没年までのその後三年間に書かれた作品のなかで、たびたび「復讐」という言葉が明記されるのである。

晩期ポーにおいて復讐があからさまに語られる仕組みは、物語が復讐をする側から語られるということにある。

一八四六年に発表された「アモンティリャード」は、復讐者モントレゾール本人が一人称で語る話である。冒頭から、「わたしはフォルトゥナートから受けた無数の無礼を忍べるかぎりは忍んできたものの、あいつが不敵にも侮辱してくるにおよんで、復讐を心に誓った」(1256)とあり、「復讐」という言葉がまぎれもなくあらわれる。作品冒頭で、旧知のフォルトゥナートにたいする復讐の企てを明確に述べるときに、その動機となった「無数の無礼」や「侮辱」とはいかなるものであったのか、まったく明確ではないけれども、モントレゾールが周到に機会をうかがい、用意を調えて、たくみに相手をおびき出し、自邸の地下納骨堂兼酒蔵へ連れ込んで、生きたまま壁のなかに塗り込めてしまうことでまんまと復讐を遂げる経過は、いかにも当事者だからこそと思わせる迫力を帯びた語り口で語られる。

ポーが謎の死を遂げた一八四九年に発表された「ホップフロッグ」でも、作品最後の一文に「トリペッタは大広間の屋根の上に待機し、火炎の力に訴えた友による復讐の共犯者の役を果たしたのであり、二人はともに手を携えて首尾よく故国へ逃げ去ったと考えられる。その後、両者は二度と姿を見せなくなったからだ」（1354）とあって、「復讐」という言葉が明示的にあらわれる。「ホップフロッグ」の語り手は、復讐する側であるホップフロッグやトリペッタでもなく、復讐される王や大臣たちでもなく、第三者の目撃者である。この語り手についてポール・クリスチャン・ジョーンズは、語り手が王を「**われらが王**」（1345）と呼んで、しかも「われらが」という語が強調のイタリック体で表記されていることから、復讐する側よりも復讐される側に同情すべきであると考える立場から物語が語られていると解釈しているが、あまり説得力がない（249）。「われらが」を強調しているのは、その前でヨーロッパ大陸列強の国王について述べているのと対比した言い方にすぎず（「われらが王」という呼び方は次ページ（1346）にもイタリック体でない形であらわれているのに、この箇所をジョーンズは無視している）、むしろこの呼び方は、語り手が王のかなり近いところにいる臣下の一人であるがゆえに仮面舞踏会にも立ち会い、件の復讐を目撃することができたことをあらわしていると考えられる。のみならず、この語り手は王の側近であるにもかかわらず、王や大臣たちを客観的に観察しており、その残酷さや愚行が復讐を受けるのもいわば当然の成り行きであると見なしているかのように、冷静な語り口でいきさつを伝える。したがって、物語は復讐する側に対して少なくとも公平であり、やや同情的とさえも受け取れるので、復讐する側に有利な証人であり、その代弁者でさえあると考えられる。

とはいえ、「アモンティリャード」や「ホップフロッグ」の語り手が、それまでのポー作品の語り手に比べて特異であるというほどのことはなく、ひとひねり加わった程度のことかもしれない。なぜならば、たとえば「リジイア」の語り手にしても、そこは語りから省略されているにしても、じつは語り手がなにかの復讐のためにリジイアを殺したわけではないとも限らず、そうなると、この物語もやはり復讐する側から語られていることになるからである。「黒猫」の語り手にしても、ネコや妻を殺害したのは復讐だったかもしれず、そうなると、この物語もやはり復讐する側から語られていることになる。また、「アッシャー家の崩壊」の語り手は、そこで演ぜられる復讐劇のなかで、復讐する側（ロデリック・アッシャーの場合は妹に復讐したとして）の近くにいた第三者であるという点で、「ホップフロッグ」の語り手と同様な位置を占めている。しかし、以前のいずれの物語も表向きは、最初の復讐をやってのけた語り手たちが復讐される側にまわった段階における恐怖を主眼としていることに間違いなく、語り手たちの側が復讐に従事する過程は、のちの作品におけるほど綿密に語られてはいない。ここでは、その程度の差に注目しておきたい。

さて、「アモンティリャード」においては、語り手モントレゾールが何を怨んで復讐に乗りだしたのであろうか。この点は先にも述べたように、冒頭で明らかにしているように見えて、じつははっきり語られていない。そこでさまざまな解釈が提起されてきた。グレアム・セントジョン・ストットによれば、これはカルヴィニストがカトリックに復讐を遂げた物語ということになる。モントレゾールという（「わが宝」の意がこめられた）名前は、「天国」を「宝」に譬える「マタイ伝」一三章、四四節にもとづいてイエス・キリストを示唆するのに対して、フォルトゥナートという名前は、カルヴィニズムの予定説に反する「運」を意味するがゆえにカトリック的であると解される。『ユリイカ』を書くようなポーがピューリタンのファンダメンタリストであるとは考えにくいし、神や天使や悪魔にはさんざん言及してもイエス・キリストに触れることはないポーがここだけは通例に反していると言える理由も不明だが、この短篇では、幸運に恵まれて慢心するカトリック教徒フォルトゥナートに、ピューリタン、モントレゾールを通じて神の怒りの鉄槌がくだされたと、スチュアート・シルヴァーマンによれば、フォルトゥナートはポーの養父ジョン・アランに見立てられ、ポーはこの物語を通じて自分のいろいろな敵、とりわけ養父に復讐したと解釈される（316-17）。また、スチュアート、スーザン・レヴィンはこの物語を「反貴族物語群」に分類し、民衆の反貴族主義に迎合したか、あるいはポー自身の反貴族主義を表現した作品であると見なしている（455）。パトリック・ホワイトは、この作品が、貴族の家系の名誉を守る者は国家を守る愛国主義者に似て冷酷な復讐を平然とやってのけることをあらわしており、そこには、ポーが文壇の敵にたいする復讐を密かに果たそうとしていることからくる仮借のなさが見られると論じている。ウォルター・ステップはこの作品に「ウィリアム・ウィルソン」と同様のドッペルゲンガーを見出し、道徳寓話としてのアレゴリー解釈をしてみせるが、そのなかでモントレゾールが「勝ち誇っている」（453）という結論をくだす。これらの論者たちはいずれも、この作品では復讐が完璧に成功していると受けとめている。

だが、ここにおける復讐はほんとうは成功していないというほうが、作品の全体をとらえているのではないかと思われる。モントレゾールはフォルトゥナートを生き埋めにする過程で、「ほんの一瞬わたしはためらいを覚え、体が震えた」(1262)とか、「だがそのとき、壁龕から低い笑い声が聞こえてきて、わたしは髪の毛の逆立つような恐怖を覚えた」(1263)とか述べ、行為の最後に「わたしは胸くそが悪くなった」と言いながら、「そうなったのはカタコンベの湿気のせいだ」(1263)と言いまぎらす。そのうえ結末には、「それ以来半世紀間、［フォルトゥナートを塗り込めた壁に］手をかけた者は一人もいない」(1263)という言葉があって、この出来事は五〇年も昔に起きたと知らされれば、この物語が、おそらく七、八〇歳に達した語り手の臨終の床における告解のドラマであると見えてくる。モントレゾールは物語の途中で、自らの復讐行為を心ゆくまで楽しんだというにはそぐわない恐怖や戦慄を覚えたことに何度かさりげなく触れながら、結末でようやく、語っている現在の状況を急に明らかにすることによって、読者の虚を突く。

モントレゾール家の紋章とモットーをめぐる話も、字面をなぞるだけでは見えてこない、復讐の企てへの言及を潜めている。「紺碧の地に巨大な人の黄金の足。その足が鎌首をもたげた大蛇を踏みつぶしており、大蛇の牙がかかとに食い込んでいる」(1259)と説明される紋章において、モントレゾールが「足」にあたるのか「蛇」にあたるのかはっきりしないが、いずれにしても一方的な優勝劣敗ではすまないことを示唆している。「蛇」はキリスト教の伝統においては悪魔を意味するが、アメリカ革命の文脈ではアメリカを意味し、独立革命軍の軍旗にはガラガラヘビが紋章に用いられて、その下に「私を踏むな」というモットーが添えられていたことを思えば、悪魔どころか正義の戦士という意味合いを帯びうる。モントレゾール家のラテン語のモットー「何人モ我ヲ襲イテ害受ケザルハナシ」(1260)は、独立革命軍旗のモットーに通じ、モントレゾールの報復の決意をあらわしているようにも見えるが、そうだとすれば、これに応じてフォルトゥナートが「よし！」(1260)

と答えるのは、知らぬが仏、蛇を怖じずの類であろう。

作品末尾のやはりラテン語の言葉「彼ノ安ラカニ眠ランコトヲ」(1263)は、モントレゾールの願いに発するフォルトゥナートのための祈りであると受け取れそうでいて、「彼」がモントレゾールを意味する可能性もないわけではない。その場合この一文は、モントレゾールを三人称であらわすト書きのようなものとなり、その結果、ト書きが最後に突然あらわれるために、物語全体が一挙にドラマ仕立てに見えてくる。

このように見てくると、はじめはモントレゾールが「勝ち誇って」語る復讐成功譚と見えていた話が、じつは、復讐を遂げたつもりがかえって復讐されたようなもので、良心の呵責に五〇年間苦しめられたと告白するモントレゾールの一人芝居であると最後に暴露される仕掛けによって、復讐する側から語られているとした最初の見立てが修正され、むしろ復讐される側から語られていると見えてくるので、前期ポーの復讐物語とあまり変わらなくなる。モントレゾールは、当初の心づもりとして、「わたしはあいつを罰するだけでなく、報復も受けずに罰してやらねばならない」(1256)と冒頭で語っていた目標の達成に失敗しているし、フォルトゥナートがどういうわけで生き埋めにされるのか理解できないままに殺されていった以上、「復讐する者は、自分こそが報復してやったぞと仇にうまく思い知らせなければ、やはり恨みを晴らすことにならない」(1256)と語っていたもくろみも果たせぬままに終わったことになる。いずれにしてもモントレゾールは、復讐に成功してほくそ笑んでいるどころか、その後一生良心の呵責にさいなまれるというしっぺ返しを食らったという意味でも、何の怨みで復讐するのか相手に痛感させそこねたという意味でも、失敗を通り越し、返り討ちにあったに等しいといわざるをえない。

秘匿された意味をアイロニカルに明らかにするこのような効果は、この話がモントレゾールの一人芝居であるという仕組みを、最後の一文によって突如明らかにする作品構造から生じている。この短篇は、モントレゾールの長台詞をト書きなしに綴った戯曲にほぼ等しく、芝居の舞台内部の世界に引き込まれていた読者は、結末にいたって舞台の存在に気づかされて、劇中の人物と観客との認識上のギャップから生じるドラマティック・アイロニーに近い効果を味わうことになる。アイロニーは、知と無知を区切るフレーミングの転換によって生じるから、作品の最後で舞台が舞台として見えるようにいわばカメラを引いて、それまで舞台内に限っていたフレームを広げ、状況全体を知らせたようなものである。

ただし、ドラマティック・アイロニーはふつう、劇中人物の無知と観客側の知とのギャップによって成り立つのに対して、この物語は、芝居を見ているということすら気づかなかった無知な観客が、結末にいたってはじめて真相を悟るときの驚きによって成り立つアイロニーなので、裏返しのドラマティック・アイロニーというべきかもしれない。

「アモンティリャード」におけるどんでん返しの構造をもっとも明晰に解明したのは、G・R・トンプソンである。トンプソンはアイロニーの観点からポーを論じ続け、今日のポー研究における重鎮の一人になった学者であるが、作品の冒頭にあらわれる「わたし［モントレゾール］の魂がいかなるものかをよくご存じのあなた」(1256)とは、不特定多数の読者などではありえず、モントレゾールが秘密の告白をする相手として「言外に想定された聞き手」(415, n2)を意味していると喝破する注を、トンプソン編集のノートン版『ポー著作選集』でつけているのも、この作品に潜むアイロニーを見透した見識の所産である。舞台の上には、かつて犯した殺人を告白するモントレゾールのみならず、その告白に耳を傾けるだけで台詞をひとつも与えられていないもう一人の登場人物がいるとされるのである。

モントレゾールのほうがかえって復讐されたという解釈は、トンプソンとはやや異なるアプローチからではあれ、ダニエル・ホフマンによっても提起されている。彼によれば、フォルトゥナートはモントレゾールのイドにあたる分身であり、復讐は復讐者へはねかえってこざるをえないと解される (221)。しかし、この作品について先に見たような批評が近年におよんでもあらわれていることからうかがえるように、トンプソンらの解釈が、「アモンティィリャード」考察にとって決定的な読み方として広く受け入れられているとは思えない。

それにしても、「アモンティィリャード」における復讐の原因に関する真相ははっきりしない。私はそれを、「アモンティィリャード」に一年先だって発表された「盗まれた手紙」の延長線上で、スノッブへの復讐であるととらえたい。ポーはスノッブ批判をデュパン三部作で密かに書いているだけでなく、「ブラックウッド風の作品の書き方」でサイキー・ゼノビアを「スーキー・スノッブズ」(336) と呼んで諷刺したり、「シンガム・ボッブ閣下の文学的生涯」で「スノッブ」という言葉を連発したりしていることからもわかるように、スノッビズムを一種のネメシスと見なしていた。スノッブを嫌悪するポーは、自己分裂を抱えながら内面の葛藤に呻吟していた。「アモンティィリャード」におけるスノッブとはもちろん、「銘酒鑑定」の能力を自慢してうぬぼれるのみならず、「絵画や宝飾」の分野でも「知ったかぶりする通」(1257) たるフォルトゥナートである。

フォルトゥナートのスノッブぶりがさらに明確にあらわれるのは、フリーメーソンであることを鼻にかけるときである。フォルトゥナートはモントレゾールにたいして、わけのわからない身振りをして見せ、それが通じないとなると「きみはメーソンじゃないんだな」(1260)と言って、あからさまに蔑む。秘密結社フリーメーソンリーには、メンバー同士にだけ通じる合図の身振りがあって、これを解さないモントレゾールはメンバーでないと知れるが、そのことで小馬鹿にされて、これまでの「無数の無礼」や「侮辱」に加えてまたひとつあらたな恨みの種を与えられたことになるのである。

モントレゾールは、失地挽回をしようとしてか、左官用の鏝を取り出す。メーソンの本来の意味である石工の道具を見せることによって、自分もメーソンであると言わぬばかりであるが、フリーメーソンはもはや石工とは関係のない金持ちや有力者たちの秘密結社だから、鏝などを見せてもメーソンである証拠にはならない。フォルトゥナートは鏝を見て、それでやがて自分が壁のなかに塗り込められることになることも知らず、「ふざけたことをするね」(1260)と一蹴する。このやりとりのなかでフォルトゥナートは、上流階級の秘密結社員に特有のスノビッシュな、わざとらしい韜晦と見せびらかしをあらわにしている。

フォルトゥナートにモントレゾールが復讐するという表の物語にはスノッブ憎悪のテーマがこめられているとしても、そのためにかえって復讐されるという裏の物語は何をあらわしているのか。人は何かに復讐してやりたいと欲すれば欲するほど、自分も復讐されるのではないかという恐怖におののかざるをえない。しかし、ここで描き出されているのはそういうありきたりな状況だけではない。スノッブ批判というのは厄介なもので、あまり批判にかまけると自らがスノッブに転移してしまい、スノッブの心のなかに隠蔽されている自己憎悪を露呈してしまうことになるし、さもなければピューリタン的なリゴリズムに堕する。スノッブを憎んで復讐すれば、かえって窮地に追い込まれる危険性がある。したがって「アモンティリャード」の裏の物語は、スノッブに対する復讐が逆ねじを食らう結果に終わるという事態のアレゴリーであると見なしうる。だから、フォルトゥナートがモントレゾールの分身であるとか、モントレゾールのカルヴィニズムとか、反貴族主義とか、イドの抑圧とか、さまざまな論者たちが提起してきた解釈も部分的に首肯できるし、アイロニーを介することによって、スノッブに対する復讐という読みにそれらを取り込むことができる。

「ホップフロッグ」には復讐の成否についてなんら曖昧さがない。道化の侏儒ホップフロッグは、自分や同胞の小人症の美女トリペッタをさんざん愚弄した王と大臣たちにみごとに復讐した。この表の物語の裏に何かアレゴリーが秘められているのであろうか。

トマス・オリーヴ・マボットはこの物語を評価しつつも、「「ホップフロッグ」では動機があまりにもむき出しにされている。読者はこの殺人鬼のようなこびとに同情するように期待されているが、ここでの復讐は残酷すぎて詩的正義にもとる」(1343)と述べて、やや敬遠している様子である。「詩的正義」に欠けるというのが敬遠の理由らしい。実際この作品を扱う論者は今日まであまり多くない。しかし、ここにはほんとうに「詩的正義」がないであろうか。「どこか野蛮な地域」の「ふるさとから力ずくで連れてこられ」(1346)、奴隷同然になぶり者にされてきたホップフロッグやトリペッタが、そんな没義道にふけった王や大臣たちにあれくらいの復讐をしても、それは貸借をつり合わせる当然の仕儀であり、いい気味だとさえ言ってもかまわないのではないか。

だが、そういう見方が現代の批評家たちによってさえ容易に受け入れられないのは、ダヤンがずばりと指摘するように、この物語が「奴隷制という国家的罪に対してポーが思い描いた復讐」(197)であると解釈されるからららしい。ホップフロッグはふだんカエルのように這いつくばって進まなければならないほど歩行不自由なのに、復讐の場面では「サルのような敏捷性を発揮して」(1353)王の頭上に跳び上がり、天井からさがる鎖をスルスルとよじのぼっていくのだが、彼が黒人奴隷であるとは一言も書かれていなくても、周知のとおり黒人がたえず類人猿に譬えられていたことを思えば、ここに黒人奴隷の復讐を読み込んでも確かに少しもおかしくない。王や大臣たちは、ホップフロッグの発案で仮面舞踏会のためにオランウータンに扮したまま、リンチで殺されていった大勢の黒人たちと同様な格好で鎖につながれてつるされたあげく、火をつけられてたちまち「悪臭紛々たる、真っ黒焦げの、醜怪な、見分けもつかぬ塊」(1354)に変じるから、黒人奴隷による復讐としては、黒人たちが受けた仕打ちをそっくり相手に見舞うという意味で理想的な首尾を遂げたわけである。

しかし、こんな読み方は、当時の南部奴隷制擁護論者にとってだけでなく、たとえばジョーンズが「八人［王と大臣たち］に対する陰惨な殺人と比べれば、トリペッタが王から直接受けた虐待も、ホップフロッグが堪え忍んだ屈辱も、ものの数に入らなくなる」(252)と論じていることからうかがえるように、今日の一部の読者にも、ホップフロッグの復讐の完璧な成功に共感する残酷な読み方であって、「詩的正義」に欠けた解釈と見なされ、とても受け入れられないようだ。黒人が長い歴史を通じて残忍な抑圧を受けてきたことを批判する良識派も、これにたいする暴力的報復を容認することはできない。暴力への危惧が「ホップフロッグ」解釈に影を落とす。

そこでジョーンズは、この物語に「詩的正義」を求めるどころか、黒人への同情を訴える奴隷制廃止論者のレトリックの危険性を暴き立て、へたに黒人奴隷に同情すれば黒人の凶暴性の餌食になるだけだという警告をこめた恐怖小説であると論じる。なるほど、ホラー小説には「詩的正義」などなくてもかまわないであろう。ともあれ、このように解釈することで、ポーはやはり奴隷制擁護を貫いた南部作家であると再確認されることになる。

ホップフロッグが王たちにオランウータンの仮装を提案するときに、「すばらしい趣向を思いつきました――わたしの郷里でおこなわれる馬鹿騒ぎの遊びの一種なんですが」(1349)と言うのは、米国南部で人びとがよく興じるタール・アンド・フェザーか黒人リンチを暗に意味しているとすれば、ホップフロッグの郷里はポーの出身地と見られていたのと同じ米国南部であることになる。

だが、生まれという意味でのポーの出身地は、じつはボストンであり、ボストンはまたポーにとって母への愛着に直結していた。ポーもそれを意識していたことが、最初の詩集『チムール、およびその他の詩篇』(*Tamerlane and Other Poems. By a Bostonian* 1827)の著者として「一人のボストン人」と名乗ったことに始まり、著作の端々にあらわれる。(「チムール」とは「跛者」の意であり、「ホップ(足蹇《あしなえ》)」に通じるから、ポーはキャリアの始めと終わりで密かに自己を、あこがれの詩人バイロンと同じ不具者として描いたことになる。)他方ポーは、当時のアメリカ文学を支配していたボストン文化人たちのスノビッシュな身内びいきが気に入らず、ボストン文学界を揶揄して「フロッグポンド(蛙池)」と呼んでいた。だから、ホップフロッグにポー自身が投影されているとすれば、ポーは自らを「フロッグ」と呼ぶことによってボストン人でもあると自認しているわけで、微妙な出自意識をうかがわせていることになる。

それにしてもポーはほんとうに奴隷制擁護論者だったのか。リッチモンドのアラン家から廃嫡されたに等しい扱いを受け、東部の都市文化のなかで暮らしを立てていかなければならなかったポーにとって、奴隷制擁護論者であることにどれほどの利益があったであろうか。依怙地になってかえって奴隷制擁護論者を演じたという可能性もなくはないが、少なくともアンビヴァレンスを覚えざるをえなかったはずである。ヴァージニア紳士階級にたいするポーの違和を論じたデーヴィッド・レヴェレンツは、つぎのように指摘している。

ポーは、社会によって構築された自我というものの意義を空っぽなものとして暴露してみせることにより、［北部］進歩派の掲げる個人主義のイデオロギーを否定している。主体などというものが、文学上のくだらないしきたりのつぎはぎ細工にして、自滅的でばかげた欲望が渦巻く混沌にすぎないと喝破するのである。同時にポーは、一世紀後のアレン・テイトによる［資本主義］批判の中核をなすにいたった、高潔な公人を規範として退行的に理想化する［南部的］考え方を否定している。（212）

ホップフロッグには、奴隷反乱への警鐘を鳴らすための凶悪な黒奴像を見てとるよりも、シルヴァーマン（407）などが示唆するように、ポー自身の投影を読み込む方が腑に落ちる。ホップフロッグが黒奴の譬喩だとすれば、王たちは奴隷主だということになるが、前者が作者の投影だとすれば、後者はテレンス・ホエーレンが「資本を代弁する読者」（10）と呼んだ、言論出版界を牛耳る大御所たちにあたる。「おれは悪戯者のホップフロッグにすぎない——そして**これがおれの最後の悪戯なのさ**」（1354）という、ホップフロッグが退場するときに吐いた捨て台詞は、この作品を書いてからまもなくこの世を去ることになるポー自身の行く末についての予言か、あるいは文学界への訣別の辞なのかもしれない。

レヴィンも、「ホップフロッグは酒が好きでなかった。酒を飲むと哀れな不具者は気も狂わんばかりになるからだ。そして気が狂いそうになることは気持ちのいいことではない」(423)という一節に着目してつぎのように論じ、半信半疑ながらも、やはりホップフロッグに作者の投影を見ることができる可能性を認めている。

ホップフロッグにポーを読み込もうとする批評家たちから見ると、ポーはこの物語のなかで、他人が自分に無理に酒を飲ませたと主張することによって、自分の酒癖の悪さをもっともらしく弁解していることになる。たしかに、作者が自分の欠点のひとつを登場人物の造形に使っているのは、この人物にたいする作者の思い入れをうかがわせる。感受性豊かな不具者がある意味で「芸術家」であるという事実も、やはり同様の思い入れをうかがわせる。(中略)言い換えれば、酒への言及がポーの自分に対する遺憾の念を示唆し、侏儒を虐待された芸術家として扱っていることが社会における芸術家の地位に関する不満を示唆しているとすれば、侏儒が女性を愛し、復讐心を抱くことができると描くことによって、芸術家の人間としての尊厳や男らしさを打ち出すことになる。だが、それならば、その復讐がこれほど醜悪なのはなぜなのだろうか。(252)

異形の者ホップフロッグは侏儒であり、道化である。道化と言えば、「カーニヴァルのシーズン中」にモントレゾールが出会ったフォルトゥナートも、道化の仮装をしていて、「体にぴったり合った多彩な縞模様の衣裳をまとい、頭にはとんがり帽子と鈴をつけていた」(1257)。一見正反対の人物とも思えるホップフロッグとフォルトゥナートは、道化という共通性によって重なり、またこの共通性を通じてポーの自己像に一部重なる。道化が芸術家をあらわすアイロニカルな表象となることが容易に肯けるのは、アーティストとは資本主義社会における「神様、お客様」たる消費者のためのアミューズールであり、かつて王のご機嫌を取った道化に等しい役割を演じるからだ。

ホップフロッグに思い入れをこめたポーの心情は、『侏儒の言葉』を書いた芥川の深い共感を呼び起こしたであろう。「わたしはこの綵衣を纏い、この筋斗の戯を献じ、この太平を楽しんでいれば不足のない侏儒でございます。どうかわたしの願いをおかなえ下さいまし。どうか一粒の米すらないほど、貧乏にして下さいますな。どうかまた熊掌にさえ飽き足りるほど、富裕にもして下さいますな」(14)などという殊勝な「侏儒の祈り」は、ホップフロッグによってもポーによっても奉られたにちがいない。しかし、この慎ましい「祈り」には、こんなくだりも含まれている。

とりわけどうか勇ましい英雄にして下さいますな。わたしは現に時とすると、攀じ難い峰の頂を窮め、越え難い海の浪を渡り——いわば不可能を可能にする夢を見ることがございます。そういう夢を見ている時ほど、空恐ろしいことはございません。わたしは竜と闘うように、この夢と闘うのに苦しんで居ります。どうか英雄とならぬように——英雄の志を起こさぬように力のないわたしをお守り下さいまし。(15)

って知っていたはずである。

この「空恐ろしい」「夢」は、芥川のみならずホップフロッグをもポーをもとらえたはずである。そして彼らは、この「夢と闘う」ことは困難をきわめ、ともすればその誘惑に屈しそうになるし、もし万が一その誘惑に屈すれば世間を敵にまわしてとんでもないこともしかねなくなると、身をもって知っていたはずである。

復讐者が報復されないまま復讐をやりおおせるという「ホップフロッグ」の筋は、ポーの復讐物語のなかではめずらしい。「ホップフロッグ」は、デュパンがやはり復讐に成功したと最後に打ち明ける「盗まれた手紙」を引き継ぎながら、復讐の意図を作品の剰余のごとくつけたりで明かすのではなく、徹頭徹尾あからさまに語っている。「復讐するは我にあり」（「ロマ書」一二章一九節）と神が語ることによって復讐の連鎖を断ち切ろうとするキリスト教の戒めに公然と反し、人間が神の権限を簒奪したかのようである。ここには、復讐にかまければ天罰が下るなどといった訓話めいたところがない。最晩期にいたっての開き直りの所産であろうか。

ポーの晩年にうかがえる開き直った気分の兆候は、文筆家として生計を立てようとしはじめたころから等閑に付されたように見える詩作を再開したことにも見られる。「大鴉」（"The Raven" 1845）によって詩人としてはじめて成功したことにも励まされたのかもしれないが、ポーの代表的詩篇である「ユーラルーミ」（"Ulalume" 1847）、「ヘレンへ」（"To Helen" 1848）、「夢のなかの夢」（"A Dream Within a Dream" 1849）、「エルドラード」（"Eldorado" 1849）、「アナベル・リー」（"Annabel Lee" 1849）などは、すべて晩年に書かれた。ポーの詩篇は技巧のひけらかしにすぎないと受けとられる風潮も根強いけれども、晩年の傑作には痛切な真情の表現がこめられていたと見ることもできるであろう。

ポーは、一面では間違いなく頑固な人種差別主義者であり、ロマン派的な女性差別意識にとりつかれていたと見られるにもかかわらず、最終的には黒人奴隷や不幸な道化とも重なり合うホップフロッグに自らを仮託し、妻ヴァージニアの形見とも解せるトリペッタとともに復讐を遂げてから、会堂の「天窓」(1354)から脱出して昇天したとも思わせるようなアイロニカルなアレゴリーを書きえた。ひとつの難問は、どうしてこのような矛盾を犯すことができたのかという問題である。

この矛盾の解明に取り組んだ批評家の一人がダヤンである。ダヤンはあれほど厳しくポーの人種差別、女性差別を糾弾しながら、最終的にはポーの著作から反体制的な意味をあざやかに抉り出す。その論法には、作者の無意識などという便利なものに頼らないで作者個人の意識内部のドラマを説明しようとする、主著『精神の寓話』に見られる志向が尾を引いており、ある概念や言葉に徹底すれば著者自身にも思いがけぬ真実に達してしまうという、言語の超人間的な作用に依拠するいわゆるデコンストラクションの方法に訴えているのだが、その分どうしても、作者を取りまく社会的諸関係がじゅうぶんに究明されない憾みは遺るようだ。ポーは読者に受ける商品としての作品を作るためにあらゆる材料を意識的に利用した。それは、マボット、ポリンの素材出典研究によって相当明らかになった。また、ポーの作品生産の現場で作用する資本の法則は、ホエーレンなどによって明らかにされた。「ホップフロッグ」の復讐があまりにもあからさまに描かれているのは、大衆的な商業雑誌に売り込むためにわかりやすくしたせいである、そうレヴィンは示唆している(290)。

しかし、文学作品を商品として仕上げることだけにポーが終始していたとは思えない。もともと他者のものにすぎない言葉を用いて書いたものに、書く人自身の主張や自己表現、真理陳述、他者との意思疎通などとしての意図をいかに盛り込みうるか。作者の意思をアレゴリーとして潜ませようと試みたのではあるまいか。それは、無意識とか、社会や市場の力学とか、言語の超人間的作用など、作者にはコントロールしきれない動因による制約を受けつつも、なんとか意図を貫徹しようと意識的に工夫を凝らす営みだったであろう。ポーの短篇は、物語の形式をとりつつ読者を引きつけ、楽しませるという言語行為を遂行する陰で、仇に復讐するという作者の切実な利害にかかわる言語行為を遂行している。

自らを投影しながら復讐のアレゴリーをくりかえし書いたということに最晩年のポーの秘めた心境がうかがえるのではないかと、私は考えてみたいのである。ポーはスノッビズムはもちろん、南部や北部の指導的知識人たちの独善的な文壇支配にたいし、許しがたい怒りや憎しみを感じていたにちがいないからである。南部、北部どちらにも所属できず、売文と芸術とのあいだで翻弄された生涯が、この怒りや憎しみの底に横たわっている。両極のどちらにも帰属しえず、いわば股裂き状態で著作をしなければならなかったために、売文のなかにアイロニーをこめるという方法に頼ることになったのではないか。この結果、ポーの復讐物語には、得々としておさまりかえっている支配層にたいする底意地の悪い反抗心が潜むことになる。

ポーの復讐物語は、ブルジョワ的人間観のヒロイズムにたいする根本的な懐疑に逢着することになったポーが、このイデオロギーへのこだわりと憎悪を、品なんか少々悪くなるのもかまわず、アイロニーに満ちた表現によって密かに同志に伝えようとしたアレゴリーであると解しうる。と同時に、いかに秘めたやり方ではあれ、自尊に発する復讐心がはまる尽きせぬ自己言及は、自己内の他者性、ひいてはその究極としての死を見つめる境地に行き着かざるをえなかったと思われる。

付論　ポーとドライサー

ポーの墓

私は学部の卒論でエドガー・アラン・ポーを扱い、大学院の修論でセオドア・ドライサーに取り組んだ。その後、この分野で仕事をするようになると、「どういう方面がご専攻ですか」などという質問を受けることもあり、それにまともに答えたらしばしば不思議そうな顔をされることに、だんだん嫌気がさしてきた。こんな対蹠的な作家両者に興味をもつなんて、二重人格か何かでもあるにちがいないと思われても、仕方がなかったかもしれない。

たしかに、一方は作品が短いことを文学の必要不可欠の条件として理論化し、その理論を実行に移してみせた作家であるし、他方は、放っておけばいくらでも書き継いでいき、長い長い原稿を綴り続けて、誰か他人に文章を大幅に刈り込んでもらわなければ本にまとめることもできなかった作家である。文章の質からいっても、主題の傾向からいっても、両者は正反対に位置すると見られるのが普通である。この二人のあいだになんの接点もつながりもないと見るのが良識というものであろう。

しかし、ドライサーとポーは私にとって、切っても切り離せない関係で結びついている二人のアメリカ人作家であった。もしも良識に逆らって両者をきまじめに比較してみたら、いったい何が言えるだろうか。そんな無益とも思える試みをおりに触れて繰り返してきたときの私の思いには、アメリカ文学研究でたどってきた自分の経路を正当化したいという底意があったとしても、それは些細なものでしかない。それよりももっと根本にあったのは、ドライサーがなかなか肝心なところでポーを受け継いでいたことを明らかにしたいという願いである。既成のアメリカ文学史を撹乱せよ。これがそもそも私のアメリカ文学研究のひとつの課題だったとも思える。

私の修論では、ドライサーの全小説作品を刊行順に論じたあと、終わりのほうの総括的な章で「ドライサーの芸術」を論じ、そのなかでドライサーとポーの絆に触れたのであった。修論の講評を受けたときに、ここがもっとも説得力の弱い箇所であると酷評されたことを、いまでも忘れることができない。それはその通りだったのであろう。それでもこりずにまたここで、あのときの復讐というわけではないにしても、せめて修論のなかでも使ったエピソードを紹介することから始めて、両者のあいだに橋を架けてみたい。

ドライサー自身は早くからポーの影響を受けたと、自伝やエッセイなどで述懐している。また、世間から理解されず孤立を強いられた受難の芸術家として、ホイットマン、ボードレールに共感を寄せるとともに、誰よりもとりわけポーに自分を同一化しようとする文章をあちこちに書いている。なかでもH・L・メンケンとやりとりした書簡に見られるポーの扱い方が傑作である。

一九二〇年八月七日付でメンケンがドライサーに書いた手紙には、「先日、イヌに小便を引っかけられました。凶兆」(*Letters* I, 270)という一行があった。これにたいするドライサーの返信(八月一三日付）には、「わたしに霊界からのお告げが届き、貴兄の不興を招いたあのイヌは、エドガー・アラン・ポーのさまよえる魂を宿していると知らせてくれました。復讐にきたわけです」（*Loc. cit.*）とある。このやりとりの背景には、やや尾籠な話にわたって恐縮だが、メンケンの本拠地ボルティモアにあるポーの墓にいつもイヌが小便をかけているという笑い話があった。それはメンケン一流の冗談のひとつであって、しかもメンケンは、友人たちとビアホールでくだを巻いたあと、連れをポーの墓へ伴い、立ち小便をする習わしであったという。ドライサーは諧謔好きのメンケンに調子を合わせながらも、その不埒な行為を、ポーになりかわって諫めたつもりらしい。

ポーの墓をめぐるメンケンとドライサーの応酬は、ポーの死後ジョージ・リッパードが書いた「追悼文」における墓への言及を、知らぬうちのこととはいえ反復している。リッパードはポーよりも一〇歳以上年下で三二歳で夭折したものの、その短い生涯でベストセラー小説家、ジャーナリスト、労働運動指導者として活躍した。フィラデルフィアではポーとも親交があったと見られ、彼による「追悼文」にはポーへの敬愛がにじみ出ている。そのなかに次のような一節がある。

著作家としての彼の名は生きつづけるであろう。それに反して、今日のろくでもない批評家やげすな作家たちの四分の三は無と闇のなかへ沈んでいく。そして生前のポーからなんらかの痛手をこうむったと思いこんで、その仕返しにいま彼の墓に唾を吐いている者たちは覚えておくがよいであろう。死者の冷たい額を打擲するような輩は愚者か卑怯者に限られるということを。

(262-3)

アル中だとか性格異常だとか、ポーを貶める言説がその死後ますます広められるのを見て腹に据えかねたリッパードは、そのような噂を立てる者たちの行為が、ポーの墓に小便ではないにしても唾をかけるのも同然であるとみなしている。また、その後に書いた文章では、困窮をきわめたポーは周囲の詩人や文人たちにいわば見殺しにされたに等しいと描き出される。そのなかでもリッパードは、「エドガー・A・ポーの墓の上に足を載せようとするな！　さがれ！　諸君の恩着せがましい態度も、讃辞も、誹謗も、死者にたいする侮辱であることに変わりはない」(267)と締めくくり、ポー遺産管理者として全集を編んだグリズウォルドのような、ポーの天才を認める素振りのかげに誣告を忍びこませる偽善者たちにたいして、やはりポーの墓にことよせて怒りをあらわにしているのである。

私が最初の滞米中にポンコツ車を駆ってボルティモアを訪れたのは、まず何よりもこの墓を見たかったからである。その後一〇年以上経ってからさる学会に出席するためにボルティモアを再訪したときは、ウォーターフロントをリゾートとしてよみがえらせた都市再開発によって見違えるようになっていたので驚いたが、当時のボルティモアは、見るからに斜陽の荒廃した街であった。ボルティモアに行ったついでにポー・ハウスや、メンケンの住んでいた家も見てきた。ポーの家はいまや黒人街の一角を占めるにいたり、一五〇年ほども昔の建物であるはずなのに、困窮者用の公共住宅として現役に供されていると、近くでぶらぶらしていた人から聞いた。ポーが住んでいたことを記した銅板は貼ってあるけれども、住人がいるとのことで内部を見ることはできなかった。メンケンの家は、もっと瀟洒なロウハウスの一軒であり、メリーランド大学の所有管理のもとに温存され、メンケンが住んでいたことを記した銅板がついていた。その家の前の路上で洗車をしていた若い夫婦から聞いたところによれば、彼らは北欧からやってきた客員研究員としてこの家を大学から便宜供与されて住んでいるとのことで、やはり内部を見せてもらうことはできなかった。

ポーの墓は意外にも、人通りの多い市街地のなかの、街路から鉄柵で隔てられた墓地にあった。ウェストミンスター埋葬地という古い墓地である。鉄格子の門扉は開いており、その入口のすぐそばに、文学碑然としたりっぱなポーの墓が立っていた。これならイヌでもメンケンでもたやすく立ち寄れるはずである。

ポーの墓にはいろいろと因縁めいた話がまつわっている。ポーが亡くなったとき、最初はポー家累代の墓所に埋葬されたらしいが、やがて荒れていき、見るに見かねる状態になってしまったようである。しかし、一八七五年、紆余曲折の末に現在の墓が建てられるにいたったが、この石碑建立にもっとも尽力したのは、サラ・シガニー・ライスという名の高校女教師であった。消滅しかけていた墓が一介のファンによって建て直され、今日にまで残ることになったのは、いかにもポーにふさわしい成り行きとも思える。ニューヨークに埋葬されたヴァージニアの遺骨がのちにこの墓に改葬され、エドガーとヴァージニアのポー夫妻、および姑のマライア・クレムは、生前貧困のなかで肩を寄せ合って暮らしたときと同様に、ふたたび一つ屋根の下で眠ることになった。この墓に刻まれている墓誌には三人の名前がある。

墓石建立記念式には、ウォルト・ホイットマンが参列したほか、ロングフェロー、ホイッティア、ブライアントなど、当時の錚々たる米国詩人たちや、英国のテニソンなどからのメッセージが届いた。また、これをきっかけにしてライスは『エドガー・アラン・ポー記念本』を一八七六年に編集出版した。このなかにはステファヌ・マラルメの詩「エドガー・ポーの墓」もおさめられている。

マラルメはよく知られているとおり、ボードレールやポーの影響のもとに詩作をしたが、ボードレールがポーの散文の翻訳に力を注いだのにたいして、マラルメはポーの詩篇の翻訳に取り組むことで詩人としての経歴を築いていったから、スウィンバーンを通じてライスからの寄稿依頼が届くと、進んで引き受けたのも当然のことだった。「われ等の観念が、この 殃《わざはひ》をもて、眩《くるめ》くばかり華やかの／ポオの墓に飾られる浮き彫りを彫刻して」（鈴木信太郎訳、29）いるはずとマラルメが歌った墓の前に立つと、メンケンが友人とどこに立って放尿したのか気になった。

メンケンは米国のピューリタニズムや俗物根性をシニカルにこき下ろし、ドライサーを押したてる勢力の旗手を演じることで文化革新をはかった、一九一〇年代の大物批評家であった。彼から見るとポーもドライサーも、アメリカ主流文化から除け者にされた犠牲者であって、復権されるべき先覚者であった。ただし、ポーもドライサーも一方で科学的探究に絶大な関心を抱きつつ、他方で超自然的な神秘にも魅惑されていたし、ロリータ・シンドロームを抱える芸術至上主義的なボヘミアンでもあった。そういう類似点こそ、ポーとドライサーのつながりを考えるうえでもっとも重要な特徴なのだが、あいにくメンケンにとっては、そういうところこそもっとも気に入らない傾向であった。ポーの墓にオシッコを引っかけるなどというのも、ポーへのねじれた崇敬の念のあらわれであろうが、ドライサーにたいしてもメンケンは、一九二〇年代になると同様のねじれを徐々にあらわにしていった。ドライサーの左傾を、グレニッチヴィレッジのボヘミアンたちに影響されて迷信深い田舎者の本性をあらわし、くだらない大義を信じるようになった結果としかみなさなかったメンケンは、やがてドライサーとの不仲を募らせていき、『アメリカの悲劇』の成功によってドライサーが米国小説界の大御所的な地位を確立すると、二人は訣別してしまった。

しかし、ドライサーは晩年、メンケンとの関係修復をはかった。他方メンケンは、表面上はともかく、本音でドライサーを再評価するにはいたらなかったようである。それでもドライサーは一九四三年三月二七日付の長い手紙で、かつて批評家メンケンが自分のための擁護の論陣を張ってくれたことにたいする謝意を縷々述べたあげく、つぎのように書いた。「わたしは死の瞬間まで貴兄を敬愛します。ですから、世間から忘れられたわたしの墓にも、エドガー・アラン・ポーにやったのと同じことをやらかしたりしないでください。わかりましたか。さもなければわたしはあの世から戻ってきて、仕返しをしますからね。しかも、しこたまね！」(*Letters* III, 983)。ここからうかがえるのは、二〇年以上も前のメンケンとのやりとりを忘れるどころか、しつこく蒸し返して、世間からの白眼視を避けられなかったポーと自分を重ねてみせたドライサーの自己認識である。

ドライサーはポーの徒弟？

私は、ドライサーがポーに同一化しようとしていたことの例証としてメンケンの立ち小便にまつわる挿話を修論に取り込んだのだが、品がないと受け取られただけで、この事実に潜むと思われたインパクトは、他の人たちにたいしては不発に終わったようである。修論後も私は、ランドルフ・ボーンが「ドライサーの芸術」という文章で「ミスター・ドライサーのパラドックス」(93)と呼んでいるもの、あるいはアレクサンダー・カーンの謂うところの「ドライサーの見わけにくい美しさ」(168)の正体を捉えようとむきになった。ドライサーの文体が悪名高いのはよく知られていようが、ドライサーを称える批評家たちも、彼の文学は悪文である「にもかかわらず」重要な真実を描いている、と評価するのが常套だった。文章が反発を買ったという点ではポーも同じで、ポーを「ジングル・マン」と呼んで蔑んだといわれるエマソンから、ヘンリー・ジェイムズやオールダス・ハクスリー、アイヴァー・ウィンターズ、T・S・エリオットをはじめとする新批評家たちにいたるまで、アングロ・アメリカの主流文学者たちは、ポーの子どもっぽさへの反感を隠さなかった。アメリカ文学界ではポーもドライサーも毀誉褒貶が激しく、その文学史上の地位がきわめて不安定だったというところにも、両者のもうひとつの共通点を見出すことができる。

だが、悪しき文体である「にもかかわらず」すぐれた文学であるなどという論法に、私は承服できなかったから、ドライサーの文体の秘密をつかみとろうともがき続けた。彼の独特の文章には何かわかりにくい仕組みがあって、ふつうは嫌悪をかきたてると思われそうな文体が、どういうわけかかえって強烈な喚起力を発揮するように機能しているのではないか。そこにポーの文章の喚起力に通じるものがあるかもしれない、というような気はするのだけれども、さて、ドライサーがポーから何をいかに取り込んだかを具体的に解明するという問題になると、修論で受けた批判によって待ったをかけられたような気がしたせいか、なかなか論じきれなかった。模索の末にやがて、バフチンのドストエフスキー論を援用することを思い立ち、いくつかの論文で、ドライサー文学の独自な迫力を、ポリフォニー小説の特徴たるダイアロジック的文体の効果として説明する試みにたどりついた。この試みは、米国で何度かおこなった研究発表を通じて一定の評価を得るところまで漕ぎつけたのである。

他方、だいぶんのちになって知ったことではあるが、私が修論を提出してから何年か経ったころに、トマス・リジオが論文「アメリカのゴシック――ポーと『アメリカの悲劇』」を『アメリカン・リテラチャー』誌に発表して、ドライサーが『アメリカの悲劇』執筆の際にポーの手法に学び、さまざまな仕掛けを借りていることを、綿密に論証してくれた。これを読んだとき、我が意を得たりと躍り上がるような思いがしたものである。しかしその後、リジオがドライサーとポーのつながりについて考察を深めた形跡は見られない。『アメリカの悲劇』にとどまらずもっと全面的に、この相互関連性を究明する甲斐はあると思われるのだが、その後、米国でドライサー研究関係の学会で私が何度か会うにいたったころのリジオは、精密な伝記研究に没頭し、ドライサーの作品や書簡の本文批評と新版の編集に力を注ぐようになっていた。そのため、ドライサーとポーの関係という批評的なテーマは、リジオのあの論文以降まだまだ深められないままほったらかされてしまった。

リジオは、『アメリカの悲劇』第二部第四二章以下、クライドがロバータ殺害を考えはじめてからビッグビターン湖でロバータが死ぬ場面までの六章をくわしく分析して、「奇怪な悪夢、クライドを駆り立てる心霊的な悪霊、クライドの変形してゆく現実感覚に見合うゴシック的な風景、および、殺人を犯そうとするクライドの行為の先触れともなり、それを急きたてもする、やはりゴシック的な「ウェア・ウェア」鳥などといった、いくつかの非現実的な虚構の仕掛け」(515)が用いられているところに、ドライサーがポーの手法を意識的に取り込んだ結果を見出せると論じた。その論述は周到で、ドライサーのポー依存があざやかに描き出されているが、リジオの論文をここでそっくり反復するわけにはいかない。

ただし、リジオが指摘した「いくつかの非現実的な虚構の仕掛け」のなかでも「心霊的な悪霊」については、私なりに多少敷衍しておきたい。これは、『アメリカの悲劇』第四五章で「まるで、彼が推測したことも測ってみたこともなかった下層か上層の世界の奥から……生や死とは別の領域であり、彼とは別種の生物のいる領域から……アラジンのランプを偶然にこすったときの魔神のように——漁師の網にかかった神秘的な壺から煙のように出現した悪霊のように——突如として「たちあらわれる」、彼自身の本性にひそんでいたずるい悪魔的な願望なり知恵なりの権化」(501)と述べられ、ロバータ殺害の企てに乗りだすクライドの心のなかに登場する。このあとクライドは、この「悪霊」の「声」に駆り立てられるようにして取り返しのつかぬ行為に走ることになる。「悪霊(efrit)」とは『アラビアン・ナイト』に登場する超自然的存在であるが、ドライサーはことのほか『アラビアン・ナイト』に執心し、ピューリタニズムに対立する異教世界の象徴としての意味をこめてか、この中近東の古典に依拠したイメージを、『アメリカの悲劇』のみならず『シスター・キャリー』など他の小説やいくつかの短篇作品などでも、たびたび使っている。ところが、『アラビアン・ナイト』は、ポーも自作に何度も利用した作品であった。

だが、ドライサーが『アラビアン・ナイト』をポー経由で見出したのかどうかという問題は、とるにたらない。それよりももっと興味深いことは、『アメリカの悲劇』で「悪霊」が、クライドの潜在意識をあらわす表象に仕立てられていることである。このイメージを使うときに、ドライサーが第一次世界大戦前のボヘミアニズム最盛期のグレニッチヴィレッジに暮らして、そこでフロイトの訪米をきっかけにブームとなった精神分析の影響を受けたことをうかがわせるような説明をあれこれ加えているのは、不器用なやり方であるといってもいい。しかし、クライドが自己分裂を起こした結果、潜在意識が「悪霊」の「声」として表現されていることには注目したい。これは、精神的ストレスを受けた人格が多重化するさまをとらえている。そして同様の人格多重化としてのドッペルゲンガーの表象は、周知のようにポーが多用した文学的趣向であり、これをドライサーがポーから学んだとするリジオの主張は、無条件に首肯できる。

じつは、登場人物の分裂した人格を、その人物だけに聞こえる尋常ならざる「声」としてドライサーが表現するのは、何も『アメリカの悲劇』に限ったことではない。このような異常心理は、フロイトによって明確な研究対象として見出されたとしても、フロイトを知る以前からこれに引きつけられていた人は少なくなく、ドライサーもその一人だった。ポーは、マリー・ボナパルトの書物に示されるように、早くから精神分析的文学批評にとってのモデルケースになるくらい、フロイト生誕前からフロイト的問題意識を抱えていた作家である。つまり、ドライサーはフロイト的関心を介してポーにつながるともいえる。したがって、リジオは触れていないけれども、分裂した人格を「声」によってあらわす手法を、ドライサーがフロイトを知る以前から、たとえば第一作『シスター・キャリー』においても、すでに使っていたとしても驚くにあたらないのである。

キャリーが変な「声」を聞くのは、たとえば姉の家から出奔してドルーエと同棲を始めたころ、世間の目が気になりだしたときである。それは「良心から届く声」(70)と説明され、つぎのような振る舞いをする。

その声に向かってキャリーは、主張したり、反論したり、言い訳したりした。それはどう見ても、公平な、ものわかりのいい相談相手ではない。ただ人並みのちっぽけな良心というやつで、世間やそれまでの環境や習慣や因習をでたらめに代弁しているものにすぎない。良心の見方によれば、民衆の声はまさに神の声である。

その声は言う。「おお、このおちこぼれめ!」(70)

このような「声」はドッペルゲンガーというほどのことはなく、むしろ、人が育った環境のなかに飛び交うさまざまな言説を内面化した結果生じた、バフチンの謂うダイアロジックな文体における「隠れた内なる論争」(199)と見るのが妥当かもしれない。しかし、キャリーがこのような異質な「声」を耳にする場面は、『シスター・キャリー』のなかでたびたび描かれている。それは、欲望と因習の間で引き裂かれる人間の、人格多重化へ近づいていく兆候とも見られる。

ハーストウッドが同様の「声」を聞くときは、間違いなく異常心理に落ち込む瀬戸際にいると知れる。たとえば勤め先の金庫から売上金を盗む場面では、つぎのように、やはりおかしな「声」が響いてくる。

「フィッツジェラルドやモイがこんなふうにかねを置いていったことなんて、これまで聞いたこともない」頭が勝手に働きだしていた。「こいつは忘れていったにちがいない」

最初の引き出しを眺めながら、また考え込んだ。

「こいつを数えてみろ」耳元で声がした。

(中略)

「おれはどうして金庫を閉めないのか」頭のなかでためらいがちな声がする。「なんでこんなところでぐずぐずしているんだ」

これに答えて、思いもかけない言葉が返ってきた。

「おまえは一万ドルを現金で手にしたことがあるか」（192）

このあと転落の一途をたどるハーストウッドがこの種の「声」を幻聴する場面は、だんだん増えてくる。キャリーに見捨てられ、バワリーの安宿を泊まり歩くようになる段階では、「安宿のラウンジで目を閉じて昔の追憶にふけって」いるうちに、「昔ある人に返事をしたときの言葉を自分がそのまま繰り返していることに、はっと気づくような」（336-7）ことも起きる。

「わしといっしょに、この話に一枚加わるつもりはないかね」と言うモリソンの言葉が聞こえてきた。

これにハーストウッドは、何年も前のときとちょうど同じように答えた。「だめだよ。いまは手がいっぱいでね」

おのれの唇の動きに、ハーストウッドははっとした。ほんとうにしゃべったとは信じられないような気持ちだった。

（中略）

おのれの声でわれに返ってからも、ハーストウッドはニヤリと笑った。近くに座っている気むずかしげな爺さんは、心穏やかではなさそうだった。少なくともひどく険しい目つきでにらみつけてきた。ハーストウッドは姿勢を正した。愉快な思い出はたちまち消え失せ、恥ずかしくなった。（337）

こうなると、この「爺さん」でなくても、ハーストウッドの精神状態はまともでないと見るほかなくなるだろう。他人には聞こえない「声」が聞こえるという現象によって異常心理をあらわす手法は、『アメリカの悲劇』のクライドの描写に用いられるよりも二五年も前に、『シスター・キャリー』においてすでに多用されていた。そしてこのような異常心理を注視しようとするドライサーの姿勢は、フロイトを知る前の少年期におけるポー耽読からすでに育まれていたと見なしうる。いずれにしても、統一された自律的な自我などという、個人主義の神話素にたいする懐疑に発していた。

狂気の淵の岸辺に立つ者が襲われる幻覚。ゴヤの版画集『ロス・カプリチョス』第四三番「理性の眠りは怪物を生む」ではないけれど、窮地で理性が金縛りになればやはり妖怪が生まれる。これを実体化してプロットの要素に仕立てるのが、「リジィア」などの美女転生奇譚やら、「ウィリアム・ウィルソン」などに用いられたドッペルゲンガー物語やら、ポー短篇の奇想や幻想のひとつの原点であろうが、このやり方をドライサーも用いている。この結果、通俗的な見方では現実べったりの糞リアリストということになっているドライサーの作品には、たとえば、ドライサーの短篇作品としては比較的よく知られた「亡き妻フィービー」における幻想やら、リジオが明らかにしたとおり、ポーの詩「ユーラルーミ」にあらわれる架空の地名に由来する名を有し、ビッグビターン湖でクライドの耳にこびりつく鳴き声を上げる「ウェア・ウェア」鳥などという架空の生き物やら、じつは、常軌を逸した心神から生まれる怪異な感覚に根ざした非現実的な要素がいくらでも見られるのである。

このようなファンタスティックな意匠をもっとも顕著に示しているのは、ドライサー作品群のなかで最も看過されているジャンルたる戯曲である。一九一〇年代にニューヨーク・リトル・ルネッサンスやシカゴ・リトル・ルネッサンスと提携しながら勃興した小劇場運動ないし芸術劇場運動に触発されて、ドライサーは劇作に取り組んだ。ドライサーの戯曲は、たとえばあのワシントン・スクエア・プレイヤーズやプロヴィンスタウン・プレイヤーズによっても上演されたりして、全米各地の小劇場運動に貢献した。ドライサーはもともと小説家よりも劇作家を志していたこともあり、その志がこの段階で実ったわけである。一九一六年には、それまで雑誌などに発表されていた七本の戯曲を収めた『自然な事物および超自然な事物についての戯曲集』が出版されたが、このうち「自然」を扱うリアリズム演劇として扱えるのは三作だけで、残りはいわゆる「超自然」の部類に属していた。単行本として刊行された『陶工の手』は、扉に「四幕の悲劇」という副題があり、ドライサー研究においては『アメリカの悲劇』に連なるリアリズム作品として言及されることがあるが、それ以外の戯曲はだいたい無視されてきた。いかに受けとめたらいいのか当惑するほかない、というのが実情だったかもしれない。

この忘れられかけていた一群の戯曲に光を当てはじめたのはキース・ニューリンである。彼の編集になる『セオドア・ドライサー戯曲全集』は二〇〇〇年に出たが、そのなかには全部で一二篇の作品が収められている。そのうち、リアリズム作品は五篇にとどまり、残りは、ほとんど上演不可能とも思われる幻想的な作品なのである。

ドライサーの戯曲のなかでいちばん早く一九一六年に上演された『笑気』は、作家自身が受けた外科手術での麻酔体験から着想を得ており、麻酔のために「笑気」を吸入して意識を失った人間が、異次元の夢幻界に入りこんだあげく現実界に帰還するまでを描いた一幕ものである。ニューリンによればこの上演は、抽象的な舞台装置や象徴主義的な照明効果を使って「精神の意識と無意識両方の作用を同時に擬人化して表現しようとした、演劇上の米国最初の試み」(334)となった。このために『笑気』は「アメリカ最初の表現主義演劇」(335)とみなされる。だが、ドライサー戯曲における「超自然」とは、このような無意識の世界を舞台上にあらわすという意味での、心理的な表現主義ないし超現実主義にとどまらない。『蒼き球体』や『闇の中で』などは、「影」とか亡霊などのオカルト的な存在が登場するパラノーマルな筋を有する。

とりわけはなはだしいのは、『ヘイ、ラバダブダブ』に収められた戯曲である。「人生の謎と驚異と戦慄についての書」という副題のあるこの本は、人を食ったような表題からも察しがつくように一種異様な奇書であり、誰もあまりまともに取り上げないけれども、ドライサー自身にとっては最も重要な自説の直截な表現にほかならなかった。アメリカ社会評論や形而上学的思弁を展開する著作全二〇篇からなるこの本に、戯曲形式の著作が三本含まれている。『夢』や『走馬燈』は、世界とは宇宙的な精神から投影された映像にすぎないという見方に、フロイトの夢理論が接合された世界像をあらわしている。この世界像は、直接的には、「マッド・サイエンティスト」の類型を地で行き、今日でも信奉者を引きつけて「フォート派協会」の教祖的存在に祭りあげられている奇人作家チャールズ・フォートの理論から示唆を受けたものであるが、その様形《さまかたち》からマーク・トウェインの『不思議な少年四四号』結末にあらわれる世界像も想起されるだけでなく、何よりポーの『ユリイカ』に通じる見方でもある。もうひとつの戯曲『進歩の法廷』も、出演者数が一万数千人にのぼるという、途方もないSF的なレーゼドラマである。念の入ったことに、この台本の冒頭には、AD二七六〇―三九二三年の時代の遺跡から発掘された原稿であるとする編者注がついており、明らかに、ポーの愛用したメタフィクションめいた仕掛けを真似ている。

ポーにもまた、「エイロスとカーミオンの会話」、「モノスとウナの対談」、「言葉の力」といった、戯曲形式に近い奇妙な対話篇がある。いずれも、世界はいかなるものであるかということについて、二人の人物が死後に交わす形而上学的な対話を扱っている。これらは、ポー晩年の宇宙論『ユリイカ』の前駆形態であると見なしうる。ドライサーの「超自然な事物」を扱う何篇かの戯曲も、ゆくゆくは壮大な宇宙論へ連なるべき作品群として受けとめると、戯曲形式を借りて宇宙論への接近をはかる方法がポーから受け継がれているとわかる。

ポーもドライサーも、あまり似つかわしいとも思えないにもかかわらず、科学、似而非科学の区別なく知識をあさり、世界の本質を把握して著作に表現したいというファウスト的な欲望にじつはとりつかれていて、晩年になるほどに、そういう著作の市場価値を省みもしないで、形而上学的探究に夢中になった。ドライサーの場合は、伝記作家たちが戸惑いを見せながら描いているとおり、『アメリカの悲劇』成功後とりわけ一九三〇年代に、そういう探究に傾倒した。ただし、あまり理解されないながらも散文詩まがいの宇宙論を結構のととのった書物として晩年に完成させたポーとは異なり、ドライサーはけっきょくまとまった本に仕上げることができないまま、この世を去ってしまった。この本のために書きためられていた膨大な遺稿は、のちに別人によって整理編集され、『生に関する覚え書き』というタイトルで出版されたが、それはドライサーの従事した長年の探究の残骸にすぎない。

ドライサーとポーの類似点をあげるとなればほかにもいろいろ述べたいこともあるが、両者ともに、作家になるまでに困難な生い立ちや不利な条件を克服しなければならなかったこと、貧困な出自からそれぞれ独特なトラウマを抱えていたこと、中途半端な教育を受けていたところから作家を志すことに伴うスノッビズムにとらえられ、そこから脱却するために内面での葛藤を余儀なくされたこと、貧者が作家になるために不可避的に通らざるをえない経路としてのジャーナリズムに身を投じたこと、また、社会から疎外される芸術家としての孤立と矜持を併せもっていたことなどが注目に値する。とりわけジャーナリストとして生計を立てなければならなかったことにより、両者ともに事実（新聞雑誌の記事）と虚構の関係に意識的になったが、ポーは虚構を事実のように書くことに苦心したのにたいし、ドライサーは事実を虚構のように書くことに苦心したといえよう。両者の作品と伝記には、近代の作家が、文学市場に参入しなければならないと同時に、市場原理に絡め取られてはいけないというダブルバインドを生きるときに、どうしても直面せざるをえなかった矛盾と格闘した姿を鮮明に見てとることができる。

この結果ドライサーには、ポーに通じる芸術至上主義を謳歌する反主流派的、あるいは反「社会」的（彼自身の言い方に従えば「反因襲的」）な姿勢がうかがえる。したがって、少なくとも人生のある一時期にグレニッチヴィレッジに住んでボヘミアン的生活を送ったことがあるという点において、二人が共通しているのもまた、不思議ではない。ドライサーはバタリック社の『デリニエイター』という大衆雑誌の辣腕編集長でありながら、他方でひそかに『ボヘミアン』という伝統的なグレニッチヴィレッジ雑誌を買い取って、匿名の編集長をしていたこともある。ポーのフラヌールとしての性格が、ドライサー自身にも、ドライサーの作品のなかにも見出せる。面妖と思われようとドライサーは、ポーとスタイルは異なるにしても独特の審美主義者だったと言わなければならない。

末期の宇宙論作家

「芸術は科学の肉化したものである」というコクトオの言葉は中《あた》っている。尤も僕の解釈によれば、「科学の肉化したもの」という言葉は「科学に肉をつけた」という意味ではない。科学に肉をつけることなどは職人でも容易に出来るであろう。芸術はおのずから血肉の中に科学を具えているはずである。いろいろの科学者は芸術の中から彼らの科学を見つけるのに過ぎない。芸術の――あるいは直観の尊さはそこに存しているのである。（中略）僕は必ずしも科学的精神を抛ってしまえというのではない。が、科学的精神は詩的精神を重んずる所に逆説的にも潜んでいるという事実だけを指摘したいのである。

芥川龍之介「続文芸的な、余りに文芸的な」

先にも述べたように、ポーは一八四八年に宇宙論『ユリイカ』（*Eureka* 1848）を刊行して一年余りののちに、謎の死を遂げた。ドライサーも晩年は独自の宇宙論を仕上げようと苦闘したが、ついにまとめきれないまま亡くなった。このことはあまり知られていないかもしれない。しかし、膨大な遺稿が残っており、これが後年に他人の手により編集されて、『生についての覚え書き』という本として出版された。

『生についての覚え書き』は、ドライサーが宇宙論構築の企ての果てに遺した残骸の抜粋にとどまるけれども、生前に発表したいくつかの著述からは、この企ての目ざしていた方向がもう少し鮮明に浮かび上がる。その種のテクストとしてまず、ふつうは哲学的エッセー集と理解されている奇書『ヘイ、ラバダブダブ』所収の、ほとんど上演不可能なレーゼドラマ三本のなかから、とりわけ『夢』と『走馬燈』をあげたい。

『夢』は、サイファーズという化学の教授が友人たちとの議論で独自の宇宙論を主張し、その夜この宇宙論を裏書きするような夢を見るという筋の戯曲である。サイファーズの宇宙論は、たとえばつぎのようなセリフからうかがえる。

「ぼくが言おうとしているのは、こういうことなんだ。われわれの知るかぎり、あらゆる生命の基礎は細胞だ——細胞発生、細胞増殖、細胞配列といった具合。そんなこと、いまさら言うまでもないよね。さて、ここからがぼく独自の考えだ——もちろん単なる仮説だけど——つまり、いっさいがどこか他所でなんらかの形で発生したのかもしれない、いわば、何かないし何者かの頭脳のなかで前もって造られたのかもしれない。そしてそいつが定向進化か化学の作用によってどこからか方向づけられ、いわば映画みたいにスクリーンに投影されているのさ。だからわれわれは画素からなる映像にすぎず、ビット記憶素子でできている動画のような映像であって、ただ、どこか他所から電信かテロートグラフで送られてきてるのさ。いまでは電気的にドットを連ねて構成されている、ああいうドット・ピクチャーみたいなものでね。そいつが無数に、無線にせよ有線にせよ高速で送られてきて、なんらかのスクリーンみたいなものに投影される——エーテルか何かの元素でできてるスクリーン——ぼくの言いたいことがわかるね。」(61-2)

この宇宙論には、「定向進化」とか「テロートグラフ」とか、この戯曲が執筆された時代の刻印を色濃くとどめる用語があらわれてくるにしても、当時最先端の科学や技術を取り込もうとしている気配が見える。

万物が「何かないし何者かの頭脳のなかで前もって造られ」、それが「なんらかのスクリーンみたいなものに投影される」映画のようなものこそこの世界にほかならないという、『夢』に描き出された宇宙論は、『走馬燈』でも基本的に引き継がれている。『走馬燈』は、それぞれ「生誕の家」、「生の家」、「死の家」と題された三場からなる。「生誕の家」では、冒頭につぎのようなト書きがあり、けだるそうな「宇宙の主」の頭脳からいろいろな想念が退屈まぎれに生みだされて、それらの想念の出現が宇宙の開闢であると描き出される。

（力としての「宇宙の主」がぐったりとしていながらも、おおよそは穏やかに休んでいる。かすかな脈動が始まる。なんの思案も理屈もなく、もぞもぞと闇雲に、分離と個性という想念が生まれる――狂おしい夢である。限りない空間に横たわる巨軀の茫漠とした全身がほの見えてくる。（中略）その鼻の穴からモクモクと炎のような霧が吹き出てくる。明確な形を見せるにいたった両こめかみから、光の柱が二本突っ立つ。いくつもの燃え立つ太陽や流星が飛び出してきて、「主」の頭のまわりを旋回する。奇怪な形姿の存在が雲霞のごとくあらわれる――けだもの、鳥、魚、角や翼を有するものが。それらは、思念が形づくられたり霞んだりするにつれて、あらわれたり消えたりする。）（183）

こうして始まった宇宙は、「死の家」では、「宇宙の主」の頭脳からあらわれた万物がふたたびつぎつぎに回収されていくことによって終末を迎える。

「宇宙の主」（空間いっぱいに身を伸ばしてうつぶせになり、いまにも消え入りそうである。ただ輪郭のあちこちが見えるのみだが、額と顔は截然としている。）静かに！　静かに！　もうじゅうぶんだ！　もうたくさん！　もう終わりだ！　以前の状態に戻るがいい。永遠から永遠に帰るのだ――夢だ――夢だ！　ウォッホッホッホッ！（深いため息をつく。）（中略）おまえはわたしのなかへ戻ってこい！（ため息をつくと、薄れはじめ、完全に消え失せていく。）(200)

つまり、「宇宙の主」がいっさいを取り戻して吸収し、宇宙を元の木阿弥に帰するだけでなく、「宇宙の主」自身も消えるとされている。こうなると、『夢』、『走馬燈』に描き出された宇宙像は、現代の科学的宇宙論でビッグバンと呼ばれる段階から、ビッグクランチと呼ばれる段階へいたると解される宇宙進化論をなぞっているようにも見えてくる。さらに、宇宙の生成から終末にいたる過程は、「宇宙の主」にとって退屈しのぎの足しになる気まぐれの産物でもあるかのように描かれている以上、何度でも繰り返される可能性が高いと受けとめられる。

このような宇宙観は、ドライサーがチャールズ・フォートからアイデアを借りてきたものであると見られてきた。フォートは一八七四年生まれだからドライサーより三歳年下の、のちに超常現象研究の先駆者として知られるようになった異才である。ドライサーは、『シスター・キャリー』不評による挫折から立ち直りはじめて雑誌編集者をしていた一九〇五年ごろにフォートと知り合い、その才能を高く評価して彼の短篇小説の原稿を買い取るとともに、各方面に彼を売り出すために尽力した。フォートの遺した四大怪書の第一作『呪わしきものに関する本』は、ドライサーが出版者リヴライトと掛け合って無理矢理刊行させたものである。ドライサーはフォートを称賛する文章や手紙をたくさん書いており、ある手紙ではフォートを「ポー以後にあらわれたもっとも魅力のある文学者」（一九三〇年八月二七日付フォート宛の手紙、*Letters* II, 507）と呼んで、フォートをポーに比しているのがおもしろい。一九三一年には一部の熱心なファンによって超常現象研究会「フォーテアン・ソサイアティ」が結成されたが、フォート自身はそんな怪しげな団体に関係したくないとして加入を断ったのにたいして、その初代会長におさまったのはドライサーであった。

一九一五年ごろにフォートは、小説とも論文ともつかぬ『X』および『Y』の原稿をドライサーに預け、閲読を依頼した。『X』は火星人が登場する宇宙論であり、『Y』は、北極からアクセスできる地球内部の空洞に、知られざる人類が文明を築いているとするシムゾニア伝説にもとづいた作品だったといわれる（不思議なことに、フォートの著作には私の知るかぎりポーへの言及が見いだせないのであるが、シムゾニアはポーも『アーサー・ゴードン・ピムの物語』などに用いた素材である）。ドライサーはこれらの原稿にすっかり惚れこみ、触発されて『夢』や『走馬燈』などを執筆するとともに、フォートに『X』の出版を強く勧めたのだが、妙なことにフォートは気乗り薄で、ドライサーが大いに悔しがったことに、やがてその原稿を破棄したらしい。

だが、フォートの伝記で、未刊の草稿なども含めてフォートとドライサーの関係について調査したジム・スタインマイヤーは、「『X』は大部分、ドライサーとの会話から着想を得、ドライサーの考えを偶然——あるいは意図的に——補完するようにしつらえられていたのであろう。フォートはドライサーの関心に完璧に迎合し、科学と思弁を混ぜ合わせて途方もない形而上学的ごった煮に仕立てていた」(141) と見ている。そうだとすれば、『X』はフォートとドライサーの合作に近かったと考えられ、フォートが『X』を出版するようにドライサーにさんざん口説かれたにもかかわらず、渋りつづけて結局発表しなかったのも、自分の著作であると言いきれるかどうか、多少の疑念をもっていたからかもしれない。すると、一九一〇年代に奇妙な戯曲の形で書かれたドライサーの宇宙論は、フォートの受け売りどころか、ドライサーの独創であったと見なしてもさしつかえないことになる。戯曲『夢』にしても、思いもよらず異次元世界にワープする男の話であるという筋書きにおいて、ドライサーがフォートと知り合うよりもずっと以前に書いた初期短篇小説「黒アリ戦士になった男マキューエン」を引き継いでいる。

ドライサーが宇宙論などという一見不似合いなジャンルに手を染めた背景には、新聞記者や雑誌寄稿家として生計を立てていたころ、読者の嗜好に投じてさまざまな題材を片っ端から取りあげたなかに、降霊術などの疑似科学も含めた科学のトピックについての取材を得意にしていたという事実も介在していたと思われる。のちに雑誌編集長として辣腕をふるったときも、誌面に科学読み物を登載することに熱心だった。たとえば、『シスター・キャリー』前のドライサーの雑誌記事を集めた伯谷嘉信編『雑誌記事選集』第二巻「第六部」、および『雑誌記事拾遺』「第二部」は、ともに「科学、テクノロジー、産業」と題され、この方面の記事が何本も収録されている。ただし、ドライサーの科学にたいする関心は、たんに文学市場の需要に応える動機から生まれただけでなく、真摯な探究心に支えられてもいたと見なければならない。その点はポーも同様で、やはり雑誌記事作家として、また雑誌編集者として、科学読み物に大いに関与したし、改めて言うまでもなく、短篇小説でも科学的な素材を利用した作品をたくさん書いた。かくてドライサーもポーもジャーナリストとして成功を遂げたのであるが、にもかかわらずこの職業を嫌悪したことにおいても両者相通じていた。

ドライサーがふたたび宇宙論の構築に熱中するのは、一九三五年から一九三七年にかけての時期である。六〇歳をとっくに過ぎていた。このころ彼は、科学や哲学の探究に没頭し、天文学、物理学、生物学、生理学などの多数の書物を漁ったり、かつて啓発を受けた生理学者ジャック・ロエブが所属していた、ニューヨークのロックフェラー医学研究所やマサチューセッツ州ウッズホール海洋生物学研究所などの科学研究施設を訪れて、科学者たちに直接面会質問したりしながら、膨大な断片を書きためた。それが『生についての覚え書き』の素材である。そのいきさつについて私は旧稿「ドライサーの一九三〇年代」で述べたので、ここでは省略する。ただ、ドライサーがこの探究に埋没する前の一九三四年に発表した、研究計画構想をまとめたような二つのエッセイ、「汝、幻影」と「個性という神話」に触れておきたい。

これらのエッセイから浮かび上がる宇宙像は、一九一〇年代に戯曲にあらわされた宇宙像とあまり変わらない。それは、「汝、幻影」ではつぎのように述べられている。

わたしはささやかな集合物であり、わたしならざるさらに微細な、驚くほど整合的に作用する存在――ないしエネルギー容器からなっている（とはいえ、これらの要素に矮小なものはひとつもなく、その配列が攪乱されたら、わたし――いわゆるわたしという存在――が終わるかもしれないし、終わるほかないとさえいえる)。さらに、これらの要素は、わたし――すなわち、これらの要素よりは多少大きいとはいえ、これらの要素に意識されているか、されていないかもわからないメカニズム――の部分をなしながら、わたしという構造の部分としてわたしのなかできわめて快調に機能しているし、わたしは、これらの要素のおかげで、また、それよりも高度の、われわれすべてを支配している別な力のおかげで、わたしと同様のほかのメカニズムに立ち交じりながらけっこううまく機能している。これでとてもうまくいっているので、ついには、わたしは個人として力能をそなえた存在であるというよりは、何か外部のもっと大きな知的活動体の知力か企図のためのメカニズムであると思えてくる。この知的活動体は、わたしや、わたしを現在の姿にあらしめるのに役立ってくれている微細な実体をこしらえたのだが、おそらく自身の目的を心に秘めてのことではないであろう。言い換えれば、わたしはまるごと個人として生きているのではない――そうではなくて、何か別のものによって生かされているのであって、それがそれ独自の用途のためにわたしをこしらえ、ほかのあらゆる形ある事物や要素や力を利用するとともにわたしを利用しているのである。(287-8)

ここで「何か外部のもっと大きな知的活動体」と呼ばれているものは、かつての戯曲に「宇宙の主」として登場したものに通じている。これはまた「偉大な創造的エネルギー」とも呼ばれ、「意味をこめてにしろ、意味などとは無関係にしろ、みずからを表現したいという、すさまじく重大なのか、無駄で些細なのか、判然としない欲望ないし気分」を抱えている「サムシング」であるともいわれている(290)。

「個性という神話」では、この「サムシング」の自己表現としての宇宙が、「このような見世物に甲斐があるのかということについてどうやら懐疑的であるように思われるサムシングが上演する上等のショー」(342)であると論じられている。生前に発表されたこれら二篇のエッセイを踏まえてこそ、『生についての覚え書き』のなかの、たとえば「宇宙という名のメカニズム」という断章の意味も明らかになるのではないだろうか。ドライサーの宇宙論が一九三〇年代にどのあたりまで到達したのかを示すために、以下に「宇宙という名のメカニズム」からの一節を、あまり知られていない著作でもあることだし、多少長くなるのも厭わずに引用する。

宇宙には、大きな太陽や小さな太陽がいくつもあり、包括的な天体や島宇宙、それから彗星、惑星、衛星、小惑星、星の破片、光子、電子、宇宙線、原子、元素などがあることを考えてみてほしい――すべてが不易の法則に支配されていると信じられている。しかも万物が、われわれの存在や運命の根源をなすとてつもない力の不可欠な部分として、畏怖の念をかき立てている。にもかかわらず、人間や動物に立ち交じっている者として人は、みずからの状態や運命を考察する自由をやはり有している。というのも、現代の物理学者や化学者によれば、そういう状態や運命は千差万別であるからだ。何十億、何百億もの銀河が存在しようとも、すべてが老いていきつつある。すべてが、始原となるどこか共通の中心から外側に向かって遠ざかりつつある。すべてが、各太陽系や恒星が体現する原子の壮大な狂乱を放散させつつある。それらは源から分かれ、たがいに遠のいて、秒速一八六、〇〇〇マイルの高速で去っていく。それにしてもいずこへ。何を目ざして。エーテルか。空間＝時間と呼ばれるあの見分けもつかぬ何物かをか。科学ははっきりしたことは言わない。再集合、再統合の過程が起きるのかもしれない。だが、どのようにしてかはわかっていない。

しかし他方で、人間はこの壮大な運動とみずからの関係を研究することを許されている。なぜならば、マックス・プランクが主張したところによれば、「われわれ自身は自然の一部であり、それゆえわれわれが解こうとしている謎の一部である」からだ。すなわち、島宇宙やいくつもの太陽系を作り上げ、われわれが空間＝時間と呼んでいるものを占めているのと同じ諸要素──光子、電子、原子、宇宙線──が、われらの太陽系や地球や細胞原形質やわれわれ自身を作り上げているからであり、われわれはその不可欠の部分であって、それがまたわれわれの一部なのである。このことから明らかなように、この運動の謎を解こうと努めているのは、「個人として」などという誤った表現であらわされるわれわれだけでない。むしろ、この運動自体がわれわれを通じてこの謎を解こうとしてもいるのである（中略）。そしてわれわれは、この運動を通じて、あるいはこの運動（それによって与えられるわれわれの動機）ゆえに、この運動やわれわれを創造したものの謎のみならず、その一部としてのわれわれ自身の謎をも解決しようとする。(10)

これらの文章からドライサーの世界観を要約すれば、宇宙には「創造的エネルギー」が横溢しており、これが森羅万象に浸透していて、万物の運動や作用の根本的な原因となっているという見方である。この「創造的エネルギー」の正体については不可知なものと見なすのがドライサーの建前上の立場であるが、「知的活動体」と呼んだり、「サムシング」と呼んだりして、神という名を使うまいと苦心しているものの、結局は擬人化しうる神に近い存在であることをしぶしぶ認めている。ただ、この存在に道徳的な究極善はなく、宇宙の万物がこの存在の部分であり、その気まぐれな自己表現の産物であって、われわれの知る宇宙とは、この存在がある種のスクリーンに投影した自己表現のようなものであると解釈される。さらにこの断章には、人間は宇宙の一部であるとともに、宇宙は人間の一部であるなどという、全体と部分の関係が奇妙に反転する見方も含まれている。

宇宙とはスクリーンに映った像のようなものだという見方は、マーク・トウェインの未完の遺作『不思議な少年第四四号』の結末にあらわれる世界観にも類似しており、この類似性は興味深い。現代の天文学や物理学にもとづく宇宙論は私には近づきがたいけれども、たとえば佐藤勝彦による啓蒙書では、人間の科学によってとらえられる宇宙がスクリーンに映った像のようなものだと見る最先端の理論が、私にもなんとなく想像できるように紹介されている。この理論によれば、宇宙がたとえば十次元ないし十一次元の世界と想定され、「私たちの三次元の空間は、高次元空間の中の「三次元の膜」のような存在である。私たちの三次元の空間で膜と言えば、紙切れのように縦と横しかない二次元であるが、高い次元の空間の中には三次元の膜も数学的に存在できるのである」(107-8) とされる。このように多次元の空間に浮かぶ膜のような宇宙はブレーン宇宙と呼ばれる。「「ブレーン」という言葉は、英語で膜を意味する membrane を省略して作られた造語である」(108)。この膜に映る像のようなものが、われわれの観察する宇宙だというのである。

宇宙の運動になんらかの知性の働きを認めずにいられない性癖について言えば、現代の科学的宇宙論の一部に根強く息づいている「人間原理（Anthropic Principle）」が想起される。松田卓也によれば、科学的宇宙論は、科学という以上「宇宙原理（Cosmological Principle）」（「宇宙は一様かつ等方である」）によるのが普通とはいえ、いまや「人間原理」の宇宙論も無視できなくなっているという(235)。現代の最先端の科学者が、「この宇宙は認識されなければ、存在しないのと同じことである。逆にいえば、宇宙を認識するわれわれ人間が存在するということは、この世界はそのようにうまく仕組まれているはずだということになる。つまり宇宙は人間を生み出す目的をもって設計されているともいえる」(227-8)などと言い、「つまり私のいいたいことは、目的因をたんに非科学的としてしりぞけるべきではないということである。科学が進めば、さらに自然の巧妙なからくりが見えてくると思う。その最終的なからくりが人間原理であるかもしれないのだ」(229)と論じている。量子力学における観測問題を踏まえた不確定性原理が認められると同様な意味で、科学的宇宙論にも、知的生命が存在する謎を含めて考えれば「人間原理」が登場しても不思議ではない。こうなると、ドライサーの宇宙論は「人間原理」によるブレーン宇宙に似ていると言えないこともない。

とはいっても、ドライサーやフォートの宇宙論を現代の科学的宇宙論に伍するものだとか、それに取って替わりうるとかなどと言いたいわけではない。しかし、宇宙論は科学者が構想したところで、厳密な意味で科学の領域内に踏みとどまるだけでは完成するはずのない企てであり、どこかから先は想像力に頼らざるをえない高度に仮説的なモデルにとどまる以上、文学者の想像と質的に異なるとは限らないのではないか。一個の人間は無数の原子を含んでおり、素粒子からなる原子の構造モデルが、太陽系の形に似ていることを知るにいたった程度の子どもなら、人間は一個の銀河系か宇宙に等しいし、逆に銀河系ないし宇宙は、われわれの惑星を素粒子として包含する巨人のようなものではないかなどと空想しても不思議ではない。文学者の宇宙論もこのような空想をもっと精緻に仕組んだものではないかと思われるが、このような空想と科学的宇宙論とはまったく縁もゆかりもないと言いきれるであろうか。

そこにはまた、宇宙という極大と素粒子という極小の両極端が突き詰められると一致するという科学的宇宙論が、ウロボロスのイメージに見られる神話的想像力に通じているのと同様の趣きを認めることができよう。「宇宙論学者は、現代の「神話の語り部」と言えなくもない」(38)と語る池内了は、「時代が定常的になると、宇宙観も停滞する。逆に、宇宙のダイナミックな描像は、社会に新たな展開を促す契機を与えるであろう。宇宙論の研究は、じつはそのような力を秘めていることを、もっと意識すべきだと考える」(48)と述べている。ドライサーもフォートも、科学が人間の知性のすべてであるとは信じていなかったし、科学万能を奉じることの愚を忘れなかったとはいえ、科学に敬意を払い続けた。その点はポーも変わらなかった。

『ユリイカ』は「散文詩」という副題を有し、宇宙論などという大それた企てと見られそうな著作を世に送り出すのに適した、いわば数学的な意味でエレガントな体裁をまとっている。だからといって、この著作は手すさびなどではなく、ポーが全身全霊を投入した畢生の大作である。四〇歳を迎えようとしているときにこの著作の刊行にこぎつけたポーは、すでに自分に死期が迫っていると予期していた気配がある。一八四九年七月、彼の死去三ヶ月前に書かれたマライア・クレム宛の手紙から、それがうかがえる。

> わたしたちは共に死ねるだけです。**いまや**わたしを説きつけようとしても無駄です。わたしは死ぬにちがいありません。「ユリイカ」を仕上げてしまったあとは、生きたいという望みもありません。わたしにはもはや、あれ以上書くべきことなどないのです。(Ostrom II, 452)

ポーは、「盗まれた手紙」で描き出したように、詩人、文人であるだけでなく数学者、科学者でもあるという、D―大臣やデュパンを通じて示唆されているポー自身の自画像を確証するかのごとく、『ユリイカ』で当時の天文学の最先端の知識を披瀝して、天文学に通暁しているさまを思いきり衒う。そうしながらポーは、宇宙の始まりとして神の意志が「始原粒子」(23)に結実したと論じ、「**全一性**」(23)ないし「絶対的**単一性**」(37)を体現するこの「始原粒子」から宇宙が始まるとする宇宙生成論を展開する。

> この「絶対的単一性が万物の源であるという」観念は、仮にもそれがよしと認められるならば、もうひとつの観念もこれと密接不可分な関係にあるものとして認められるほかなくなる――もうひとつの観念とはすなわち、われわれが**現在**知るとおりの星の宇宙の状態――つまり、空間にはかりしれないほど広く**散在**している状態――の観念である。さて、この二つ――単一性と散在――の観念が結びつくには、第三の観念――つまり**放射**の観念を考慮に入れないわけにいかない。絶対的単一性が中心であると受けとめられるならば、現存する星の宇宙は、その中心から**放射**された産物だということになる。(37)

「始原粒子」からの「放射」として宇宙をとらえる『ユリイカ』の宇宙生成論は宇宙の膨張を論じており、現代の科学的宇宙論でも有力と見なされるビッグバン理論あるいはインフレーション理論と同型である。ポーはさらに宇宙の未来について「大終焉」(100)を予想し、それをつぎのように描き出す。

諸星団それ自体は、凝縮の過程を経ながら、とてつもない加速度で、共通の中心に向かって突入していく——そしてついには、星族の堂々たる末裔たちは、その物質的な壮大さや、全一に回帰しようとする欲求の霊的激情にのみ見合うような、電気の百万倍もの速度で接近し、閃光を発するとともにひとつに合体する。この不可避の破局は間近に迫っているのである。（100）

これは、現代の一部の宇宙進化論で提起される、ビッグクランチと呼ばれる宇宙収縮のヴィジョンを先取りしていると見ることもできよう。現代では、ビッグバン理論をとるとしても、宇宙の進化論にもとづく将来像は、現状のまま維持されるか、永遠の膨張が続くか、いつか収縮に転じるか、いずれの可能性もあると考えられているが、ポーの宇宙論は、いつか収縮に転じると見るビッグクランチ理論に通じている。その点は、宇宙の生成消滅を「生誕の家」、「生の家」、「死の家」の三段階で描こうとしたドライサーの『走馬燈』の宇宙観にも近い。ポーは、今日から見ればごく制約されている天文学的知見をもとにしても、この程度の仮説に到達するに足る科学的推論の能力を有していたと見せつけているのである。

ポーのビッグクランチ理論は、「エイロスとカルミオンの会話」（"The Conversation of Eiros and Charmion" 1839）、「モノスとウナの対談」（"The Colloquy of Monos and Una" 1841）、「言葉の力」（"The Power of Words" 1845）などでも、宗教的エスカトロジーの響きをより鮮明にとどめながら描き出されているが、『ユリイカ』における終末は、つぎのくだりに見られるとおり、それですべてが終わってしまうというのではない、いわば偽の終末として描き出されている。

だが、ここで話を終わりにすべきであろうか。否、ちがう。宇宙の凝結と消失にいたってわれわれがただちに思い浮かべることができるのは、新たな、おそらくそれまでとはまったく異なる一連の形勢が生じる――再度の創造と放射が始まり、また収縮を繰り返す――ふたたび神意の作用と反作用が起きるかもしれないということである。全法則中最高位を占めるあの法則、すなわち周期性という法則に想像力をゆだねれば、これまで本書で思いきり思弁の翼を広げて考察してきたあの運動が、何度も何度も永遠に更新されると信じても――否、期待しても、かまわないのではあるまいか。神の心臓の鼓動一回ごとに、新たな宇宙があらわれて膨張していき、その後収縮して無に帰すると。

ところで、さて――この神の心臓とは――それは何であろうか。**それこそわれわれ自身の心臓なのである。**(103)

書物の結末近くあと三ページ余を残すだけの箇所にある、この引用最後の短いパラグラフから、『ユリイカ』の真の特異性が忽然とあらわになる。宇宙は、ドライサーが『走馬燈』であらわした「サムシング」の頭脳の働きならぬ心臓の鼓動のように、生成と消滅を繰り返すと描かれるとともに、「**それこそわれわれ自身の心臓なのである**」という、強調のイタリック体であらわされた一文によって、たとえば科学的にリスペクタブルな宇宙論を期待する類の読者の足もとをすくうような、アイロニーを混えたどんでん返しが導入され、それまで客体として扱われてきた宇宙の運動が、ここで一気に主体の営為に変換されるのである。

「みなさんが宇宙と呼んでいるものは、この方［神的存在］が拡張している現在の存在形態にすぎない」(105)という、本書最後の長いパラグラフのなかの一文が意味しているのは、「この方」の心臓が「われわれ自身の心臓」であると断言されているからには、宇宙がわれわれ自身の延長にすぎないということになる。これこそ、「人間原理」どころではない人間中心の宇宙論であろう。日本の第一線の宇宙研究者たちによる現代宇宙論集の掉尾で海部宣男は、こんなとらえ方を示している。「宇宙膨張の一番先は、どこか。私が知ることが出来る最先端、最新の世界は、〝ここ〟、つまり私自身だ。私から遠ざかるほど、見える宇宙は古くなる。光＝情報がやってくるのに時間がかかるから」(259)。これは偈《げ》などにもなぞらえられているので、どこまでまじめに受け取れるのかよくわからないが、現代天文学者の行き着いたひとつの境地であることはたしかであろう。

このように見てくると、宇宙とは、卑小な人間ないし詩人を部分として含む、絶大な超越的存在の自己表現にほかならないと見る宇宙観が、ポーとドライサーによって共有されていると言えるのではないだろうか。両者のこの一致点の基盤をなすのは、両者が、宇宙とは人間を包摂する超越的存在の表現であると見る広い意味での「人間原理」に立つ宇宙論に賭けていると同時に、それとは反対の、環境決定論を共有することであろう。ドライサーがハーバート・スペンサー的な環境決定論、進化論を奉じていたことについては改めて論じるまでもないであろうが、しかし見落とされてならないのは、『シスター・キャリー』第一〇章に「スペンサーをはじめとする現代の自然主義哲学者たちは、自由主義的なことをいろいろ言っているけれども、人間は道徳に関しては幼稚な感覚しかもっていない。この方面には、進化の法則に従うだけではすまない側面がある」(68)と書いているように、ドライサーが社会進化論を相対化しており、この理論に依拠していたとしても便宜的でしかなかったことである。

他方、便宜的程度の環境決定論ならば、ダーウィン以前のポーもときに持ち出した。たとえば「アッシャー家の崩壊」では、ロデリック・アッシャーとその館の相同性について、ロデリックの信念として、個人は自分を取りまく世界の歴史や、無機質界も含むいっさいの環境に浸透しつくされ、それに束縛されて、「その結果は、数世紀にわたって彼の一族の運命を形づくり、アッシャーをいま［語り手の］見るような人間に——現在のアッシャーに——作りあげたあの無言の、だが執拗な恐ろしい影響のなかに見出される」(408) という見方が披瀝されている。だが、この決定論は一方的な決定で終わらず、個人が外界の諸影響のいわば結晶だとすれば、個人は宇宙に決定されていると同時に、宇宙に対して反作用を及ぼす回路も与えられていると見なされ、そのような見方は、「［ロデリックの］心からは暗黒が、あたかも固有の特性ででもあるかのように、一条の絶え間ない憂愁の放射線となって、精神界物質界のあらゆるものに注がれていた」(405) という語り手の観測によって示されている。「ウィリアム・ウィルソン」においても、主人公が「家系の特徴を遺伝的に受けついでいる」とともに、「人間には統御できない環境の奴隷」(427) であると語られている。決定論はまた、「言葉の力」でアガトスが、詩人の発する「言葉の物理的な力」に言及し、「一語一語が地球の大気にたいする衝撃ではないか」(1215) とオイノスに語っているくだりからもうかがえる。たとえば空気を振動させる言葉の力が全宇宙に影響を与えるなどという、環境決定論とは逆方向とも見える作用も、じつは、一粒子の変動が究極的には全宇宙に影響を与えずにおかないという決定論的宇宙観に根ざした思考回路から発想されている。

ポーがこのようなものの見方に立って徐々に宇宙論的な構想を築いていったのは、まさか科学的宇宙論そのものを提起しようとしたわけではなく、ドライサーと同じく、ともすればグノーシス主義的な宇宙観に陥りがちになりつつも、ぎりぎりのところで踏みとどまって、芸術家の「力への意志」とニーチェの呼んだものに駆り立てられながら、自己が外界から乖離しているうえに自己自身も分裂しているという実状にあるこの世界を、力業によって一元論的に統合しようとし、そうすることによって思考可能性の範囲を示そうとしたからだと受けとめることもできよう。

ポーが米国でよりもフランスで、とりわけボードレールによって、いちはやく評価されたのはなぜなのかという問題に取り組んだパトリック・クインは、『ユリイカ』にかぎらず詩や短篇も含めたポーの著作に陰に陽に息づいていた形而上学的探究の精神にボードレールが反応していることを重視している。ボードレールは一八四八年七月に、はじめて手がけたポーの翻訳「メスメル式催眠術のもたらした啓示」（"Mesmeric Revelation" 1844）を雑誌に発表したときの「付記と解説」で、ディドロ、ラクロ、ホフマン、ゲーテ、ジャン・パウル、マチューリン、バルザックらとポーを同類の作家と捉えてみせたが、これについてクインは「これらの人たちは多かれ少なかれ哲学的な作家である」（92）と論じる。

一八四八年七月といえば、二月革命後のパリで労働者の「六月蜂起」が苛酷な弾圧によって潰された直後のことだったから、ボードレールの訳業に注目したもう一人の比較文学研究者バンディが言うには、「ボードレールはポー売り込みキャンペーンを開始するのにこれ以上幸先の悪い時期を選べなかったほど」（xx）の劣悪なタイミングであった。しかもそれは『ユリイカ』が出版されたのと同年同月のことであったから、ポーを発見したばかりのボードレールにとっては、いかにも哲学書めいたこの本を知るよしもなかったはずである。にもかかわらず、ボードレールはいくつかの作品を読んだだけでポーの「哲学性」を見てとり、その後の生涯にわたってポーの主な著作の翻訳に精魂を注いで、けっきょく五巻もの翻訳書を遺すことになる。
したがって、最初の翻訳作品に添えられた付記は、格別な関心の的になってもおかしくない。そのなかでボードレールは、つぎのように論じている。

わたしがいま話題にしている類の小説家たちには、けっきょくのところ、いわば哲学者たちを妬むようになる瞬間が必ずやってくる。すると、彼ら自身も、この世界の仕組みに関する自分の考えを打ち出さずにいられなくなるのだが、それをするのに、ときには、かわいらしくも素朴でもあるはしたなさを見せたりさえする。『セラフィタ』や『ルイ・ランベール』、その他の作品においてバルザックが書いた無数のくだりを、誰もが思い浮かべるであろう。正当とはいえ途方もない百科全書的な野望にとりつかれたこの偉大な精神は、スウェーデンボリ、メスメル、マラー、ゲーテ、ジョフロワ・サン＝ティレールから摘み取ってきた雑多な観念を、それらの作品のなかでひとつの統一的決定的体系に融合しようとしたのだ。統一性という観念はエドガー・ポーにもつきまとい、心に抱いたこの夢想を追いかけるのに、彼はバルザックに劣らない努力を払った。(457)

こうして、バルザックとポーはボードレールによって結びつけられるのだが、この三人の作家を結びつける紐帯は突きつめたところ、哲学的、形而上学的関心であるということになる。そして彼らこそドライサーが先達者と仰いだ作家たちであるが、そのドライサーもまた、小説の結構などおかまいなしに随所で長々と哲学的コメント――いわゆるフィロソファイジング――を書き連ねることで悪名高い作家であった。

ドライサーとポーはともにフラヌールであったと見なしうるが、このつながりもまたボードレールによって強力に媒介されている。ジェイムズ・ワーナーによれば、フラヌールとしてのポーは「宇宙の観相学」に行き着くことになった。

ドライサーが宇宙論を書こうとしたのも、私淑したポーの真似をしたからだなどと見なすのは事柄の矮小化であり、あたらない。そうではなくて、著述活動にシリアスに取り組むうちにスノッブの域を超えてしまい、やがて生涯を終えることを意識しだしたころに宇宙論などという不可能な企てに乗り出して、あえて宇宙全体を解き明かしたいというファウスト的企てに知的探究の目標を仮託するにいたるという気組みにおいて、また、自我の追究が宇宙へ及び、宇宙の探究が自我へ収斂するという往還の仕方において、両者は互いに似た営みにふけったということであろう。

あとがき

ポーを読んで思うところを書きつけたものをこのように一冊にまとめてみると、自分が未だにとらわれている妄執があからさまになるだけのような気がして、恥じ入る思いもないわけではない。かつてポー作品について書いた文章は若気の至りなどと反省したはずなのだが、近ごろ書いたものをあらためて読み直してみると、この歳になってもあまり進歩を遂げていないらしいと思い知るほかない。それでも、だからこそなおさら、これらの文章に名残惜しさを覚えるのであろう。ここではやや居直ったような気持ちで、きまりわるさを思いきって振りきり、拙文を諸賢の目にさらして批判に委ねたい。

本書に収めたエッセイは、旧稿にもとづいているものが多い。いずれも多かれ少なかれ書き換え、加筆を施してあるが、各エッセイの旧版初出を以下に記載しておく。

まえがき——ポーと一人称　［書き下ろし。ただし一部は「エドガー・アラン・ポー「実業家」」（『全国商工新聞』二〇〇六年六月五日）が初出。］

売文家の才気と慚愧　［書き下ろし］

「アッシャー家」脱出から回帰へ　［「「アッシャー家」脱出から回帰へ」『民主文学』第五〇〇号（二〇〇七年六月）、二一二—二二一頁。］

「群集の人」が犯す罪とは何か　［「「群集の人」が犯す罪とは何か」（『新英米文学研究（New Perspective）』第四四巻一号（総号一九七号）、二〇一三年七月）三五―四九頁。］
黒猫と天邪鬼　［「続・ポーの復讐――「黒猫」の場合」（『新英米文学研究（New Perspective）』第四三巻二号（総号一九六号）、二〇一三年二月）五二―六〇頁。］
「盗まれた手紙」の剰余　［「「盗まれた手紙」の剰余」（小林憲二編『変容するアメリカ研究のいま――文学・表象・文化をめぐって』、彩流社、二〇〇七年三月）九九―一一六頁。］
「メロンタ・タウタ」の政治思想　［書き下ろし］
ポー最後の復讐　［「ポーの復讐」（『新英米文学研究（New Perspective）』第四二巻一号（総号一九三号）、二〇一一年七月）五―一五頁。］
付論・ポーとドライサー
ポーの墓　［「ドライサー事典翻訳余聞――ポーの墓」雄松堂 Net Pinus 70 <http://yushodo.co.jp/pinus/70/america/index.html> 2009/12/10.］
ドライサーはポーの徒弟？　［「ドライサーはポーの徒弟？」『北海道アメリカ文学』第二六号（二〇一〇年三月）、三―一六頁。］
末期の宇宙論作家　［「ドライサーとポー――宇宙論作家として」（新英米文学会編『英米文学を読み継ぐ――歴史・階級・ジェンダー・エスニシティの視点から』、開文社出版、二〇一二年三月）九六―一一七頁。］

これらの拙稿を掲載してくれた本や雑誌の編集者諸氏に感謝したい。ポーについて私が考えたことを多くの人たちに読んでもらい、自分の考えがどのように受けとめられるものかを知る機会を与えてくれたからである。

かつては授業で扱うことをなんとなく避けていたポーを、二一世紀に入ってから東京都立大学や東洋大学での授業で何度か取りあげたのだが、そのおりに授業に出席してくれた学生諸君にも御礼を申し述べたい。また、新英米文学会では、二〇一〇年の夏にポー短篇小説研究が大会シンポジウムのテーマに設定されたときに、私は報告者の一人に任ぜられ、ポーについてあらためて考察する機会を与えられた。それとともに新英米文学会には、これまで長年にわたり、集団的研究や討論の場を与えてくれて、たいへんお世話になってきた。御礼申し上げたい。

アメリカ文学を研究する学徒としてお世話になった方々を数えあげればきりがなくなるが、その方々にも御礼を申し述べたい。とりわけ、畏友福士久夫氏には長年多くのことを教わり、また私の話を聞いてもらった。東洋大学大学院でポー研究を志して図らずも私の指導を受けるようになった水戸俊介氏には、若々しい知的関心を通じて刺激を与えられた。彼らについては、どうしても名をあげずにすませるわけにはいかない。

妻知恵には、家庭で支えられただけでなく、フランス文学とりわけバルザックを絶えず話題にし、その方面への興味をかき立ててくれたことにたいして、なかなか口に出しては表現できぬ感謝の念を表しておきたい。

本書が出版できたのは何よりも未來社社長西谷能英氏の英断のおかげである。西谷氏には言葉に尽くせぬほどお世話になってきたが、本書の企てについても氏に背を押されなければ私はその気になれなかったであろう。どう御礼を申し上げればいいかわからない。ご期待に添えたかどうかだけが、いつも心配である。編集や校正では長谷川大和氏にも大変お世話になった。皆さん、ほんとうにありがとう。

二〇一四年九月

村山　淳彦

引用文献書誌

Akutagawa Ryûnosuke. 芥川龍之介『侏儒の言葉・文芸的な、余りに文芸的な』（岩波文庫）、岩波書店、2003 年。

____. 芥川龍之介「地獄変」、『地獄変・邪宗門・好色・藪の中・他七篇』（岩波文庫）、岩波書店、2013 年、39-82 頁。

Allen, Harvey. *Israfel: The Life and Times of Edgar Allan Poe*. 1926; London: Victor Gollanz, 1935.

Anon. Paulding-Drayton Review ["Slavery." Review of *Slavery in the United States*, by J. K. Paulding; and *The South Vindicated from the Treason and Fanaticism of the Northern Abolitionists*. *Southern Literary Messenger*. April 1836: 336-39. Attrib. to EAP in *The Complete Works of Edgar Allan Poe*, vol. VIII. Ed. James Harrison. New York: AMS Press, 1965. 265-75.]

Auerbach, Janathan. *Male Call: Becoming Jack London*. Durham: Duke UP, 1996.

Babener, Liahna Klenman. "The Shadow's Shadow: The Motif of the Double in Edgar Allan Poe's 'The Purloined Letter'" in Muller & Richardson, 323-334.

Bakhtin, Mikhail. *Problems of Dostoevsky's Poetics*. Tr. Caryl Emerson. Minneapolis: U. of Minnesota P., 1984.

Bandy, W. T., ed. Charles Baudelaire. *Edgar Allan Poe: sa vie et ses ouvrages*. Toronto: U. of Toronto P., 1973.

Baudelaire, Charles. *Histoires Extraordinaires par Edgar Poe: Œuvres Complètes de Charles Baudelaire; Traductions*. Ed. Jacques Crepet. Paris: Louis Conard, 1932.

____. "Notes et Eclaircissements: Révélation Magnétique" in *ibid.* 456-458.

Bellamy, Edward. *Looking Backward*. New York: Penguin Books, 1986.

Benjamin, Walter. ヴァルター・ベンヤミン、野村修訳「ボードレールにおける第二帝政期のパリ」、野村修編訳『ボードレール他五篇』（岩波文庫）、岩波書店、1995 年、133-275 頁。

____. 円子修平訳「セントラル・パーク」、川村二郎／野村修編『ヴァルター・ベンヤミン著作集 6――ボードレール新編増補』、晶文社、1975 年、223-259 頁。

____. "Critique of Violence" in *Reflections: Essays, Aphorisms, Autobiographical Writings*, ed. Peter Demetz, trans. Edmund Jephcott. New York: Schocken Books, 1986, 277-300. 野村修訳「暴力批判論」、野村修編訳『暴力批判論、

他十篇』（岩波文庫）、岩波書店、1994 年、27-65 頁。
____. "On Some Motifs in Baudelaire" in *Illuminations: Essays and Reflections*, ed. Hannah Arendt, trans. Harry Zohn. New York: Schocken Books, 1969, 155-200.
____. "Paris, Capital of the Nineteenth Century" in *op. cit.*, ed. Peter Demetz, 146-162. 川村二郎訳「パリ——19 世紀の首都」、川村二郎・野村修編『ヴァルター・ベンヤミン著作集 6』、晶文社、1975 年。
____. 今村仁司ほか訳『パサージュ論』III、岩波書店、1994 年。
Blythe, Hal, and Charlie Sweet. "The Reader as Poe's Ultimate Dupe in 'The Purloined Letter,'" *Studies in Short Fiction* 26-3 (Summer 1989): 311-15.
Bourne, Randolph. "The Art of Theodore Dreiser" in Kazin, et al. 92-95.
Canetti, Elias. エリアス・カネッティ、岩田行一訳『群衆と権力』上下二巻、法政大学出版局、1971 年。
Carlson, Eric, ed. *The Recognition of Edgar Allan Poe: Selected Criticism Since 1829*. 1966; Ann Arbor: U. of Michigan P., 1969.
Cervantes, Miquel de. ミゲル・デ・セルバンテス、牛島信明訳『ドン・キホーテ』（全 6 巻）（岩波文庫）、岩波書店、2001 年。
Clinchanps, Philippe du Puy de. Ph・デュ・ピュイ・ド・クランシャン、横山一雄訳『スノビスム』（文庫クセジュ）、白水社、1965 年。
Crepet, Jacques. "Travaux sur Poe. Tableau Chronologique de Publication du Vivant du Traducteur" in Baudelaire. 387-390.
Dayan, Joan. "Amorous Bondage: Poe, Ladies, and Slaves." Rosenheim & Rachman. 179-209.
____. *Fables of Mind: An Inquiry into Poe's Fiction*. New York: Oxford UP, 1987.
____. "Poe's Women: A Feminist Poe?" *Poe Studies* 26. 1-2 (1993): 1-12.
Dazai Osamu. 太宰治「道化の華」、『太宰治全集 2』、筑摩書房、1998 年、108-163 頁。
Derrida, Jacques. "The Purveyor of Truth" (tr. Alan Bass) in Muller & Richardson, 173-212.
Dickstein, Morris. *Gates of Eden: American Culture in the Sixties*. 1977; Cambridge: Harvard UP, 1997.
Douglas, Ann. *The Feminization of American Culture*. 1977; New York: Doubleday, 1988.
Dreiser, Theodore. *An American Tragedy*. 1925; Cleveland: World Publishing Co., 1948. ［引用の訳にあたっては、橋本福夫訳『アメリカの悲劇』全 4 巻（角川文庫、1963-68 年）を参照した。］
____. *The Collected Plays of Theodore Dreiser*. Ed. Keith Newlin & Frederic E.

Fusch. Albany, NY: Whitston, 2000.
____. "The Dream." *Hey Rub-A-Dub-Dub*. 60-73.
____. *The "Genius"*. 1915; Cleveland: The World Publishing Company, 1943.
____. *The Hand of the Potter: A Tragedy in Four Acts*. New York: Boni & Liveright, 1918.
____. *Hey Rub-a-dub-dub: A Book of the Mystery and Wonder and Terror of Life*. New York: Boni & Liveright, 1920.
____. *Letters of Theodore Dreiser: A Selection*, 3 vols. Ed. Robert H. Elias. Philadelphia: U. of Pennsylvania P., 1959.
_____. "McEwen of the Shining Slave Makers." In *Free and Other Stories*. 1918; Reprint, St. Clair Shores, MI: Scholarly P., 1971.
_____. "The Myth of Individuality." *The American Mercury*, XXXI, 123 (March 1934): 337-42.
____. *Notes on Life*. Ed. Marguerite Tjader & John J. McAleer. University, AL: U. of Alabama P., 1974.
_____. "Phantasmagoria." *Hey Rub-A-Dub-Dub*. 182-200.
____. *Plays of the Natural and the Supernatural*. 1916; New York: AMS Press, 1969.
____. *Sister Carrie: An Authoritative Text, Backgrounds and Sources, Criticism. Second Edition*. Ed. Donald Pizer. 1900; New York: Norton, 1991.
_____. "You, The Phantom" (*Esquire* 2, November 1934). In *Theodore Dreiser: A Selection of Uncollected Prose*. Ed. Donald Pizer. Detroit: Wayne State UP., 1977. 286-90.
Edmiston, Susan, & Linda D. Cirino. *Literary New York: A History and Guide*. Boston: Houghton Mifflin, 1976.
Emerson, Ralph Waldo. *The Conduct of Life* in *Ralph Waldo Emerson: Essays & Lectures*. New York: The Library of America, 1983. 937-1124.
____. *Nature* in *ibid*. 5-49.
Epstein, Joseph. *Snobbery: The American Version*. 2002; Boston: Houghton Mifflin, 2003.
Fagin, N. Brillion. *The Histrionic Mr. Poe*. 1949; Baltimore: The Johns Hopkins Press, 1966.
Fink, Steven. "Who is Poe's 'Man of the Crowd'?" *Poe Studies*, Vol. 44 (2011): 17-38.
Finkelstein, David. *The House of Blackwood: Author-Publisher Relations in the Victorian Era*. University Park: Pennsylvania State UP, 2002.

Fort, Charles. *The Complete Books of Charles Fort: The Book of the Damned/New Lands/Lo!/Wild Talents*. New York: Dover, 1974.

Goodell, Margaret Moore. *The Snob in Literature, Part I: Three Satirists of Snobbery: Thackeray, Meredith, Proust*. 1939; Folcroft, PA: Folcroft Press, 1969 (reprint).

Hakutani, Yoshinobu, ed. *Theodore Dreiser's Uncollected Magazine Articles, 1897-1902*. Newark: U. of Delaware P., 2003.

_____. *Selected Magazine Articles of Theodore Dreiser: Life and Art in the American 1890s*. 2 Vols. London: Associated UP., 1985, 1987.

Halttunen, Karen. *Murder Most Foul: The Killer and the American Gothic Imagination*. Cambridge: Harvard UP, 1998.

Hanada Kiyoteru. 花田清輝「二〇世紀における芸術家の宿命――太宰治論」、『花田清輝全集第三巻』、講談社、1977 年、59-73 頁。

____. 花田清輝「探偵小説論」、『花田清輝全集第二巻』講談社、1977 年、76-83 頁。

____. 花田清輝「俗物論」『花田清輝全集第三巻』、24-28 頁。

Hansen, Thomas S. with Burton R. Pollin. *The German Face of Edgar Allan Poe: A Study of Literary References in His Works*. Columbia, SC: Camden House, 1995.

Harvey, Irene. "Structures of Exemplarity in Poe, Freud, Lacan, and Derrida" in Muller & Richardson, 252-267.

Hawthorne, Nathaniel. "The Artist of the Beautiful" in Pearce, 907-931.

____. "The Birth-mark" in Pearce, 764-794.

____. *The Blithedale Romance* in *Nathaniel Hawthorne: Novels*. New York: The Library of America, 1983. 629-848.

____. "Drowne's Wooden Image" in Pearce, 932-944.

____. "The Prophetic Pictures" in Pearce, 456-469.

____. "Rappaccini's Daughter" in Pearce, 975-1005.

Hayes, Kevin J. "Visual Culture and the Word in Edgar Allan Poe's 'The Man of the Crowd.'" *Nineteenth-Century Literature*, 56-4 (Mar., 2002): 445-465.

Hoffman, Daniel. *Poe Poe Poe Poe Poe Poe Poe*. 1972; Garden City, NY: Anchor Press, 1973.

Holland, Norman N. "Re-covering 'The Purloined Letter': Reading as a Personal Transaction" in Muller & Richardson, 307-22.

Ikeuchi Satoru. 池内了「宇宙像の変遷」、佐藤勝彦ほか『思惟する天文学――宇宙の公案を解く』、新日本出版社、2013 年、34-57 頁。

Jones, Gavin. "Poor Poe: On the Literature of Revulsion." *American Literary History*, vol. 23, no. 1 (spring 2011): 1-18.

Jones, Paul Christian. "The Danger of Sympathy: Edgar Allan Poe's 'Hop-Frog' and the Abolitionist Rhetoric of Pathos." *Journal of American Studies* (Cambridge UP), 35. 2 (2001): 239-54.

Kaifu Norio. 海部宣男「この宇宙に生きる」、佐藤勝彦ほか『思惟する天文学——宇宙の公案を解く』、新日本出版社、2013 年、226-251 頁。

Kasai Kiyoshi. 笠井潔『群衆の悪魔——デュパン第四の事件』、講談社、2000 年。

____. 笠井潔「ポーが発見した群衆」、八木敏雄／巽孝之編『エドガー・アラン・ポーの世紀』、研究社、2009 年、159-186 頁。

Kazin, Alfred & Charles Shapiro (eds.). *The Stature of Theodore Dreiser: A Critical Survey of the Man and His Work*. 1955; Bloomington: Indiana UP, 1965.

Kern, Alexander. "Dreiser's Difficult Beauty" in Kazin, et al. 161-8.

Kuroiwa Hisako. 黒岩比佐子『パンとペン——社会主義者・堺利彦と「売文社」の闘い』、講談社、2010 年。

Lacan, Jacques. "Seminar on 'The Purloined Letter'" (tr. Jeffrey Mehlman) in Muller & Richardson, 28-54.

Lawrence, D. H. *Studies in Classic American Literature*. 1924; London: Mercury Books, 1965.

Le Bon, Gustave. ギュスターヴ・ル・ボン、櫻井成夫訳『群衆心理』（講談社学術文庫）、講談社、2006 年。

Lefebvre, Georges. G・ルフェーヴル、二宮宏之訳『革命的群衆』（岩波文庫）、岩波書店、2007 年。

Leverenz, David. "Poe and Gentry Virginia." Rosenheim & Rachman. 210-36.

Levin, Harry. *The Power of Blackness: Hawthorne, Poe, Melville*. 1958; New York: Knopf, 1970.

Levine, Stuart & Susan Levine. *The Short Fiction of Edgar Allan Poe: An Annotated Edition*. Indianapolis: Bobbs-Merrill, 1976.

Lippard, George. *George Lippard, Prophet of Protest: Writings of an American Radical, 1822-1854*. Ed. David S. Reynolds. New York: Peter Lang, 1986.

London, Jack. *The Iron Heel* (1907). *Jack London: Novels and Social Writings*. New York: Library of America, 1982.

____. *Martin Eden*. 1909; New York: Airmont Publishing Company, 1970.

Mabbott, Thomas Ollive, ed. *Collected Works of Edgar Allan Poe, Vol. I, Poems*. 1969; Cambridge: Belnap Press of Harvard UP, 1979.

____. *Collected Works of Edgar Allan Poe: Vols. II & III: Tales and Sketches*.

Cambridge: Belknap Press of Harvard UP, 1978.

Mallarmé, Stéphane. "Le Tombeau d'Edgar Poe" in *Stéphane Mallarmé: Œuvres complètes* (Bibliothèque de la Pléiade), Paris: Gallimard, 1970, 189; "Le Tombeau d'Edgar Poe. Sonnet" in Rice, 93. 鈴木信太郎訳「エドガア・ポオの墓」、『世界文学大系 43　マラルメ、ヴェルレーヌ、ランボオ』、筑摩書房、1963 年、29 頁。

Marx, Karl. カール・マルクス、村田陽一訳『ルイ・ボナパルトのブリュメール一八日』(国民文庫)、大月書店、1971 年。

Marx, Karl & Friedrich Engels. カール・マルクス／フリードリヒ・エンゲルス、マルクス＝レーニン主義研究所訳『共産党宣言・共産主義の原理』(国民文庫)、大月書店、1964 年。

Matsuda Takuya. 松田卓也『人間原理の宇宙論――人間は宇宙の中心か』、培風館、1990 年。

Melville, Herman. "Benito Cereno" in *Billy Budd and Other Tales*. New York: The New American Library, 1961. 141-223.

____. *Moby-Dick*. New York: Bantam Books, 2003.

____. *Pierre, or the Ambiguities*. New York: Grove Press, 1957.

Muller, John P., and William J. Richardson (eds.). *The Purloined Poe: Lacan, Derrida, and Psychoanalytic Reading*. Baltimore: Johns Hopkins UP, 1988.

Murayama, Kiyohiko. "'But a Single Point in a Long Tragedy': Sister Carrie's Equivocal Style" in *Theodore Dreiser and American Culture: New Readings*. Ed. Yoshinobu Hakutani. Newark: U. of Delaware P., 2000. 65-78.

____. "Dreiser and the Wonder and Mystery and Terror of the City." *The Japanese Journal of American Studies*, 19 (2008): 103-121.

_____. 村山淳彦「ドライサーの一九三〇年代」、『一橋大学研究年報・人文科学研究』26（1987 年 5 月）、53-122 頁。

____. "The Hidden Polemics in *Sister Carrie*." *Dreiser Studies* Vol. 33, No. 1 (Spring 2002): 56-63.

____. 村山淳彦「いつまでものさばることのないように――『シスター・キャリー』英文解釈入門」、『「シスター・キャリー」の現在――新たな世紀への読み』大浦暁生監修、中央大学出版部、1999 年、191-215 頁。

Newfield, Christopher. *The Emerson Effect: Individualism and Submission in America*. Chicago: The U. of Chicago P., 1996.

Newlin, Keith. "Appendix 3: Productions of Dreiser's Plays." *The Collected Plays of Theodore Dreiser*, 331-353.

Ogawa Kazuo. 小川和夫『わがエドガア・ポオ』、荒竹出版、1983 年。

Ôoka Makoto. 大岡信「人ミナ道化ヲ演ズ——近代性の証人としての道化」、スタロバンスキー、156-167 頁。

Ostrom, John Ward, ed. *The Letters of Edgar Allan Poe*. 2 vols. New York: Gordian Press, 1966.

Pearce, Roy Harvey, ed. *Nathaniel Hawthorne: Tales and Sketches*. New York: Library of America, 1982.

Peeples, Scott. *The Afterlife of Edgar Allan Poe*. 2004; Rochester, NY: Camden House, 2007.

Poe, Edgar Allan. "Annabel Lee" in Mabbott I, 468-481.

____. "The Balloon Hoax" in Mabbott III, 1063-1088.

____. "Berenice" in Mabbott II, 207-221.

____. "The Black Cat" in Mabbott III, 847-860.

____. "The Business Man" in Mabbott II, 480-492.

____. "The Cask of Amontillado" in Mabbott III, 1252-1266.

____. "The Colloquy of Monos and Una"in Mabbott II, 607-619.

____. "The Conversation of Eiros and Charmion" in Mabbott II, 451-462.

____. "A Descent into the Maelström" in Mabbott II, 574-597.

____. "A Dream within a Dream" in Mabbott I, 450-452.

____. "Eldorado" in Mabbott I, 461-465.

____. *Eureka*. Ed. Stuart Levine and Susan Levine. Urbana: U. of Illinois P., 2004.

____. "The Fall of the House of Usher" in Mabbott II, 392-422.

____. "Hop-Frog" in Mabbott III, 1343-1355.

____. "How to Write a Blackwood Article" in Mabbott II, 334-362.

____. "The Imp of the Perverse" in Mabbott III, 1217-1227.

____. "Ligeia" in Mabbott II, 305-334.

____. "The Literary Life of Thingum Bob, Esq. Late Editor of the 'Goosetherumfoodle.' by Himself" in Mabbott III, 1124-1149.

____. "Loss of Breath: A Tale neither in nor out of 'Blackwood'" in Mabbott II, 51-82.

____. "The Man of the Crowd" in Mabbott II, 505-518.

____. "The Masque of the Red Death" in Mabbott II, 667-678.

____. "Mellonta Tauta" in Mabbott III, 1289-1309.

____. "Mesmeric Revelation" in Mabbott III, 1024-1042.

____. "MS. Found in a Bottle" in Mabbott II, 135-148.

____. "The Murders in the Rue Morgue" in Mabbott II, 521-574.

____. "The Mystery of Marie Roget" in Mabbott III, 715-788.

____. *The Narrative of Arthur Gordon Pym*. Pollin, 4-363.
____. "Nathaniel Hawthorne" in Thompson (1984), 568-588.
____. "On Fancy and Imagination" in *Literary Criticism of Edgar Allan Poe*, ed. Robert L. Hough. Lincoln: U. of Nebraska P., 1965, 13-16.
____. "The Oval Portrait" in Mabbott II, 659-667.
____. "The Philosophy of Composition" in Thompson (1984), 13-25.
____. "The Power of Words" in Mabbott III, 1210-1217.
____. "The Premature Burial" in Mabbott III, 953-972.
____. "The Purloined Letter" in Mabbott III, 972-997.
____. "The Raven" in Mabbott I, 350-374.
____. "Some Secrets of the Magazine Prison-House" in Mabbott III, 1205-1210.
____. "The System of Doctor Tarr and Professor Fether" in Mabbott III, 997-1024.
____. "Tamerlane" in Mabbott I, 22-64.
____. "The Tell-Tale Heart" in Mabbott III, 789-799.
____. "To Helen" in Mabbott I, 441-449.
____. "Ulalume" in Mabbott I, 409-423.
____. "The Unparalled Adventure of One Hans Pfaall" in Pollin, 365-506.
____. "William Wilson" in Mabbott II, 422-451.

Pollin, Burton, ed. *Collected Writings of Edgar Allan Poe, Vol. I: The Imaginary Voyages*. New York: Gordian P., 1994.

Preminger, Alex, & T. V. Brogan, eds. *The New Princeton Encyclopedia of Poetry and Poetics*. Princeton: Princeton UP, 1993.

Quinn, Arthur Hobson. *Edgar Allan Poe: A Critical Biography*. 1941; New York: Cooper Square Publishers, 1969.

Quinn, Patrick F. *The French Face of Edgar Poe*. Carbondale: Southern Illinois UP, 1957.

Rachman, Stephen. "'Es lässt sich nicht schreiben': Plagiarism and 'The Man of the Crowd'" in Rosenheim and Rachman, 49-87.

Raphael, Ray. *A People's History of the American Revolution: How Common People Shaped the Fight for Independence*. New York: Harper Collins, 2002.

Reynolds, David S. *Beneath the American Renaissance: The Subversive Imagination in the Age of Emerson and Melville*. Cambridge: Harvard UP, 1988.

Rice, Sara Sigourney, ed. *Edgar Allan Poe: A Memorial Volume*. Baltimore: Turnbull Brothers, 1876, 93. Internet Archives: American Libraries <https://archive.org/details/edgarallanpoeam00ricegoog> 2014/03/21.

Riggio, Thomas P. "American Gothic: Poe and *An American Tragedy*." *American*

Literature 49 (January 1978): 515-32.

Rimbaud, Arthur. "Le Bateau ivre" in *Arthur Rimbaud: Œuvres Complètes* (Bibliothèque de la Pléiade), Paris: Gallimard, 1963. 100-103. 粟津則雄訳「酔いどれ船」、『ランボオ全作品集』思潮社、1965 年、227-234 頁。

Rosenheim, Shawn, and Stephen Rachman, (eds.). *The American Face of Edgar Allan Poe*. Baltimore: The Johns Hopkins UP, 1995.

Satou Katsuhiko. 佐藤勝彦『宇宙論入門――誕生から未来へ』岩波書店、2008 年。

Savoye, Jeffrey A. (Webmaster). Edgar Allan Poe Society of Baltimore. <http://www.eapoe.org/> 2013/08/30.

Silverman, Kenneth. *Edgar A. Poe: Mournful and Never-ending Remembrance*. 1991; New York: Harper Collins, 1992.

Sophocles. 'Αντιγόνη in *Sophocles, with an English Translation by F. Storr*. London: Heinemann, 1962. 309-419.

Starobinski, Jean. J・スタロバンスキー、大岡信訳『道化のような芸術家の肖像』（叢書：創造の小径）、新潮社、1975 年。

Steinmeyer, Jim. *Charles Fort: The Man Who Invented the Supernatural*. New York: Tarcher/Penguin, 2008.

Stepp, Walter. "The Ironic Double in Poe's 'The Cask of Amontillado.'" *Studies in Short Fiction* 13. 4 (1976): 447-53.

Stewart, Susan. *Crimes of Writing: Problems in the Containment of Representation*. Durham: Duke UP, 1994.

Stott, Graham St. John. "Poe's 'The Cask of Amontillado.'" *Explicator* 62. 2 (2004): 85-88.

Sweeney, Susan Elizabeth. "The Magnifying Glass: Spectacular Distance in Poe's 'Man of the Crowd' and Beyond." *Poe Studies/ Dark Romanticism*, 36, 1-2 (Jan-Dec. 2003): 3-17.

Takahashi Yasunari. 高橋康也『道化の文学――ルネサンスの栄光』（中公新書）、中央公論社、1977 年。

Thackeray, William Makepeace. *The Book of Snobs. The Works of William Makepeace Thackeray: In Twenty-four Volumes, Volume XIV*. London: Smith, Elder, & Co., 1879. 1-202.

Thomas, Dwight & David K. Jackson. *The Poe Log: A Documentary Life of Edgar Allan Poe 1809-1849*. New York: G. K. Hall, 1987.

Thompson, G. R. "The Development of Romantic Irony in the United States." *Romantic Irony*. Ed. Frederick Garber. Budapest: Akademiai Kiado, 1988. 267-

289.
____. *Poe's Fiction: Romantic Irony in the Gothic Tales*. Madison: U. of Wisconsin P., 1973.
____. "Romantic Arabesque, Contemporary Theory, and Postmodernism: The Example of Poe's 'Narrative.'" *ESQ: Emerson Society Quarterly: Journal of the American Renaissance* 35. 3-4 (1989): 163-271.
____, ed. *Edgar Allan Poe: Essays and Reviews*, New York: Library of America, 1984.
____, ed. *The Selected Writings of Edgar Allan Poe: Authoritative Texts, Background and Context, Criticism* (Norton Critical Edition). New York: Norton, 2004.
Twain, Mark. *A Connecticut Yankee in King Arthur's Court*. Berkeley: U. of California P., 1984.
____. *No. 44, The Mysterious Stranger*. Berkeley: U. of California P., 1982.
Velde, François R. "'Chevalier' in the French Nobility." Heraldica. <http://heraldica.org/topics/france/chevalier.htm> 2006/9/8.
Werner, James V. *American Flaneur: The Cosmic Physiognomy of Edgar Allan Poe*. New York: Routledge, 2004.
West, Cornel. *The American Evasion of Philosophy: A Genealogy of Pragmatism*. Madison: The U. of Wisconsin P., 1989.
Whalen, Terence. *Edgar Allan Poe and the Masses: The Political Economy of Literature in Antebellum America*. Princeton: Princeton UP, 1999.
White, Patrick. "'The Cask of Amontillado': A Case for the Defense." *Studies in Short Fiction* 26. 4 (1989): 550-55.
Zinn, Howard. *A People's History of the United Sates*. New York: Harper, 1990.
Žižek, Slavoj. *Violence: Six Sideways Reflections*. New York: Picador USA, 2008. スラヴォイ・ジジェク、中山徹訳『暴力——6つの斜めからの省察』、青土社、2010年。

著者経歴

村山淳彦（むらやま・きよひこ）

1944年、北海道生まれ。

東京大学大学院人文科学研究科博士課程満期退学。

東洋大学文学部教授。東京都立大学名誉教授。

主な著訳書＝『セオドア・ドライサー論——アメリカと悲劇』（南雲堂、日米友好基金アメリカ研究図書賞）、『いま「ハック・フィン」をどう読むか』（共編著、京都修学社）、『文学・労働・アメリカ』（共編著、南雲堂フェニックス、科研費出版助成）、コンロイ『文無しラリー』（三友社）、レイモンド・タリス『アンチ・ソシュール——ポスト・ソシュール派文学理論批判』（未來社）、フランク・レントリッキア『ニュー・クリティシズム以後の批評理論』（共訳、未來社）、カレン・カプラン『移動の時代——旅からディアスポラへ』（未來社）、コーネル・ウェスト『哲学を回避するアメリカ知識人——プラグマティズムの系譜』（共訳、未來社）、キース・ニューリン編『セオドア・ドライサー事典』（雄松堂）、ドライサー『シスター・キャリー』（岩波文庫）、クーパー『開拓者たち』（岩波文庫）

エドガー・アラン・ポーの復讐

2014 年 11 月 20 日　初版第 1 刷発行
定価（本体 2800 円＋税）

著者
村山淳彦

発行者
西谷能英

発行所
株式会社 未來社
〒 112-0002 東京都文京区小石川 3-7-2
tel 03-3814-5521（代表）　Email: info@miraisha.co.jp
http://www.miraisha.co.jp/
振替　00170-3-87385

印刷・製本
萩原印刷

ISBN 978-4-624-61038-8 C0098

（消費税別）

フランク・レントリッキア著／村山淳彦・福士久夫訳
ニュー・クリティシズム以後の批評理論（上・下）
構造主義以後、とくにポスト構造主義の洗礼を浴びたアメリカ文学批評の世界。その思考の動きを鋭敏に読みとり、総括的な整理と展望を示す名著。

上巻四八〇〇円・下巻三八〇〇円

カレン・カプラン著／村山淳彦訳
移動の時代
〔旅からディアスポラへ〕モダニティ以後の文芸／文化批評を渉猟し、〈旅〉や〈移動〉といった事象をめぐる言説思考の限界と問題点を脱構築的に批判する。

三五〇〇円

コーネル・ウエスト著／村山淳彦・堀智弘・権田建二訳
哲学を回避するアメリカ知識人
〔プラグマティズムの系譜〕ジェームズ、デューイ、ローティらアメリカを代表する知識人たちを系譜学的に整理し、プラグマティズムの知的伝統を掘り起こす。

五八〇〇円

鈴村和成著
書簡で読むアフリカのランボー
ランボーがアフリカに去って「詩人をやめた」あとの後半生を、「書簡」を縦横に読み解きながらミステリアスな側面を描き出す、著者ならではのランボー評伝。

二四〇〇円

鈴村和成著
紀行せよ、と村上春樹は言う
村上春樹の作品世界に記された土地を実地に踏査するなかで、ムラカミ文学のもつ固有性を探りだし、読者をさらに深化したムラカミワールドへといざなう。

二八〇〇円

岡和田晃著
向井豊昭の闘争
〔異種混交性（ハイブリディティ）の世界文学〕現代の批評は何を取りこぼしてきたのか。文学史の闇に埋もれた作家・向井豊昭の生涯と作品を世に問う。

二六〇〇円